ことのは文庫

わが家は幽世の貸本屋さん

―黒猫の親友と宝石の涙―

忍丸

MICRO MAGAZINE

Contents

▽

わが家は幽世の貸本屋さん

―黒猫の親友と宝石の涙―

序章　橄欖石《かんらんせき》の涙、黒猫の見る夢

「この世で最も美しいものを知っているか」

一筋の陽の光すら差し込まぬ常夜の世界――人ならざる存在が闇の中で蠢《うごめ》き、不気味に光る数多《あまた》の目が獲物を今か今かと待ち侘びる、血と脂と獣臭さが充満する世界……幽世《かくりよ》。

そこで、気が遠くなるほどの時間を過ごした老猫は言った。

脂がこびりついた濁った瞳は、真っ正面に座っている黒猫に向けられている。

老猫の尾は六本あった。しかし、黒猫の尾は二本。それはその猫が、ただの獣から異形へと変じたばかり……新参者であることの証《あかし》だった。

老猫は黒猫の空色と金色の色違いの瞳を見つめると、そこに一点の曇りもないことを微笑《ほほえ》ましく思いながら語る。新人への教育は、いつだって老猫のような年寄りの仕事だ。

「それは死の間際に人の流す涙よ。その美しさは宝石に喩《たと》えても遜色ないほど。見たくはないか？　見たいだろう。猫は好奇心が強い生き物だからな」

そう言って、老猫は自分がかつて見たことのある涙を語る。

炎の熱を映した涙は、石榴石《ガーネット》。

赤々とした炎の揺らぎを内へ取り込み、まるで燃え尽きるように弾けるのが赤い涙。

月明かりを映した涙は金剛石《ダイアモンド》。

切れそうなほどに冷たい光を湛え、儚く散ってしまう貴石の涙。

老いも若きも、その人間の貴賤に拘《かか》わらず宝石の如き涙は流れる。

そしてそれは、一瞬の煌めきだけを遺して儚く消えてしまう。あやかしは、それを見ることを至上の喜びとするのだ――。

「若猫よ、人を喰らえ。臓物を啜り、己の糧としろ。相手が誰であろうとも躊躇《ちゅうちょ》するなよ。無事に狩りを終えた時、そこに待っているのはなによりも美しい感情の貴石だ」

老猫はそう語り終えると、堅く目を瞑《つぶ》った。

猫という生き物は太古の昔より人の傍で生きてきた。だからこそ、あやかしへと変じた後であっても人へ寄り添おうとする者が少なくない。しかしそれは、今までいくつもの悲劇を生み出してきた。だから老猫は語る。

人は美味なる獲物。友となり得る相手ではないのだ、と。

「…………」

黒猫は僅かな間だけ沈黙すると、次の瞬間には老猫をまっすぐに見つめて言った。

「アンタ、趣味が悪いんじゃない？」

すると老猫は深く嘆息した。そして、まるで諭すような口ぶりで話を再開する。

「……若さ故よな。お主も更に齢を重ねれば、おのずと思い知ることになる」

「勝手なことを言わないで。あんたはあたしのなにを知っているの」

ツンとそっぽを向いた黒猫は、次の瞬間、炎を纏って空を駆け上った。あっという間に豆粒のようになった老猫を眼下に見下ろし、現《うつ》し世《よ》とはまるで違う空を跳ねるように進む。

――恐怖。絶望。悲哀。そんな感情で彩られた涙を美しいと評するなんて。

長らく現し世で過ごしてきた黒猫からすると、それは信じられないことだった。

けれど、あやかしへ堕ち、人の死体を好むようになったからには、自分も徐々にそういう考えに染まっていくのだろう――そんな予感もしていた。

人を喰らい、他人の不幸を嗤《わら》い、己のことだけを想う。それがあやかしだからだ。

――ただただ、他の猫よりも長く生きただけ。それなのに……あたしもああなるのか。

それは黒猫を心から恐怖させた。人を餌としてしか認識せず、よだれを垂らしながら容赦なく襲いかかる。なんて悍《おぞ》ましい。それこそ……本当の化け物ではないか。

――でもそれは、まだまだ先のこと。あたしの心は未だ人の傍にある。

だから黒猫は夢想した。あの老猫には絶対に見られないであろう「涙」を。

それは温かい感情で彩られた涙。

きっとその涙は、あの老猫が語った涙よりも何倍も美しいに違いない。

「いつか……いつか、見られたらいいわね」

しかし黒猫の願いは簡単には叶わず、人からすれば永遠とも思える時間が過ぎ――黒猫の尾が三本に増え、その心がそっくりあやかし色に染まった頃、機会はやってきた。

それは、うるさいくらいに蝉《せみ》が鳴く夏の幽世。

黒猫が、まだ「にゃあ」という名前を貰う前。緑色が濃い幽世の夏の夜空に、まるで狂ったみたいに流星が降り注いだ日――。

森の中で、幽世にしか棲まない光る蝶……「幻光蝶《げんこうちょう》」の群れを見つけた時だった。

＊　＊　＊

その日はどこか特別だった。

特別……いや、異様だった、と言った方がいいかもしれない。

夏特有の緑色が強い夜空を彩っていたのは、眩《まばゆ》い光を放つ流星。流星群の接近時期でもないのに、数多の星々が地上へ落ち、その儚い生涯を終えていた。

それは、幽世に生きる者たちを落ち着かなくさせた。

何故ならば――流星、それすなわち人間の命が燃え尽きた証だったからだ。

現し世では、ロマンチックの象徴のように捉えられている流星だが、幽世では嘘偽りなく「死」の象徴だった。

――現し世のどこかで誰かが死んだ。それも大量に！

自分たちに関係ないこととは言え、気持ちのいいものではない。黒猫も、それを忌々しく思ったひとりだった。どうにも落ち着かず、行く当てもなく適当に外をぶらつく。

やがてたどり着いたのは、鬱蒼と木々が生い茂る、幽世の町から離れた森だ。

するとそこに、無数の幻光蝶が飛び交っているのを見つけた。

ひらひらひぃらり、踊るように、舞うように。光る鱗粉を撒き散らしながら、中心にいる人物の周りを楽しげに飛び交っている。

「……えぐっえぐっ……」

蝶の中心にいたのは、小さな女の子だった。

年の頃は三歳くらいだろう。茶色がかった髪をふたつ結いにしていて、小花柄のワンピースを着ている。何故か片方だけ靴を履いておらず、ぐっしょりと濡れそぼっていて、剥き出しになっている腕や足は傷だらけ。小さな腕で自身を抱きしめるようにして、ポロポロと大粒の涙を零《こぼ》していた。

――ああ！　人間だ！

黒猫は、幼子を見つけた瞬間に内心で歓喜の声を上げた。

幻光蝶……儚くも美しいこの蝶は、人間に惹かれ寄っていくことで知られている。蝶が集まる場所に行けば、そこに人間がいる可能性が高い。

しかし、幽世に人間は滅多にいない。今回の幼子のように、なにかのきっかけで人間が迷い込んでしまうことは少なくないけれども、この世界に棲まう住民《あやかし》たちには、人間を好んで喰らう者が多い。だから、その人間がよほど強運だったり強者《つわもの》だったりしない限り、すぐに誰かに見つかってしまい、食べられてしまうのが常なのだ。

──一番乗り！　今日のあたしはツイてるわ。

黒猫は上機嫌に目を細めると、足音を消して歩き出した。

昏《くら》い森の中、蝶に照らされた幼子。足や腕から流れている血の色がやけに色鮮やかだ。

黒猫はコクリと喉を鳴らすと、すん、と鼻を動かした。途端に、芳醇な血の匂いがして思わず顔が緩む。次いで辺りに素早く視線を走らせると、どこにも動く者がいないことを確認してほくそ笑み、「なぁん」とわざと甘えた声を出した。

すると、幼子がビクリと身体を硬直させたのが見えた。それに構わず、黒猫は澄まし顔で近寄って行く。頭の中では、幼子をどう料理するかでいっぱいだ。

──生き肝、生き血。そんなものに興味はないわ。殺した後は数日寝かせて、いい感じに熟成させましょう。頭からバリバリ食べるの。ああ、よだれが出そう！

この時の黒猫は、既にあやかしの流儀に染まりきっていた。

人間は贅沢品のようなもの。食べずとも死にやしないが、美味なその身体は最上の娯楽。悲鳴は心地よく鼓膜を震わせ、無様に逃げるのを追うのもまた楽しい。現し世で人間を喰らうと、下手をすると祓《はら》い屋に追われる。けれど幽世へ落ちてきた人間は、ペロリと平らげてしまったって誰も咎《とが》めやしない──最高の獲物。

黒猫は舌なめずりをすると、徐々に幼子へと近づいて行った。

相手は見るからにか弱く、抵抗すらままならないように思えた。

黒猫の持つ鋭い爪や、凶悪な牙に襲われればひとたまりもないだろう。

だから油断した。

まるで、木に生《な》る果物を取るくらいのつもりで近づいてしまった。

近づいた瞬間に幼子自ら抱きついてくるなんて、想像もしなかったのだ。

「……ッ！」

小さな腕に捕らえられ、頭が真っ白になる。

予想外の反撃。油断した自分が情けなくて、咄嗟に牙を剥き出しにする。

威嚇するのももどかしい。身体をくねらせて顔を幼子の頭部へと向ける。幼子がなにをしようとしているのかは知らないが、殺《や》られる前に殺ってしまえ。その小さな頭を噛み砕いてしまおうと思ったのだ。

しかし――次の瞬間。

「うう……」

やけに弱々しい声と同時に、ぽたん、と温かな雫《しずく》が黒猫の上に落ちてきた。

それは涙だった。大きなまん丸の瞳から滴る透明な――けれど、周囲の景色を取り込み、様々な色を内包している雫。

刻一刻と色を変える緑がかった夜空。絶え間なく落ちてくる流星。ポロポロと涙を零し続けている瞳の栗色。気の抜けた顔をして見上げている黒猫。雨のように降り注ぐ涙の粒はあらゆるものを写し取り、辺りに爽やかな煌めきを放っていた。

――これはもしかして、あの老猫が言っていた……。

『宝石のような涙』

古い記憶を喚び起こすと、黒猫はほうと息を吐いた。鼓動が早くなっている。無意識に髭《ひげ》が動いて、尻尾がピンと伸びた。

――なんて綺麗なの。

儚く消えゆく涙に、黒猫の心はあっという間に囚われてしまった。話に聞いた涙の美しさは、黒猫の予想を遥かに超えていた。なによりも尊く思えるそれは、黒猫の毛並みの表面で弾けると、まるでなにごともなかったかのように消えていってしまう。

黒猫は絶え間なく降り注ぐ貴石の雨に見蕩《みと》れて――。

あの当時、自分が抱いた小さな願いを思い出すと、すぐさま行動を起こした。

「泣かないで」

幼子の頬をペロリと舐めてやる。

「ひゃあ」

すると、驚いた幼子が素っ頓狂な声を上げた。すかさず声をかけてやる。

「大丈夫よ、なにも怖くないわ」

瞬間、口から飛び出したのは、まるで母親のように穏やかな声だ。

こんな声を出したのは一体いつぶりだろう。胸の辺りがポカポカと温かい。まるで、現し世で人に寄り添って生きていた頃に戻ったようだ――。

そんな自分に内心驚いていると、幼子はまるで今まで泣いていたのを忘れてしまったように、涙で濡れた瞳をパチパチと瞬いた。そして、じっと黒猫を見つめ――。

「にゃあちゃん」

ふんわり、花が綻ぶみたいに笑った。

ぽろり、細まった瞳からまた涙が零れる。その涙は、先ほどよりも多くのものを写し取り、流れて消えていった。

それはまさしく宝石に等しい輝き。まるで夏を煮溶かしたような碧色《あおいろ》……。

喩えるならば――橄欖石《ペリドット》の涙。

――ああ。やっぱり、こっちの方が綺麗だわ。

黒猫は、先刻まで食べようとしていたことなんてすっかり忘れ、再び自らに降り注ぎ始めた涙を眺めてしみじみそう思った。


「ん……」

瞼を開けると、そこは幽世の貸本屋だった。

クツクツとお湯が沸騰する音が聞こえる。少し離れた場所に石油ストーブがあって、その上に薬缶《やかん》が置かれているのだ。電気ストーブとは違う、肌がチリチリするくらいの熱。それは黒猫の身体をほどよく温め、夢と現《うつつ》の境を行き来していた意識を、また夢の世界へと引きずり込もうとしていた。

「にゃあさん？」

すると、聞き慣れた声が傍で聞こえた。

優しい手付きで、誰かが黒猫の背を撫でている。ゆっくりと首をもたげた黒猫は、視界にひとりの女性を捉えて、パチパチと両目を瞬いた。目をまん丸にしたまま呼びかけに応えない黒猫に、声をかけた女性はおかしそうに笑った。

「おはよう。どうしたの？　寝ぼけてる？」

そして、慣れた様子で黒猫の顎を指先で擽《くすぐ》る。

やわやわと触られて、黒猫は心地よさげに目を細めると言った。

「別に。大きくなったわねって、思っただけよ」

「なにそれ？」

「……夏織《かおり》に初めて会った時の夢を見ていたから」

女性……夏織は大きな栗色の瞳を瞬くと、へらりと気の抜けた笑みを浮かべた。

「幽世に落ちた私を、一番最初に見つけてくれたのがにゃあさんだったね」

「覚えてるの？」

「ううん、あんまり。だって、三歳の頃だよ？」

穏やかな表情のまま、夏織は視線を移した。釣られて同じ場所を見る。視線の先には、白い雪に埋もれた中庭があった。チラチラと白い欠片《かけら》が舞い始めている。ああ、今は冬だった。そんな当たり前のことを思い出して、黒猫は目を細めた。

「でも、一番最初に出会ったあやかしが、とっても温かくて柔らかかったのは覚えてる」

「…………そう」

返事に長い時間を費やした黒猫に、夏織は言った。

「にゃあさんが私を見つけて、東雲《しののめ》さんが拾ってくれたの。それが私の、幽世での始まり。現し世に帰る場所のない私に居場所をくれたこと、感謝してる」

——帰る場所、ねえ……。

夏織に血の繋がった家族はいない。現し世には夏織を待つ者は誰もいなかった。だからこそ幽世で暮らしている。夏織はそう思っている。

黒猫は三本の尾で床を叩くと、コロンと仰向けになった。

「ねえ夏織、撫でてくれてもいいわよ」

「あれ、珍しい。じゃあ遠慮なく」

クスクス笑いながら夏織が黒猫の腹部を撫でる。心地よい感触に身を任せ、ふと窓の外へと視線を遣ると、外は随分と冷え込んでいるらしい。窓が結露で白く曇っていた。

「……幸せだわ」

ちっとも優しくない季節に、暖房の効いた暖かな部屋で、気の置けない相手と穏やかな時間を過ごせること。黒猫にとって、それは幸福の象徴のような出来事だった。

黒猫は顔だけ向けると、夏織へ問いかけた。

「ねえ、夏織。今は幸せ？」

「またそれ？」

夏織がおかしそうに笑う。それは黒猫の癖のような問いかけだった。

気まぐれに、思いついた時に夏織の幸せを確認する。だから、同じ問いが何度も繰り返される時があった。今もそうだ。暖房の心地よさは黒猫の琴線をしょっちゅう刺激したから、この問いは冬になってから頻繁に行われていた。

するとと、夏織はニッコリ笑って言った。

「もちろん」

「……ふうん」

――なら、いいわ。

「夏織が幸せで、あたしも幸せよ」

黒猫は、自身に「にゃあ」という新しい名をくれた親友を薄目で見ると、

「ねえ、もうちょっと下も撫でて」

とねだり、夏織は夏織で「はいはい」と唯一無二の友の要求に応じたのだった。

第一章　神遊びの庭で

ふう、と口をすぼめて息を吐き出す。すると、あっという間に白く染まった。

降り積もった新雪の上で、大の字になって寝転ぶことは冬のなによりの楽しみだ。

子どもっぽいかもしれないけれど、まっさらで誰も踏みしめた跡のない雪を見ると、どうにも寝転びたくなってしまう。積もったばかりの雪の上となればなおさら！

覚悟を決めて寝転んだら、手足を伸ばして目を瞑る。するとある音が聞こえてくるのだ。

――かさ、かさ、かさ。

それは雪が降り積もる音。一見、静寂が支配しているように思える雪上も、様々な音で溢れている。私はそれを聞くのが好きだった。

「……おい、夏織。風邪を引くぞ」

すると、そんな私の至福のひとときを無粋な声が遮った。うっすら目を開けると、誰かが私を見下ろしている。一番に目に入ったのは、新雪みたいな白色の髪。薄い色をした瞳は透明感があって、整った顔はまるで王子様みたいな甘さを含んでいる。

彼の名は白井《しらい》水明《すいめい》。かつて現し世で祓い屋を営んでいた少年で、今は幽世の薬屋で働いている。そんな彼がしている赤いマフラーは、薬屋の店主であるナナシお手製で、黒いダッフルコートもナナシが拘《こだわ》って選んだものだ。

ナナシ曰く、十代男子のダッフルコート姿は国宝よりも価値があるらしい。

……そうなの？　初耳だ。

話によると、わざと袖が長めのものを選んだのだそうだ。細身の彼が大きめなサイズのコートを着ているとやや幼く見える。「それがイイのよ！」とナナシは熱弁していた。

私はゆっくりと身体を起こすと、あちこちに付いた雪を払いながら言った。

「帽子も手袋もしてるし、暖かいから平気だよ？」

「そういう問題じゃない。ここをどこだと思ってる」

「怒られた……」

年下男子にバッサリと斬られ、クスクス笑う。

私は、水明の背後にいる人物に視線を向けると、小さく頭を下げてから言った。

「大丈夫。確かに、ここは極寒の地だけど、私たちが凍えることはないよ。実際、信じられないほど薄着で過ごせているでしょ？　そうですよね、アペフチカムイ」

すると、その人……アペフチカムイは、皺が刻まれた顔をクシャクシャにして笑った。

その人は日本人に比べると、彫りの深い顔をしていた。

意志の強さを感じさせる太い眉。波打った黒髪には幅広の鉢巻きが巻かれていた。過ごしてきた歳月を感じさせるような皺が刻まれた口もとには、男性の口ひげを思わせる入れ墨があり、コソンテ……晴れ着を何枚も重ねて身に纏っている。腰帯には小刀《マキリ》を差し、手には杖を握っている。黄金色のその杖は、薄日を反射して辺りに穏やかな光を放っていた。

アペフチカムイは、アイヌたちが信仰しているカムイのうちのひとりだ。

彼女は「火」だ。囲炉裏《アペオイ》の中に住まうとされ、老婆の形で現れる。アペフチカムイの纏う小袖《コソンテ》は、まるで燃えさかる炎のように赤い色をしている。極寒の地に住まうアイヌにとって火のカムイは最も重要で、それでいて身近な存在だ。

アイヌ、カムイ……そう、私と水明は北海道《ほっかいどう》に来ていた。

「そろそろ行けそうですか？」

私が声をかけると、アペフチカムイは無言のまま頷いた。すると、樹皮や茅《かや》で作られたチセと呼ばれるアイヌ伝統の家から、やや低めの身長の男性が姿を現した。

男性はアペフチカムイとは違い、樹皮などで作られた服……アットゥシを身に纏っていた。その上に鳥の羽で飾られた羽織を着ている。頭には獣皮で作られた帽子。綺麗に整えられた髭に、精悍《せいかん》な顔立ちはよく研がれた刃のように鋭い。しなやかな身体は見蕩れるほど綺麗に引き締まっていて、強者の雰囲気が醸し出されていた。

「待たせたな。さあ、行こう。キムナイヌを追わねば」

その人は手甲《テクンペ》の位置を直すと、私と水明の肩を抱いてズンズンと歩き出した。

「ちょ、ちょっと待て」

状況が理解できていないのか、水明はかなり焦っている様子だ。

私は、水明を安心させるために声をかけてやった。

「大丈夫、大丈夫！　とりあえずこの人について行けばいいから！」

「ちゃんと説明しろ、馬鹿！　お前の大丈夫はな、全然大丈夫じゃないんだよ！」

……う。酷い言いようだ。しかし思い返してみると、水明には色々と酷いことをしてきた。無理矢理地獄へ落としてみたり、命綱なしで遥か上空を空中散歩してみたり……。

――そりゃ、信用できないよねえ……。

私は苦笑すると、男性の歩幅に合わせて徐々に歩みを早めつつ説明した。

「幽世では、冬の間は大多数のあやかしたちは冬眠しちゃうの。だから、お店の方はすごく暇なのね。そのぶん、普段はできないことをするの。そう、例えば……長期延滞者からの代金の取り立てとか」

「それは聞いた。これも仕事なんだろう？　でも、どうしてこんな状況になっている」

「こんな状況って？」

「どうして、延滞金を取り立てに来た相手が逃げたのかと聞いてるんだ！」

「うっ。それは……」

私が口籠もった瞬間、突然男性が走り始めた。釣られて私も走り出す。もちろんそれは水明も同じことで、困惑気味に顔を引き攣《つ》らせながらも、必死に足を動かしていた。

「逃げちゃったキムナイヌはね……って、うわあっ！」

「うお……っ！」

しかし、私たちの足の遅さに苛立ったのか、男性が私と水明を両脇に抱えたせいで、説明が途切れてしまった。そしてそのまま、どんどんと加速していく！

「そ、それで……っ」

——ああ、舌を噛みそう！

周りの景色があっという間に後方に流れていく。そのあまりの速さに、私は口を閉じるとまっすぐ前を向いた。

どこまでも広がるように見える雪原。けれども、徐々に尾根が近づいてきている。男性はやや前傾姿勢になると、木の皮で作った靴で地面を強く蹴った。

——どおんっ！

その瞬間、爆音と共に粉雪が舞い上がった。視界が白く染まり、なにも見えなくなる。肺が凍り付きそうなほどの空気が流れ込んできて息を止める。同時に身体が浮かび上がる感覚がして、なにか柔らかいものに着地した。気がつけば私を抱えていた男性は消えていて、私は足もとのふわふわしたものを手で掴むと、白く烟《けむ》る向こうをじっと見つめた。

やがて——舞い上がっていた雪が周囲から消えると、一気に視界が開けた。

「わあ……！」

そこに広がっていたのは、なんとも雄大な景色だった。

白く染まった大地。目の前には大きな峰がある。それは、御鉢平《おはちだいら》カルデラを中心に大小様々な山々が連なっている大雪山系だ。山肌に、なにかが動いているのが見える。

――エゾシカだ！

しなやかな身体を持つエゾシカが、複数頭集まって、人間ならば滑り落ちてしまいそうなほどの急な斜面にへばりついている。それに丸く窪《くぼ》んだ大地の底から、白い煙が立ち上っているではないか。火山性のガスか……それとも、温泉でも湧いているのだろうか？

北海道ならではの景色に見蕩れていると、誰かが私の肩を掴んだ。

それは顔面蒼白になった水明だった。彼はカタカタと歯を震わせながら言った。

「……どういうことか、説明しろ」

怒気溢れる声に顔が引き攣る。私はへらりと笑うと、途中だった説明を再開した。

「えっと、だからね。キムナイヌって神様がいるんだけど、延滞の常習者で。今回は一年以上返してくれてなくて、延滞料が結構な額になってるんだよね」

「……聞いてないぞ」

「うん。言ってない。こういう場合は取り立てが大変だってことも」

きっぱり断言すると、水明のこめかみに血管が浮かんだ。

こりゃやばいぞ、と私は無理矢理笑みを形作ると、辺りをキョロキョロと見回した。

私たちのすぐ後ろにアペフチカムイがいるのを確認して、視線を送る。そして、足もとのふわふわしたものをゆっくりと手で撫でてから言った。

「アペフチカムイも、カパッチリカムイも、よろしくお願いしますね！」

そして右の拳を突き上げると、気合いと共に言った。

「頑張って、キムナイヌから延滞金を貰うぞ！　おー！」

アペフチカムイは、私の声に合わせて小さく拳を突き上げてくれた。嬉しくなって、水明を見る。すると、彼は私の両肩を掴み――。

「だから、いつもいつも言っているだろうが!!　予め《あらかじ》説明をしろ！　どういう状況が待っているかわかるだけで、心構えが全然違うだろうが！　少なくとも――」

そして必死な形相で私を揺さぶると、悲痛な叫びを上げた。

「人間っぽいものが、急に大鷲《おおわし》に変身しても！　それが人間が乗っても平気なくらいでかくても！　腰を抜かしそうになることはないだろうが!!」

「アッハッハッハ！　腰抜けちゃったんだ？」

「抜かしそうになっただけだし、笑いごとじゃない……！」

私の笑い声と水明の怒声が、冬の北海道の空に響いている。

空に向かって甲高く鳴いたカパッチリカムイは、ゆっくり旋回すると、翼を大きく羽ばたかせて更に高度を上げていった。

＊　＊　＊

どうして、水明と私が北海道にまで延滞料の回収に行かねばならなくなったのか。

それを説明するには、少々時間を遡らねばならない。

冬の始まりの頃、東雲さんの初めての本『幽世拾遺集』が発売された。

それは、幽世で生きるあやかしたちの情報と共に、彼らが語る物語を集めたもの。本を読めば、あやかしたちの実際の暮らしや文化がわかるというもので、東雲さんが何十年もかけて準備をしてきた渾身の一冊だ。

盛大な出版記念パーティも開き、話題性たっぷりだったその本が発売された時は、貸本屋の店頭は多くのあやかしたちで賑わった。貸本分はほぼすべて借りていかれ、販売分も順調に在庫が減っていった。

……が、しかし。

「金がねえ……」

「まあ、そりゃそうだろうね」

居間の隅っこで、東雲さんがぐったりと横たわっている。ペラッペラの座布団を枕よろしく抱きしめている姿は、なんというか非常に痛ましい。

みかんを口に放り込みながら、横目で東雲さんの様子を窺う。どうにも、自分の想像していた通りにいかない現状に落ち込んでいるようだ。

「本を刷るのにもお金がいる。貸本屋は販売価格そのもので貸し出す訳じゃないし、普通に考えて掛かった経費を回収するまで時間がかかるよね。破損したら貸し出せなくなるし修理にもお金が掛かる。お客さんが本を紛失してしまうこともあるし。資本が少ないから、大量に刷る訳にもいかない。となれば、単価は上げざるを得ないし」

「ぐうう。冷静に分析するなよ……」

「そもそも、儲けを出したいなら流通経路をね」

「やーめーろー」

東雲さんは、まるで駄々っ子みたいに手足をバタバタ動かしている。私はクスリと笑うと、新たなみかんの皮を剥きながら言った。

「別にいいじゃない。東雲さんの本のおかげで、新規のお客さんが増えたし。今まで本に触れたことのなかったあやかしにも、その面白さを知って貰えたし」

「だがなあ……」

「少なくとも、前よりは売り上げが上がってるんだからいいと思わないと」

そのおかげで、特Aランクとまではいかなくとも、前よりはマシなお米を食べられている。ありがたいことだ。日々の食生活の改善は心の安寧に繋がる。

「まあ、そのうち変わるよ。そもそも、今はみんな冬籠もりしているでしょ？　忙しくなる春に備えて、今のうちに次の本の原稿を書き進めておけば？」

すると、東雲さんは不自然なほどに満面の笑みを浮かべた。そしてゴロリと壁の方を向くと、座布団を抱え直して動かなくなった。

……ほほう？

私はギラリと目を光らせると、東雲さんににじり寄った。半目になって、東雲さんの顔を覗き込む。すると、如何《いか》にも眠っていますという風な寝息が聞こえてきた。

——なるほど。今は書きたくありませんって？

私はおもむろに両手を顔の前まで持ち上げると、

「いい加減に……しなさいっ!!」

猛烈な勢いで、東雲さんの脇腹に襲いかかった。

「あっ……あひゃひゃひゃひゃひゃひゃ！　やめ、なにすんだァ！」

「気分が乗らなくても、原稿はコツコツ進める！　玉樹《たまき》さんに迷惑かけないの！」

因みに、玉樹さんとは「物語屋」という仕事をしている、ちょっと胡散臭《うさんくさ》いあやかしのことだ。拾遺集を刊行するにあたって色々と取り計らってくれた。編集作業も請け負ってくれていて、東雲さんの原稿の遅延に一番影響を受ける人でもある。

『一途に待ち続ける……物語では美談だな。だが、実際に待たされるこちらの身になってみろ。その緩んだ顔をぶちのめしてやろうと何度思ったことか』

原稿を回収に来て、まったくできていないことに腹を立てる玉樹さんの愚痴に付き合うのは私なのだ。原稿の締め切りくらい守って欲しい。

「作家っつうもんはデリケートなんだよ！　こう……身体の内から溢れるものがないと、筆が進まねえもんなんだ！」

「知らないわよ、そんなこと！　書けるかどうかなんて、机に向かってみないとわからないでしょうが！　スタートラインに立ってから言って！」

「やだ。俺の部屋、寒いんだもん」

「あんたは子どもか!?」

プイ、とそっぽを向いてしまった養父に苛立ちが募る。東雲さんは、執筆に関しては本当に気分屋のところがあって、駄目な時はいつもこんな調子だ。

「ああもう。また玉樹さんに怒られても知らないからね」

「へいへい」

寝たふりすらやめて、煙管《キセル》を吹かし出した養父を呆れ混じりに見つめる。

——まあ、いいか。

私は脱力すると、苦笑いを浮かべた。

先日の八百比丘尼《やおびくに》との一件。あのせいで、東雲さんはかなりの重傷を負った。「本体」である掛け軸を破壊され、本の出版を取りやめるように強要されたのだ。それは掛け軸の付喪神《つくもがみ》である東雲さんに、大きなダメージを与えた。結果的には本を無事に刊行することができたが、つい最近まで怪我の影響で苦しんでいた。今だって、まだ全快はしていない。因みに、破壊された掛け軸は然《しか》るべきところで修復して貰っている。暖かくなる頃には終わるらしいので、今から春が待ち遠しい。

本を出したばかりでもあるし、少しくらいは休んでもいいだろう。玉樹さんのネチネチした愚痴くらい、聞き流せばいいのだ。

——甘すぎるかな?

でもまあ、東雲さんを甘やかせるのは私くらいだしね。

「……そういえば」

その時、あることを思い出した私は、寝転がっている東雲さんに声をかけた。

「今年って、延滞金の回収はどうするの？」

「あ」

どうやらすっかり忘れていたらしい。東雲さんは視線を宙に彷徨《さまよ》わせ頭を掻いている。

「毎年、俺が行っていたが……。流石《さすが》に今年は無理だな。まだ本調子じゃねえ」

「近場に棲むあやかしならともかく、遠方のあやかしたちはねえ……」

あやかしは大抵、奥地に棲み家を構えている。まだまだ傷が癒えていない東雲さんが行くのは難しいだろう。それに、延滞金が多額になればなるほど回収は困難を極める。以前、私もついて行ったことがあるが、逃げるあやかしを追うようなこともままあるのだ。だからこそ、延滞金の回収は東雲さんの役割だったのだが――。

「春まで待つ？」

「それはそれで面倒だ」

「だよね」

わざわざ、寒い冬に延滞金の回収をする理由。

それは、店が暇だからというのもあるが、冬はあやかしたちが棲み家に引き籠もっているることが多いからだ。つまり居場所が特定しやすい。春になれば、冬ほど容易にあやかしを見つけられなくなるだろう。

「本を作るのに現金を使っちまったし……。行かない訳にはなぁ」

「そうだね。このままだと、お正月を越せるかどうか」

東雲さんと顔を見合わせ、はあとため息を零す。

延滞金を回収できれば、結構馬鹿にならない金額になる。閑散期である冬の貴重な収入源だ。それがなければ、新刊の購入すらままならない
どうしようかと頭を悩ませていると、その時、店の方で誰かの気配がした。店と居間を繋ぐ戸へと向かう。戸を開けると、そこには見知った顔がいた。

「……おう」

「いらっしゃい」

やってきたのは水明だった。外はかなり吹雪《ふぶ》いているようで、あちこち白い雪が付着している。かなり眠いのか、目がトロリとしていて頭がゆらゆら揺れていた。

「大丈夫？」

「……ん」

水明は靴を脱ぐと、フラフラした足取りで居間に入ってきた。どうやら、眠気が限界のようで、ぼうっとして居間の真ん中で突っ立っている。

「ほら、コート。脱がなくっちゃ」

「……んん」

しかし、声をかけても反応があまりない。目が半分閉じかけている。

「もう」

ため息をついて、水明の正面に回る。仕方がないのでコートを脱がしてやった。

何故、水明がこんなに眠そうなのか。その理由は彼の前職にある。

前述した通り、水明は少し前まで祓い屋として生計を立てていた。彼にとって幽世は敵の巣窟のようなものだ。無意識に警戒してしまい熟睡できないでいるらしい。しかし人間の私がいるせいか、わが家では熟睡できるのだそうだ。それもあって眠気が限界になるとうちに来るようになっていた。

「お腹空《なかす》いてない？　寝る前になにか食べる？」

続けてマフラーを外す。外はかなり冷え込んでいるようで、肌が氷みたいに冷たい。

「外、寒かったね。お布団いる？」

ひんやりした頬を手で温めてやる。すると、水明は首を横に振った。そして――。

「……毛布がいい」

そう言って、私に寄りかかってきた。いきなり体重をかけられて倒れそうになる。慌てて水明の身体を支えると、彼はボソボソと小声で言った。

「寒いのは嫌いだ。夏織は温かい。ぬくぬくする」

そんな子どもみたいなことを言って、スリスリと頭を私に擦りつける。それがなんとも擽ったくて抗議しようとすると、私に寄りかかったまま寝息を立て始めてしまった。

「………はあ」

ちょっぴり頬が熱くなっているのを自覚しつつ、水明の胴に腕を回す。よっこいせと気合いを入れて、引きずるようにしてストーブの前に連れて行った。やや苦労して、水明の身体を横たえると、頭の下に二つ折りにした座布団を差し込む。

――毛布、持ってこなくっちゃ。

そう思って、おもむろに立ち上がろうとした、その時だ。

何故か、目をまん丸にした東雲さんと視線がかち合った。

「……どうしたの？　変な顔して」

思わず首を傾げると、途端に東雲さんが真っ青になった。

「どどどどど、どうしたもこうしたも！」

「うるさいよ。水明が寝てる」

「す、すまん……って、いやいやいや、なんだ今のやり取り!!」

東雲さんは勢いよく起き上がると、四つん這いのまま私に近づいてきた。

「ちょ、ちょっと待て。夏織、動くな。そこに座ってろ。話がしたい」

「ええ？　毛布……」

「そんなの、後でもいいだろォ!?」

「そ、そう？」

東雲さんの勢いに押され、訳もわからずその場に正座する。すると、東雲さんはやけに焦った様子で、しかし慎重に言葉を選びながら言った。

「そうじゃねえとは思いたいが。か、夏織。お前、この小僧と……」

――ゴクリ。東雲さんはそこで言葉を切ると、生唾を飲み込んでから言った。

「付き合ってるのか？」

「…………ん？」

付き合う。

言葉の意味がすぐに飲み込めなくて、一瞬固まる。

そんな私を、東雲さんは恐ろしい形相で見つめている。まだお酒は飲んでいないのに、飲み過ぎた時みたいに真っ赤だ。青くなったり赤くなったり、忙しいなあとぼんやり思っていると、唐突に言葉の意味を理解した。

「つっ!?　つつつつ、付き合うってなによ!!」

「痛《いて》え!?」

思わず、衝動的に東雲さんをビンタしてしまった。小気味いい音が響いて、東雲さんが痛みに呻いている。

「あああ、ごめん。東雲さんが変なことを言うから！」

慌てて東雲さんの頬を撫でる。すると、叩かれた頬を手で押さえた養父は、どこか乾いた笑みを浮かべて言った。

「だよな、だよな。付き合ってる訳ねえよな。いやあ、俺が原稿に追われている間に、なにかあったのかと思っちまったよ」

そんな養父に、私も笑みを浮かべて答えた。

「そうよ、そうだよ。付き合うだなんてある訳ないよ。別になにもな……」

その瞬間、脳裏に秋頃の光景が思い浮かんだ。葡萄《ぶどう》色に染まった秋空。星々を映した凪いだ湖面。綺麗な蝶に彩られた橋の上で、水明が私に言った言葉——。

『お前といると、胸の辺りが変だ。これも「愛」って奴なのか？』

それを思い出した瞬間、顔に火が付いたみたいに熱くなる。隙間風が頻繁に吹き込むような古い家だ。決して暑すぎることはないはずなのに、じんわり汗が滲んできて、どうにも居たたまれなくなって俯いてしまった。

「……グフッ」

すると、まるで蛙が潰された時みたいな変な音がした。何事かと恐る恐る顔を上げると、とんでもないものが目に飛び込んできて、肝が冷えた。

「……殺す」

それは怒りのあまり、青灰色の瞳を黄金色へと変化させた東雲さんだった。

普段はやる気なんて微塵も感じないだらけきった顔の癖に、今の東雲さんたら！

額には血管が浮かんでいるし、額から生えた角はなにやら電撃を帯びている。ボサボサの髪は逆立ち、まるで鬼みたいな形相だ。

「ちょ……っ！　東雲さん!?　待って待って待って」

慌てて東雲さんの身体に縋りつく。そして、逆立っている髪を元に戻そうと、必死で手で撫でつけながら言った。

「勘違いしないでね？　別になにもなかったよ。なかった！　水明はいい友だちだし、きっとこれからも友だち！」

――このままじゃ、水明が殺されてしまう……！

悲痛な思いを籠めて叫ぶ。

すると、腕の中の東雲さんが大人しくなっているのに気がついた。

「……東雲、さん？」

恐る恐る顔を覗き込むと、東雲さんはどこか弱りきったような顔をしていた。

「別に、お前に恋人ができるのは構わねえよ。……うん、構わねえ。人間が恋をするのは極々当たり前のことだし。うん……うん」

そして次の瞬間には、苦虫を噛み潰したみたいな顔になった。

「恋なんて、付喪神の俺にはよくわからねえ。でも、人間は恋をして、番《つが》い、子を産み、育てるもんだしな。仕方ねえよ。ハハ、子かあ……子ってどうやって作るんだっけ」

「東雲さん、白目！　白目剥いてるから。駄目、正気に戻って！」

ガクガクと揺さぶると、東雲さんはハッと意識を取り戻した。そして、ゴロリとその場に横たわると、ボソボソと掠れた声で言った。

「小さい頃はよかったなあ……。東雲さんのお嫁さんになるって言ってくれたっけ。可愛《かわい》かったなあ、あの頃……」

——駄目だこりゃ。

私はため息を零すと、東雲さんを放って置いて二階へと向かった。そして、押し入れの中から毛布を取り出すと、一階に戻る。そうしている間も、東雲さんはブツブツとなにやら呟き続けている。幼い頃からずっと私の面倒を見ていたから、血は繋がっていない親子とはいえ心中複雑らしい。

——私がお嫁に行くことになったら、東雲さんどうなるんだろう。

先日まで、口を開くと「早く嫁に行け」とばっかり言っていたのに、付き合ってもいないうちからコレだ。先が思いやられる。

もう何度目かわからないため息をつき、水明に毛布をかけてやる。すると、薄茶色の瞳と視線がかち合って心臓が跳ねた。

「あ……水明、起きてた？　ごめん、うるさかったでしょう」

横たわったままの水明は、私の言葉には応えずに薄目を開けてぼんやりしている。

寝ぼけているのかと、再び口を開こうとした——その時だ。

「夏織……」

へらりと口もとを緩めた水明は、薄い色をした瞳で私をじっと見つめた。そして、まるで子どもみたいな無邪気な笑みを浮かべると、とても嬉しそうにこう言ったのだ。

「暖かいな……。ありがとう」

そしてそのまま目を瞑った。すうすうと健やかな寝息が聞こえ始める。やっぱり寝ぼけていたみたいだ。

――可愛いがすぎる……！

その瞬間、私は自分の胸を押さえて悶えた。普段、あれだけ表情がないのにこれは卑怯。なんだこの天使。なんだこの破壊力。あのひねくれ野郎は一体どこへ行ったのか。できれば、この笑顔を標準装備して欲しいくらいなんだけど⁉

真っ白な髪を思う存分撫で繰り回したい衝動と必死に闘っていると、やけに刺々《とげとげ》しい視線を感じて、ハッと正気に戻る。慌てて顔を上げると、養父が血走った目で私を睨みつけていた。ギクリとして背中に冷たい汗が一筋伝う。別にやましいことはなにもないのに、どうにも居心地が悪い。

するとと次の瞬間、東雲さんは突然大の字に寝転んだ。そしてどこか自棄《やけ》気味に叫んだ。

「ああもう知らん！　全部どうでもいい！」

「なに、急に……⁉」

どうやら、なにか悪いスイッチが入ってしまったらしい。

まるで駄々をこねる赤ちゃんみたいに、今年の冬はなにもしないぞと言い始めた。

「原稿どうするのよ！　延滞料の回収は⁉」

慌てて問い詰める。すると、東雲さんは両手で顔を覆って言った。

「原稿は……玉樹に土下座でもなんでもしてやる。放って置いてくれ！」

「じゃあ、延滞料は!?」

「延滞料は……そこの元祓い屋と一緒に回収してくればいいじゃねえか」

「水明と……?」

「別にふたりきりでも構いやしねえだろ!? 逃げるあやかしを追うのは、祓い屋の得意分野だ。そうだ、そうだぜ。俺が行くよりも、よっぽど適任だ！」

するると、東雲さんはどこか怒りを堪えているような声で言った。

「まさか——ふたりきりだと恥ずかしいとか、そんなこと言わねえよな……? 付き合ってねえなら、別に問題ないはずだ」

指の隙間から見える瞳が、黄金色の光を放っている。

——ああ、こりゃ本当に駄目だ。

私は深く嘆息すると、脱力しながら言った。

「だから付き合ってないってば。わかったよ、ふたりで行ってくる」

ちらりと眠っている水明に視線を遣る。

「……ぐう……」

この時ばかりは、気持ち良さそうに眠っている少年が憎らしく思えた。

こうして私は——水明とふたりで、延滞料の回収をする羽目になったのである。

＊　＊　＊

それから数日後。早速、私たちは北海道へ行くことにした。

「なんで俺が……」

「九分九厘くらい水明のせいなんだからね！」

「んん……？」

不思議そうに首を傾げる水明を睨みつつ、リュックを背負う。因みにいつもは一緒に来てくれるにゃあさんは家で寝ている。冬は絶対に家を出ない──それが彼女のポリシーだからだ。猫は炬燵《こたつ》で丸くなるもの。それをしないで猫とは言えぬとは彼女の言葉だ。

ついでに言うと、水明の相棒、犬神のクロは──。

「…………オイラを置いてかないでぇぇぇぇ」

彼に声をかけた途端、さめざめと泣き始めた。どうやらこの犬神、寒いのがめっぽう苦手らしく、行き先が極寒の北海道だとわかった途端にこんな調子になった。

「オイラ、雪の上を走るのすごく苦手なんだよね。正直、これっぽっちも役に立てる予感がしないけど！　でもでもでも、連れてってえ……」

クロは普通の犬よりも遥かに胴が長く、四肢が短いせいで、雪の上を走ると埋まってしまうのだそうだ。更には毛に雪が絡み、その重みで徐々に走行が難しくなるのだとか。

ならば留守番をと思ったのだが、水明をひとりでは行かせられないと固辞されてしまった。結果、クロは水明のリュックの中に入れて連れて行くことになったのである。

出発前……クロはリュックの蓋から顔だけ出すと、威勢よく言った。

「フフフ。今回のオイラは、所謂《いわゆる》最終兵器って奴さ！　いざとなったら呼んでよ！」

そして——現在。リュックの中で大いびきを掻いて眠っている。

「犬は喜び庭駆け回り、じゃないの？」

「クロを普通の犬扱いするな。デリケートなんだ、これでも」

これればかりは、相棒である水明も思うところがあるらしい。若干、渋い顔をしていた。

そんなこんなで北海道へとやってきた。朧車《おぼろぐるま》という牛車《ぎっしゃ》のあやかしに乗って、昼頃には目的地に到着。朧車が地獄の入り口へと戻るのを見送ると、その時点で途方に暮れてしまった。何故ならば、辺り一面白く烟っていてなにも見えなかったからだ。

朧車が連れてきてくれたのは、雪原のど真ん中だった。風が唸る音が聞こえ、絶え間なく粉雪が吹き付けてくる。しかし周囲に建物は一切なく、雪を凌ぐ場所すらない。

吹雪の中に放り出された私たちは、あっという間に全身凍えてしまった。

「さ、さささ寒い！　……遭難、しちゃったりしてないよね!?」

「やめろ、冗談に聞こえない！」

一メートル先さえ見えない状況に、隣にいる水明の姿すら吹雪にかき消されてしまいそうで、恐ろしくなって水明の腕を掴む。

「知り合いのカムイが迎えに来てくれるはずなんだけど……。こんなに吹雪だなんて思わなかった！　もっと厚着してくれれば……いや冬山装備で来るべきだったよ……！」

一応、普段よりかなり着込んではいる。しかし、それが問題にならないくらいに寒い。これは絶対に氷点下だ。もしかしなくてもバナナが凍るレベル。でも、ナナシはこれくらい着込めば大丈夫って言っていたし……。ああ、でもすべてが手遅れだ！

ひとり後悔の念に駆られていると、私の言葉を聞いた水明が顔を顰《しか》めた。

「カムイ……って、アイヌの神のことか？」

「うん。そう」

なにも考えずに頷くと、何故か微妙な顔をされた。訝しんでいると「いつもながら非常識な奴だな」と呆れられた。どうやら、神様と知り合いなのが変らしい。

「神様でも、お客さんはお客さんだと思うんだけど」

「まあ、それはそうだが。お客様は神様です、が現実になると思うと……」

「あ。ほんとだ。上手《うま》い！　座布団一枚！」

自分では決して湧かない発想に感心して、寒さでかじかんだ手で水明をバンバン叩く。するとと、水明はとても迷惑そうな顔をして私の手を払った。

――ひゅう。

その時、一際冷たい風が吹き込んできて身体が震え上がった。

「ううう。寒いよ……」

思わず、水明の腕に抱きつく。けれど、辺りを吹き荒れる冷たい風は容赦がなく、ちっとも暖まらない。

「このままじゃ凍死しちゃうかも……」

真剣にそう思って、同意を得ようと水明の顔を見上げると、彼の頬や耳がやけに赤くなっているのに気がついた。

「わあ、寒すぎて真っ赤だよ。大丈夫？」

「……………別に。問題ない」

何故か視線を合わせてくれようとしない水明に首を傾げる。それにしても寒い。早く迎えに来てくれないものだろうか──そう思っていると、唐突に寒さが和らいだ。

「こんにちは《イランカラプテ》」

驚いて顔を上げると、そこには赤い衣を何重にも重ねて着た老婆の姿があった。

「アペフチカムイ！」

それは「火」のカムイだった。炎のように色鮮やかな衣を纏った老婆から、まるで太陽みたいに強い熱を感じる。不思議なことに、アペフチカムイの傍にいるだけで冷え切っていた身体がじわじわと末端から解けていくような感じがして、ホッと一息つく。

やがて、アペフチカムイは大きく頷くと、くるりと踵《きびす》を返した。

アペフチカムイが歩き出すと、途端に寒さが増す。この暖かい感じは、彼女から離れると効力を失うらしい。私は水明と顔を見合わせると、急いでアペフチカムイの後を追った。

すると、水明が私に訊ねた。

「で、目的地はどこなんだ？」

水明の問いかけに、私は小さく頷いて言った。

「カムイミンタラ。神々が遊ぶ庭に、会いたい人がいるの」

そこから五分ほど歩いた頃だろうか。吹雪で白く染まった世界が突然開けた。

「わあ……！」

そこには、見たこともない光景が広がっていた。

一面に広がっていた雪景色が途切れ、突然、円形に切り取られた花畑が現れたのだ。

曇天の真ん中に、まるで穴を空けたみたいに青空が広がっている。

この辺りには、ポツポツと石が転がっているくらいで、背丈の高い草花や木々はどこにも見当たらず、平坦な地面に花の絨毯《じゅうたん》が広がっている。咲いているのは高山植物だ。可憐な白い花弁、中央に黄色いおしべが密集しているチングルマ。紅紫色の花弁が眩しいエゾコザクラ。ピンクの紡錘形の花が鈴なりになっているエゾツガザクラ。

さっきまでの寒さはどこへやら、暖かいとまではいかないが、爽やかな風が花畑の上を渡っている。白く染まった世界から一転、青空を写し取った水たまりの輝き、鮮やかな花の色……まるで初夏を思わせるような光景に心が躍る。

「どういうことなんだ……？」

うっとりしている私とは対照的に、水明は困惑気味に周囲を見回している。

その気持ちはわからなくもない。遠くに目を向けると相変わらず吹雪いている。どう見たって尋常じゃない。ここが、なにか特別な力で作られた特別な場所だとしか思えない。

――ここが、神々の遊ぶ庭《カムイミンタラ》。

やっと到着できたことに安堵していると、先導していたアペフチカムイが立ち止まった。釣られて私も足を止める。

するとアペフチカムイの向こうに家が建っているのが見えた。

それはアイヌ伝統の家であるチセだ。掘立柱に寄せ棟屋根、木造のシンプルな家が建ち並んでいる。それに高床式の倉庫と、木を組んだ檻のようなものが見える。どうやら、ここで集落《コタン》を形成しているらしい。

家の周囲にはたくさんの人がいて、彼らもアペフチカムイのように、アイヌ伝統の衣装を着ていた。老若男女様々だが、誰も彼もが楽しげに笑っている。

「キムナイヌはどこにいますか」

アペフチカムイに訊ねると、彼女はにこやかに頷いて、また歩き出した。どうやら案内してくれるらしい。

その時、出発前に聞いた東雲さんの言葉を思い出した。

――「火」のカムイであるアペフチカムイは、アイヌたちに最も近いカムイだ。いつだって人と神を繋いでくれる。困ったらアペフチカムイを頼れ。大丈夫、夏織ならやれる。

「夏織ならやれる、かあ……」

勢いに任せて厄介ごとを押しつけた癖に、東雲さんは出発前にカムイたちについて色々と教えてくれた。日本人とはまるで違う文化を持つアイヌの神と会うのは緊張したが、東雲さんのおかげで少しは不安が和らいでいる。

――それにしたって過保護。

呆れ半分嬉しさ半分で笑っていると、アペフチカムイはあるチセの前で立ち止まった。建ち並ぶチセの中でも一番立派なものだ。どうやら、そこに目的の相手がいるらしい。

私は水明に目配せをすると、チセの入り口の前まで移動した。

そして、アイヌでの訪問時の作法を思い出して、コホンコホンと咳払《せきばら》いをする。

すると中から、なにか毛むくじゃらのものがぬうと顔を出した。

「……ッ」

一瞬、動物が出てきたのかと思って身構える。しかしそれはきちんと人の形をしていて、けれども獣と見間違えそうなほどに多くの毛で覆われていた。

「あがって休みなさい《アフプワシニャン》」

そう言って、ニカッと鋭い犬歯を見せて笑ったのは、かなり大柄な男性だった。癖のある黒髪を肩まで伸ばし、顔の大部分がゴワゴワした髭で覆われている。人とは思えないほどに体毛が濃く、複雑なアイヌ文様が縫い取られたアットゥシの袖や襟元から、毛皮と見紛うほどの黒い毛がはみ出していた。手甲や脚絆を着けてはいるが、毛で埋もれて見えなくなりそうなくらいだ。しかし、額から頭の天辺にかけてはつるりと禿《は》げ上がっていて、全身の毛量が多いぶん、やけにその部分が目立って見える。

「キムナイヌ……ですよね？」

チセの中に戻ろうとする男性に訊ねる。すると、その人は指で頭をボリボリと掻くと、「そうだ」とだけ答えた。そして榛色《はしばみいろ》の瞳で私をちろりと見ると、先ほどよりも低く聞こえる声で言った。

「それでお客人。今日はなんのご用かな」

剣呑な光が宿った瞳で見つめられ、私はコクリと唾を飲み込むと、鞄から一通の書類を取り出した。

「――幽世の貸本屋、東雲の娘で夏織と申します。本日は未返却の本の回収と、延滞金を頂きに参りました」

するとその瞬間、キムナイヌの太い眉が寄ったのが見えた。

その時私は、出発前に聞いた東雲さんの言葉を再び思い出していた。

――キムナイヌは、神様の癖に嘘をつきやがる。気をつけろ。

どんな嘘をつくのだろう。言葉巧みに追い返されでもしたら堪らない。絶対に騙されないぞと覚悟を決め、奥歯を噛みしめてキムナイヌの反応を待った。すると――。

「そそそそ、そうだったかねえ？　返したと思ったが!?」

キムナイヌがタラタラと滝のような汗を流し始めたではないか！　更には、榛色の瞳をあらぬ方向に向けて小鼻を膨らませている。そして、裏返った声は明らかに震えていた。

「――わかりやすすぎる……！」

「は？　なにか言ったか」

「い、いいえ!?」

慌てて首を振って否定する。しかし内心はかなり動揺していた。もっと高度な心理戦が繰り広げられるのかと思ったが、バレバレすぎてため息しか出ない。

「貸し出し帳には、きちんと記録が残っています。どうぞご返却を」

やや冷静になって、キムナイヌをじっと見つめる。すると、まるで熊みたいに大きな身体を持ったキムナイヌが、渋い顔をしたままウンウン唸り始めた。

「あの……その、だな」

「おお、客人を中に招かずに立ち話など。なにかあったか！」

するとその時、チセの奥からもうひとり誰かがやってきた。

その人はキムナイヌの隣に立つと、ニヤニヤと嫌らしい笑みを浮かべた。

「どうしたのだ、キムナイヌ。困りごとか？」

その人は私たちに気がつくと、自分は「カパッチㇼカムイ」であると名乗った。

カパッチㇼカムイは大鷲のカムイだ。アイヌにとって大鷲はフクロウと同じように神の鳥として扱われている。私は彼に向かって頭を下げると、改めて貸本屋であると告げた。

「ほほう？　貸本屋か。今年は若い娘子なのだな」

私を繁々と見つめた彼は、次にどこか憐れむような瞳をキムナイヌに向けた。

「キムナイヌ、顔色が悪いな。もしや、また残した飯を食ってもらえなかったのか《求婚を断られたのか》」

「……！　ち、違う」

「それとも、誰かに嗤われたか？　仕方ないだろう、お前がロンコロオヤシ《禿げ頭のお化け》なのは間違いないのだ、きっとそのせいで嫁も来ないのだろうし」

「…………」

カパッチリカムイは、私たちにはよくわからない話題を次々に続けた。水明と無言のまま視線を交わす。アイヌ語や私たちにはわからない風習の暗喩が交じるせいで、言葉の意味をすべて理解できはしないが、不穏な空気が流れていることは間違いない。

――どうしてこんなことを……？

内心、ヒヤヒヤしながら見守っていると、カパッチリカムイがキムナイヌの禿げ上がった頭をするりと撫でた瞬間、彼の顔が茹《ゆ》で蛸《だこ》みたいに紅くなった。

「黙って聞いておれば……！」

「ハハハ。事実であろう？　主がいつまでも独身であるのは誰もが知ることだ」

キムナイヌの眉間に血管が浮かび、元々太かった腕や足がみるみるうちに膨張していく。

――やばっ……！

あからさまに激怒しているのがわかり、思わず後退る。すると、水明が私を背後に庇ってくれた。それでもキムナイヌの放つ怒気が恐ろしくて、水明の背中にしがみつく。

カパッチリカムイは、怒りが収まらない様子のキムナイヌの肩を抱くと、彼の耳もとでボソリと言った。

「――それで、貸本屋からあの本を借りたのか。知っているぞ。我は主があの本でなにをしているか知っている。早く返した方がいいのではないか？　いつまでも手もとに置いておいたって……」

　――その瞬間。

　どおん、と地面が震えるほどの爆音がして、降り積もっていた雪が舞い上がった。途端に真っ白になった視界に、思わず目を瞑る。するとその時、遠ざかっていく足音が聞こえた。嫌な予感がしたけれども、すぐには目を開けられずにグッと堪える。

　やがて舞い上がっていた雪が落ち着くと、私はようやく状況を確認することができた。

「ああっ……!?」

　目の前にいたはずのキムナイヌの姿が消えている。慌てて周囲に視線を巡らせると、遥か遠くに豆粒みたいな後ろ姿が見えた。

「逃げられた！　それにしても足速すぎない……!?」

　愕然としていると、更に状況が変化した。

　先ほどまで集落の周りだけ晴れていたはずなのに、ぽっかり空いていた晴れ間が埋まり、突然、吹雪いてきた。一面の花畑があっという間に雪に埋まっていく。

「おうおう、キムナイヌめ。天候を操作したようだ」

　カパッチリカムイは空を見上げると、カラカラと楽しげに笑った。

　私は涙目になると、カパッチリカムイに詰め寄った。

「な、なにをしてくれるんですか！　逃げちゃったじゃないですか……！」

「あやつ、雪で目隠しをしている間に、ちゃっかりチセの中から本を持ち出していたぞ。アッハッハッハ！　やるではないか！」

「笑いごとじゃないですよ！　なんでキムナイヌを煽るようなこと……！」

すると、顎髭をするりと撫でたカパッチㇼカムイは、楽しげに目を細めて言った。

「悪いな。我は熊みたいな黒い毛むくじゃらは嫌いなのだ」

「は……？」

「キムナイヌは熊ではないが、熊に似ているから好かぬ。それだけだ！」

「はあああ……？」

どうやら、ただの私怨であったらしい。その時、脳裏に東雲さんの言葉が蘇ってきた。

――キムナイヌとカパッチㇼカムイは仲が悪い。近づけるなよ。

……ああもう、思い出すのおっそい……！

思わず脱力していると、カパッチㇼカムイはドンと自分の胸を叩いて言った。

「問題ない。我も手伝おうではないか。準備をしてこよう。……なあに」

そして自分の目を指さすと、黄金色の瞳を細めて言った。

「大鷲の目は決して獲物を逃がさぬ。毛むくじゃら如き、すぐに見つけてやろう」

＊　＊　＊

大鷲に乗って雲を抜けると、北海道の空はどこまでも高かった。

濁りのない澄んだ青い空。眼下に広がる雲海はとても柔らかそうで、ベッドにしたらさぞ寝心地がいいだろうと思う。

……が、正直今はそれどころではなかった。

「ヒッ……わあああああああ！　やだ、落ちる落ちる落ちる！」

「夏織、喋るな。噛むぞ！」

「待って、待って！　そんな急に言われて……へぐっ」

――舌、噛んだ！

カパッチㇼカムイの背に乗って大空へ舞い上がってから、すでに数時間経っている。

その間、私は何度も何度も情けない悲鳴を上げていた。

カパッチㇼカムイは、眼下にキムナイヌを見つけるたび、猛禽類らしく急降下して襲いかかった。そのたびに、振り落とされまいと手の届く範囲のものに必死にしがみつく。カパッチㇼカムイの羽やら、水明の腰やら……被っていた毛糸の帽子は、いつの間にかどこかへ飛んで行ってしまった。安全ベルトなしのジェットコースターのような状況に、目を回しながらも必死に耐える。しかし、私はこんな有様なのに、アペフチカムイは囲炉裏端でお茶をしているかのように涼しい顔をして座っていた。

――神様ってすごいなあ……！

素直に感心しつつ、涙目で水明の顔を見る。そういえば、彼が高所を苦手としていたことを思い出したからだ。

「…………」

しかし、青白い顔をしてはいるものの、水明は決して悲鳴を漏らすことはなかった。詳しく事情を説明したおかげか、彼も覚悟を決めたらしい。雲の切れ目から見える大地を真剣な面持ちで見つめている。

「アッハハハハハ！　ほれ、あそこだ。毛むくじゃらがおる！」

本人が豪語していた通り、カパッチㇼカムイはいとも簡単にキムナイヌを見つけることができた。けれども、キムナイヌの身軽さは尋常ではなく、カパッチㇼカムイの鋭い爪をひらりと躱《かわ》し、ひと跳びで川を渡り、もうひと跳びすれば山を越えてしまう。

アイヌ語で「山の人」という意味の名を持つキムナイヌは、一言で言うと山男だ。「山にいる神《キムンクッ》」や「山においでになる神《キモカイクッ》」とも呼ばれ、アイヌたちの間で、石狩川《いしかりがわ》の奥地にある彼が棲まう場所では、決して泊まってはいけないとされていた。

素手で熊を殺すほどの怪力を持つが、山中で荷物が重くて困っている時に、

「守り神さんたち《アネシラッキウタラ》、手伝っておくれ《イカスウワ》」

と叫ぶと、荷物を軽くしてくれるような一面もある。

血を嫌うとされているが、一方で人を喰ったという伝承もある。そして、キムナイヌに対する時、決して触れてはいけないものがあった。それは「禿げ頭」だ。キムナイヌは自身が禿げていることをとても気にしていて、安易にその話題に触れると、天変地異が起こ

り、路傍の大木が倒れたりするという。

「逃げても無駄よ。禿げ頭がチカチカ光りよるからすぐに見つかる。アッハハハハハ！」

しかし熊嫌いだというカパッチリカムイが、その禿げ頭を茶化しながら追いかけるものだから、キムナイヌは半ばムキになって逃げているようにも思えた。

——うう、延滞料回収できるのかなあ。

不安になりつつも、自分ではどうすることもできないので黙って見守る。

すると、何度も何度も爪で襲いかかられ、流石に疲れたらしいキムナイヌは、近くにいたエゾシカの群れに飛び込んで、一匹の雄に跨《また》がって走り始めた。

「よしよし、上手くいった。鹿を司る神《ユクコロカムイ》に頼んだ甲斐があった」

エゾシカと共に移動し始めたキムナイヌを見て、カパッチリカムイはほくそ笑んでいる。

自らを取り巻く獲物、道具、自然などに神を見いだしていたアイヌだが、彼らは自分たちの主食とも言えるエゾシカをカムイとはしなかった。鹿を司る神が、アイヌたちの祈りに応じて地上に放ってくれるものだと考えていたのだ。カパッチリカムイの口ぶりからすると、予め鹿を司る神にエゾシカを多く配置して貰っていたのだろうか？

すると、カパッチリカムイは、小僧！　と水明に声をかけた。

「鹿共を追い立てられるか」

「……できる」

すかさず水明が答えると、カパッチリカムイはギャアと満足そうに鳴いた。

「夏織、俺の服でも掴んでいろ。落ちたらいけない」

水明は大鷲の上を移動し、首の上に跨がった。言われた通りにすると、水明は持ってきた鞄からクロを取り出した。

「ぐう……ぐう……」

どうやら、クロはまだ眠っているらしい。すやすやと心地よさげな犬神に、水明はボソボソとなにか呪《まじな》いを唱えると、クロと一緒に取り出した護符に念を籠める。

その瞬間、クロの紅い斑《ぶち》が眩い光を放った。

「……クロ！　起きろ！」

そして、水明は大きく振りかぶると、クロを空中に放り投げた！

「…………ん？」

その瞬間、ようやくクロが目を覚ました。しかし、まだ寝ぼけているらしい。数瞬ぼんやりしていたかと思うと、自分の状況を理解したのか悲鳴を上げた。

「う、うわあああ！　なに、なんなのお!?　寒い！　落ちてる！　ひえええええっ！」

しかし、悲鳴は上げてみたもののクロの身体は既に空中だ。なすすべもなく、お腹に尻尾をくっつけたまま、あっという間に落ちていく。

「す、水明！　あんた、なにしているのよ！　クロが！　クロが！」

思わず水明を揺さぶると、彼はうんざりしたような顔で言った。

「大丈夫だ」

その瞬間、大量の護符が飛んでいった。すかさず、水明が印を切る。すると護符は一箇所に集まると、見覚えのある姿を形作った。

——紙飛行機！

そして紙飛行機は素早くクロの下へと潜り込むと、その小さな身体を受け止めた。クロはすぐさま起き上がると、ホッとしたように尻尾を振った。

「……すっごい！」

感激した私は、思わず水明に抱きついた。

「こんなこともできるんだ……！　うわあ、本当にすごい！」

興奮のあまりに水明の身体を強く抱きしめる。すると、水明はボソボソと言った。

「……くっつくな。コントロールが乱れるから。真面目に」

「ん？　なに？」

「……なんでもない」

その間にも、どんどんと状況は変化していく。紙飛行機は、徐々にキムナイヌが跨がったエゾシカがいる群れへと近づいて行った。クロがお尻を高くして構える。すると、身体中の紅い斑模様が明滅し出した。

「……行くぞお！」

クロが思い切り身体を捻ると、尾を振りきった瞬間に紅い衝撃波が飛んでいった。それはエゾシカの足もとに着弾するなり、轟音《ごうおん》と共に炸裂する。すると、驚いたエゾシカたちは四方八方へと散ろうとするが、先回りするように衝撃波が飛んでいき地面を抉った。

結果、逃げ場を失った群れは徐々に中央に集まり、一定方向に向かって走り出した。

——なるほど……！　あれで群れの行き先をコントロールしているのか！

「アッハハハ！　小僧、上手い上手い！」

それを見て、カパッチリカムイは上機嫌で笑っている。

「……くっ！」

エゾシカの密集している真ん中にはキムナイヌの乗った雄がいる。寿司詰め状態になっているからか、飛び降りることもできないらしい。キムナイヌは酷く焦った様子だった。

やがて、景色が変わったのに気がついた。

果てなく続くと思われた雪原。その中を悠然と川が流れている。雪化粧が施された木々が彩るのは、大小様々な沼だ。そこでは、鳥たちが優雅に羽を休めていた。昼頃よりはだいぶ天気が回復してきたせいか、雲間から夕陽が漏れ、薄闇に包まれつつある水面を煌めかせている。夕陽に赤く染まった雪の大地——それは見蕩れるほど美しかった。

「ここは……」

「釧路湿原《くしろしつげん》だろう。大鷲は塘路湖《とうろこ》にキムナイヌを追い込むつもりみたいだ」

水明の言葉通り、遠くに湖らしきものが見えた。凍っている部分もあるが、見るからに氷が薄い部分がある。あんな場所にエゾシカの群れが突入したら、きっと氷が割れて落ちてしまうに違いない。

「まさか水底にでも沈めるつもり!?」

それは流石にやりすぎなのではと青ざめていると、カパッチリカムイがゆっくりと降下していった。エゾシカの群れと塘路湖がみるみるうちに近づいてくる。

「カパッチリカムイ！」

必死に叫ぶも、その瞬間、タンチョウヅルが一斉に飛び立ち、羽音で声がかき消されてしまった。声はまるで届かず、みるみるうちにキムナイヌの姿が近づいてくる。

──ああ、どうすれば……！

こういう時、いつだって私は打ちひしがれる。水明のように特別な力もない。あやかしや神のようになにかできる訳でもない──。

私はなんの力も持たない、ただの「人間」だ。

思わず泣きそうになっていると、誰かが私の袖を引っ張った。それはアペフチカムイで、穏やかな表情を浮かべた老婆は、なにか物言いたげに私を見つめている。

──困ったらアペフチカムイを頼れ。

東雲さんの言葉を思い出して、ハッとする。

……そうだ。私は「人間」だ。人である私にしかできないこと。古代から連綿と続いてきた神と人間の正しい在り方。それは──神に祈りを捧げ、願いを託すこと。

「アペフチカムイ、お願いします。キムナイヌに酷いことをしないで。私……誰かが傷つくのは嫌なんです」

切なる願いを込めて頭を下げる。すると、アペフチカムイは私の頭を皺の寄った手で優しく撫でると、ニッコリ笑ってくれた。

――やがて、雪煙を上げながら走り続けたエゾシカたちは、塘路湖上に進入すると、途端に体勢を崩した。やはりまだ氷が薄かったらしい。氷を踏み抜いてしまい焦っているようだ。しかし次の瞬間、私は自分の目を疑った。

「……ハァッ!!」

キムナイヌが気合いを入れたかと思うと、キシキシとなにか硬いものが擦れ合う音がしたのと同時に、塘路湖上が一斉に白く染まった。いや――凍り付いたのだ！

「ワハハハハハ！　残念だったな！」

天候を操る力を持つキムナイヌだ。湖面を凍らせるなんて造作もないらしい。

愉快そうに笑ったキムナイヌは、エゾシカに跨がったまま軽快な足取りで湖を渡り始めた。湖面はしっかり凍っていて、エゾシカの体重程度ではびくともしない。

「逃げられちゃった……？」

呆然と呟く。すると「まだだ！」とカパッチㇼカムイが叫んだ。

「アペフチカムイ！」

そのカパッチㇼカムイの呼び声に応えるかのように、アペフチカムイを中心に熱が広がっていく。それは、ともすれば真夏の太陽を思わせるような熱だ。塘路湖の氷を溶かそうとしているのだろう。あっという間に湖面の氷にヒビが入る。

——このままじゃ、氷が割れてしまうのでは……!?

一瞬、ヒヤリとしてアペフチカムイを見つめる。けれども、火の神は穏やかな笑みを浮かべると、小さく頷いてくれた。私はそれを信じて、状況を見守ることにした。

「無駄なこと！」

すると、氷の状況に気がついたキムナイヌは、また不思議な力を使って湖面を凍り付かせた。しかしすぐにアペフチカムイが熱を発すると、氷面に細かなヒビが広がっていく。

すると、キムナイヌが湖の中央に到達した頃に事態が動いた。

「……お？　おおおおおおっ!?」

キムナイヌが困惑の声を上げたかと思うと、エゾシカたちの足もとの氷が突然隆起し始めたのだ！

ミシミシと嫌な音を立てて、氷の表面に大きな亀裂が入っていく。

慌てたキムナイヌが力を使うと、益々《ますます》耳障りな音が響いて氷が盛り上がった。勢いよく走っていたエゾシカたちは、氷に激突したり、驚いてあらぬ方向に走り出したりして、仕舞いには、キムナイヌが乗っていた牡鹿が、亀裂に足を取られて倒れてしまった。

「うおおおおおおっ！」

すると、エゾシカの背から落下したキムナイヌは、まるでカーリングのストーンみたいにクルクル回って氷上を滑って行った。すかさずカパッチリカムイが、キムナイヌに向かって一直線に降りて行く！　そして――。

「アッハッハッハ！　我の勝ちだ。キムナイヌ！」

「くそっ！　くそっ！　くそっ！」

カパッチリカムイは満足げに大笑いすると、嘴《くちばし》をカチカチ鳴らした。巨大な鉤爪《かぎづめ》に押さえつけられたキムナイヌは、顔を真っ赤にして氷を拳で叩いている。

私はそれを確認すると、なんとかカパッチリカムイの背から降り――その場にヘナヘナと座り込んだ。

「終わった……？」

辺りにはエゾシカたちとツルの鳴き声が響いている。キムナイヌのことは、カパッチリカムイがしっかりと押さえているから、これ以上の逃亡を心配する必要はなさそうだ。

「…………疲れた」

思わずそう呟くと、私の隣に降り立った水明も言った。

「…………同感だ」

私は一瞬だけ天を仰ぐと、改めて湖に視線を遣った。

夕陽に照らされて、湖面の氷がキラキラ光っている。そして――まるで誰かが移動した軌跡をなぞるように氷が隆起していた。私はこの現象の名を知っていた。

「御神渡《おみわた》り……」

長野《ながの》県の諏訪湖《すわこ》などでも見られるこの現象は、夜と昼の寒暖差によって起きるものだ。

それを、キムナイヌの冷気とアペフチカムイの暖気で無理矢理起こさせたらしい。

「アッハッハッハ！　いい考えだろう。流石、我。暇つぶしには最高であった！」

カパッチリカムイの笑い声が辺りに響いている。私は、あまりにもスケールの大きい神々の御業《みわざ》に、こっそりとため息を零したのだった。

＊　＊　＊

神遊びの庭にある一番大きなチセに戻ってきた私たちは、なにはともあれ食事をすることにした。昼食を食べ損なっていたこともあり、くたくたでなにも手につきそうになかったからだ。囲炉裏端に座り、アペフチカムイの作った料理をご馳走になる。火の上では、クツクツとお鍋が煮えている。中身は鮭を使った汁物《オハウ》だ。アイヌ料理の特徴として、基本の味付けは塩だけ。秋頃に獲り、乾燥させた後に囲炉裏の上で燻煙しておいた鮭がたっぷり入っていて、シンプルな味わいだが、素材の味がよく出ていて優しい味だった。

「はあ……身体が温まる」

「だな」

お腹が空いていたこともあり、私と水明はオハウを夢中になって食べた。

上空の冷たい空気に晒され続けた身体が温まると、ようやく人心地つくことができた。

このまま眠ってしまいたいくらいだけれど、まだ仕事が残っている。お腹いっぱい食べた私は、キムナイヌに貸したままだった本を確認する。

彼が貸本屋から借りていたのは、主にアイヌたちが語り継いできた英雄叙事詩《ユカラ》が書かれた文献だ。アイヌは文字を持たない人たちだった。彼らはすべてのことを記憶して、口伝えで遺してきたのだが、それらの本には、研究者たちがアイヌから聞き取った物語が集められている。アイヌの語る物語には昔話《ウエペケレ》や神謡《カムイユカラ》など様々あるが、その中でもユカラは特別な力を持った超人たちの冒険譚《たん》だ。

「……確かに、これで全部ですね。では、こちらは回収させていただきます」

本を鞄に仕舞う。そんな私を、どこか物悲しげにキムナイヌは見つめている。

すると、膝の上で丸くなって眠るクロを撫でながら、水明がキムナイヌに訊ねた。

「どうして逃げたんだ。延滞金を払いたくなかったのか？」

「お前……聞きづらいことをズバッと聞くな!?」

「寒いし、怖かったんだ。別にこれくらい聞いてもいいだろう」

水明は眉を顰《ひそ》めると、さあ話せと言わんばかりにキムナイヌに視線を向けた。

しかし、キムナイヌは口籠もるばかりでなかなか話そうとしない。すると、その隣で酒杯を空けていたカパッチリカムイが、やけに嬉しそうに言った。

「ならば、我が話してやろう。こやつはな」

「うわあああ！　待て、待ってくれ！」

カパッチリカムイのお節介に、キムナイヌはようやく観念したようだ。ため息をひとつ零すと、事情を話してくれた。

「貸本屋の娘。お前はカムイのことをどれくらい知っている」

私は少し考え込むと、東雲さんから教わったことを思い出しながら答えた。

「……私たちが知っている神様とは違うもの。獣、植物、自然、道具とか、アイヌを取り巻くほぼすべてのもの」

それは例えば、熊であり大鷲であり火であり、道具や山菜だったりした。彼らは神の国《カムイモシリ》では人間の姿をしていて、人間の世界《アイヌモシリ》へ来る時は、人間の目に見えるように衣服を身につけてくる。衣服とは、熊であれば肉体であったり、火であれば熱を伴った現象だった。

つまり、アイヌがカムイと呼ぶものすべては、御使いでもなんでもなく、神そのものなのだ。そしてそれらの衣服は、同時に人間への土産物になった。

「例えば……熊のカムイは、肉と毛皮をもたらしてくれます。そのお返しに、アイヌは感謝の言葉と『人間にしか作れないもの』を捧げ物として差し出しました。そうすると、カムイは神の国でいい生活ができると考えられていたんです。人間の都合で狩っているのではなく、お互いに利益がある関係なのだとアイヌは考えていました。アイヌとカムイは対等なんです。養父から、そういう風に聞きました」

つまり、ギブアンドテイク。交易で栄えたアイヌらしい考え方だと思う。

するとキムナイヌは、「人間にしか作れないもののひとつにユカㇻがある」と語った。

「土産物を渡し、魂だけとなったカムイを送る際に、アイヌはとても面白いユカㇻを語る。

それはそれはすごい話だ。大きな化け物を倒したり、空を飛んだり！　怪我が一瞬で治ったりするのだぞ、ワクワクするだろう！」

キムナイヌは興奮気味に言うと、次の瞬間にはしょんぼりと肩を落とした。

「しかし、その話は必ずといっていいほど途中で終わってしまうのだ。しかも、一番盛り上がる手前で！　生殺しだろう。酷い話だ」

すると酒を呷っていたカパッチリカムイがクックッと笑った。

「アイヌからすれば、面白い話の続きを聞きにまた来てくれという意図のようだがな。しかし、次の機会があったとしてもまた話が途中で終わる。なんともはや笑うしかない」

「ここの庭《カムイミンタラ》にも、中途半端な話を聞かされ、悶々としているカムイがわんさといるのだ」

キムナイヌは首を横に振ると、己の手をじっと見つめた。

「いつか物語の続きが知りたい。俺はそう思っていた。その時だ。東雲に出会ったのは」

東雲さんは、ユカラを集めた書籍があると教えてくれたのだという。最初、文字なんて読めなかったキムナイヌは、ユカラ読みたさに必死に勉強をした。そして、念願の本を借りるとそれを読みふけった。

「……面白かった。腹を抱えて笑ったし、ハラハラしてページを繰る手が止まらなかったこともある。俺は貪るようにユカラを読んだ。読み終わると、また一から読み始めた。何度も何度も……一文字たりとも読み逃さないように」

それはキムナイヌにとって、心躍るひとときだった。内容をすっかり覚えるくらいに読み込むと、次は知り合いのカムイにユカラを語った。するとそれが評判になり、次第にキムナイヌのもとへ客人が押し寄せるようになった。

「最近は、人間の世界から神の国へと送られる機会も減ってしまった。このままではカムイたちが物語を忘れてしまう。俺は、俺のやり方でユカラを遺したいのだ。いつか立派な語り部になれれば……そう思っている。しかし、どうにもアイヌのようにはいかぬ。つい話を忘れることがあるものだから、本を手放したくなかった。悪かったな」

キムナイヌは、純粋に本を、物語を楽しんでくれている。

それを知った時、私は胸の奥が温かくなったような気がした。

あやかしたちにも本の素晴らしさを伝えたい。それは東雲さんと私の願いだ。そのために貸本屋をやっていると言っても過言ではない。

その想いが、キムナイヌには確かに届いている。それがどうにも嬉しかった。

「なら、本の買い取りをしませんか」

キムナイヌに話を持ちかける。貸本屋では、定期的に本の入れ替えをする。貸し出し頻度が著しく減ったものなどを、古本屋へ売るのだ。

図書館などとは違い、貸本屋はラインナップをどんどん入れ替えていかないと客が飽きてしまう。どうしてもブームに寄った仕入れになってしまうので、読者の熱が冷めると余剰在庫が必ず出る。それを売って、新刊を買う足しにするのだ。

そしてわが家では、入れ替え予定の本は、希望者に買い取って貰ったりしていた。ユカラの本も、在庫にやや余裕があるはずだ。それに、野外に棲み家を構えているあやかしと違い、キムナイヌであれば本の保管は問題なくできるだろう。

しかし意外なことに、キムナイヌは私の申し出を断った。

「東雲との出会いがあって今の自分がある。本を買い取ってしまったら、その繋がりは切れてしまうであろう？　それに、本を借り続けた方が貸本屋の利になることは明白だ。与えられたものは、きちんと返さねばならない。俺は君たちから本を借りたい」

「……！」

キムナイヌの言葉に思わず顔が綻ぶ。

——ああ、貸本屋をやってきてよかった。

私は、感激のあまりにキムナイヌの隣に移動すると、彼の手を握って言った。

「ありがとうございます！　とっても素敵な考え……！　キムナイヌ、応援しています。是非素晴らしい語り部になってください。これからも幽世の貸本屋をどうぞご贔屓《ひいき》に！」

笑みを湛えて、大柄な身体を丸めて座るキムナイヌの顔を覗き込む。

するとどうしたことだろう。

「………」

キムナイヌは私を見つめたまま固まってしまった。

「あれ……？　どうかしましたか？」

眼前で手を振っても反応がない。ぼうっとしていて焦点が定まっていないように見える。

体調でも悪いのかと思っていると、突然、カパッチリカムイが笑い出した。

「アッハッハッハ！　綺麗ごとばかり並べおって。貸本屋の娘、今の話は真実の一部分でしかない。そやつは本当に嘘つきだ」

「……嘘？」

ヒヤリとして、勢いよくキムナイヌを見つめる。

——キムナイヌは、神様の癖に嘘をつきやがる。気をつけろ。

東雲さんの言葉を思い出し、思わずキムナイヌを睨みつけた。

「……どういうことですか？」

低い声で訊ねると、青ざめたキムナイヌはモゴモゴと言葉を濁した。すると、上機嫌のカパッチリカムイが教えてくれた。

「語り部？　そやつがユカラを語るのは年頃の娘子にだけよ。なにが客人が押し寄せるだ。ユカラを出汁《だし》にして娘子を招き、誰彼構わず食い残しの飯を分け与えているだけだ」

「……ご飯を？　何故ですか？」

「アイヌの慣習では、茶碗の半分だけ飯を食べ、残りを女へ渡すのが求婚とされている。女が受け入れ、残りの飯を食べてくれれば成立だ。だが、こんな汚い手を使う奴のところに、誰が嫁に行くと思う？　禿げ頭でしかも卑怯。救いようがない」

そして、皮肉の籠もった笑みを浮かべると、私に憐憫の籠もった眼差しを向けた。

「貸本屋の娘、気をつけろよ。キムナイヌは——」

すると突然、キムナイヌが食べかけのオハウを勢いよく掻き込み始めた。ギョッとしてその様子を凝視する。……ああ途轍もなく嫌な予感がする。一刻も早く離れた方がいい気がして、ソロソロとキムナイヌの隣から移動しようとした。

「どこへゆく？」

しかし、キムナイヌに手首を掴まれてしまった。自分の手よりも遥かに大きなその手は、私の手首をしっかり掴んで離してくれない。さあっと血の気が引いていく。

「あの、その。えっと」

慌てふためいていると、その瞬間、あることを思い出した。

――夏織、これは絶対に忘れるな。

それは東雲さんの言葉。出発前に、やけに真剣な顔で教えてくれたことだ。

――キムナイヌは馬鹿みたいに惚れやすいんだ。交渉ごとは小僧に代わって貰え。

「……すっっっかり忘れてた……！」

どうしてこんな大事なこと忘れてたの！

自分のあまりの愚かさに愕然とする。同時に段々と腹が立ってきた。

つまり。つまりだ。キムナイヌは女性をたらし込むために、本を手もとに置いておきたかったのだ。本を一度返却してまた借りればいいものを、その手間さえ惜しんで、婚活に明け暮れていた……そういうことになる。

要するに……私たちは、この山男の我《わ》が儘《まま》に振り回されただけなのだ。

──そのせいで、あんなに大変な目に……！

カッと頭に血が上り、怒りが頂点に達する。

「キムナイヌ……」

ジロリとキムナイヌを睨みつける。するとなにを勘違いしたのか、頬をポッと赤く染めたキムナイヌは、半分だけ中身を食べた椀を私に差し出した。

──この期に及んで、求婚しやがった……！

キラキラとした期待の籠もった眼差しを向けられた私は、無表情のまま手の甲で椀を逸らすと、親指と人差し指で輪っかを作って言った。

「それよりも。キムナイヌ、私たちにはまだすることがあります」

「……へっ？」

途端に顔が引き攣ったキムナイヌに、私は笑みを深めると──次の瞬間には、氷点下よりも冷たい表情を浮かべて宣告した。

「延滞料の精算をしましょうか」

「……ちょっ」

その瞬間、さっとキムナイヌの顔が青ざめる。逃げようとしたのか、キムナイヌの腰が僅かに浮いたが、すかさずカパッチリカムイが彼の両肩を押さえた。

「返却予定日から、三七五日経過しています。東雲さんからの再三の返却要請にまったく応じなかったみたいですね？」

「そそ、それは」

「それと、今回は延滞料回収のために出張もしましたから、交通費も頂戴しますね」

「交通費……!?」

「ここに来るのに、朧車に送迎をお願いしているんですよ。これが本当のお車代……っていうのは冗談として。ええと、そうですね……」

私は鞄から電卓を取り出すと、パチパチと数字を打ち込んでいった。そして、間違いがないか確認をした後、大きく頷いて額を提示した。

「延滞料……経費諸々含め、こちらになります」

「……うっ……!」

その瞬間、キムナイヌは苦しげな声を上げた。激しく瞬きをして、電卓の数字を信じられないような顔で見つめている。やがて私に怯えたような視線を向けると、どこか遠慮がちに言った。

「ちょっとまけて貰う訳には……」

「いきませんね」

私は口もとに笑みを浮かべると、きっぱりと宣言した。

「耳を揃えてお支払いくださいね？」

私の声が薄暗いチセの中に響く。すると、大汗を流していたキムナイヌは、どこか田舎臭い笑みを浮かべると、なにを思ったのかもう一度食べかけの椀を差し出してきた。

「……まさか、結婚して延滞料をチャラにしてくれってことでしょうか」

顔が引き攣りそうになるのを必死に堪えて訊ねる。すると、キムナイヌはどこか気弱な笑みを浮かべると――大きく頷いた。

――この男は……！

沸々と怒りが湧いてきて、思わず怒鳴ろうとした……その時だ。

私の目の前にあった椀が消えた。横から水明が奪ったのだ。

「……なっ!?」

「――お前」

水明は凍り付いた湖よりも冷え切った眼差しでキムナイヌを見つめると、椀の中身を鍋の中へと戻して言った。

「結婚とは、相手のことを思いやり、支え、助け、守ることだ。返却期限すら守れない男が、誰かを幸せにできると本当に思っているのか？」

「……！」

それを聞いたキムナイヌは、がっくりと肩を落とすと――。

「……は、払います……」

そう言って、大柄な身体を小さく縮めたのだった。

「あー！　終わった！　さっぱりしたー！」

キムナイヌから延滞料をきっちり回収した私は、チセを出た途端に大きく伸びをした。

結局、延滞料は砂金で支払って貰った。

砂金がたっぷり詰まった袋の重みったら！

まるでそれが無事に正月を越せる確約のように思えて、心底ホッとした。

「やっと帰れるな……」

するとそこに、荷物を満載したソリを引いた水明がやってきた。

ソリの上には、乾燥させた鮭や熊の肉、山菜類が山積みになっている。

北海道の幸満載の荷物。それは、足りなかった延滞料代わりに貰ったものだ。

「甘いな。不足分を現物で支払わせるなんて」

「あははは……。それはどうだろう」

呆れた様子の水明に、私は少し気まずく思いながら説明した。

実は、延滞料がかさんでしまったお客さんに対しては、ほとんどの場合、全額を貰うことはしていない。基本的には、本の原価を回収すれば終わりとしている。けれど、キムナイヌは延滞常習者であったし、反省している様子もなかったので、今回はきっちり回収することにしたのだ。

「期日通りに返せば払わないで済んだのにね。次回からはちゃんとしてくれたらいいな」

支払額の多さに肩を落としていたキムナイヌだが、アイヌをモチーフにした新刊が入荷済みであると報せると、目をキラキラさせていた。懲りずにまた借りに来てくれればいい。

こんなことで読書をやめて欲しくない。動機はともかく、日本語を勉強した熱意がもったいないと思うのだ。

……求婚は、もう勘弁して欲しいけれど。

私は水明の隣に並んで歩き出すと、彼の顔を覗き込んだ。

「さっきはありがと」

「なにがだ」

相変わらず無表情な水明にニヤリと笑みを浮かべる。

「私の代わりに怒ってくれたじゃない。お客さん相手に怒鳴るのは流石にまずいからね。助かったよ。本当、水明って頼りになるよね」

するると、水明はみるみるうちに顔を赤くした。

「なっ……別に、そんなことはない」

「あったり前だよ〜！」

その瞬間、水明の鞄からクロがひょっこり顔を出した。そして、赤い瞳をキラキラさせながら、どこか自信満々に言った。

「水明はオイラの相棒だもの！　頼りになるに決まってる！　キム……なんとかいう奴にはお嫁さんは一生来ないだろうけど、水明のお嫁さんになりたい人はたくさんいるだろうね。フフフン。夏織、予約するなら今のうちだよ？」

「はっ……!?　よやっ……」

「クロ、やめろ。なにをはしゃいでる！」

「えー。だって……」

激しく言い争っているふたりを余所《よそ》に、早足で歩き出す。

――お嫁さんとか！　クロったらなにを言ってるのよ！

アペフチカムイが傍にいない今、辺りはかなり冷え込んでいるはずなのに、顔が信じられないほど熱い。自分がどうしてこんなにも動揺しているのか理解できず、頭の中を渦巻いているいろんなことを誤魔化すみたいに言った。

「ま、まだ延滞者はいるんだからね。今日は帰るけど、明日もまたよろしくね！」

「はあっ⁉」

その瞬間、水明が素っ頓狂な声を上げた。私の隣に来ると抗議の声を上げる。

「聞いてない。キムナイヌだけじゃなかったのか！」

「当たり前でしょ。まだまだいるわよ。年明けまでに全部回収するから」

「だ・か・ら！　予め説明をしろとあれほど……！」

苦しげに呻いた水明は、ジロリと私を睨みつけると、「次は誰だ」と訊ねた。

「えっと、確か秋田《あきた》のなまはげだったような。そっちは半年くらい延滞してるはず」

「トラブルの予感しかしない！　包丁で追い回される未来が見える！」

「オイラ、寒いところはもう嫌だよお！」

悲鳴を上げたふたりに、私は澄まし顔で言った。

「仕事だから、好き嫌いしないの。それに、クロは鞄の中で寝てればいいでしょ！　いざとなったら投げるから」

「投げる前提はやめてぇ!?」

私たちの賑やかな声が、星明かりで青白く光る雪原に広がっていく。

肌がチリチリするほど冷え込んでいるけれど、心はどこかポカポカと温かくて。

ひとりでクスクス笑っていると、釣られたのか水明やクロまで笑い出した。

冬は厳しい季節だ。寒くて、凍えそうで、できれば暖かい場所で眠っていたいくらいの季節。でも、誰かと一緒なら楽しく過ごせるんだ。

私はそんなことを思いながら、まっさらな雪の上に足跡を刻みながら歩いて行った。

「あ、お〜い！」

そして、迎えに来ていた朧車を見つけると、私は勢いよく手を振ったのだった。

第二章　貸本屋の恋愛事情

冬の幽世はどこまでも静寂に包まれ、そして妖しげだ。

あやかしたちはこぞって棲み家に引き籠もり、春に焦がれながら惰眠を貪る。

息をするのも憚《はばか》るくらいに、静まりかえっているのが冬の幽世。

眠りに落ちたような世界を照らすのは、冬特有の血のように赤い空。数多の星々が揺蕩《たゆた》う凍てついた空は、雪で白く染められた世界を赤く上塗りする。

「…………ふっふふふ」

そんな冬の日に客がいるはずもなく。延滞金回収が一段落ついた私は、アルバイトのない日は日がな一日「積ん読《つんどく》」を崩すのに夢中になっていた。

「積ん読」とは——所謂、買ってはみたものの読む時間がなく、ただただ積んで置いた本のことである。小さい頃に読み、夢中になっていた中華もの長編シリーズに久々の最新刊が出たことで浮かれた私は、片っ端から似たようなジャンルの本を買い漁っていた。

もちろん、お小遣いの範囲で、だ。それを、上から順番に読む……ああ、なんて幸せなひととときなのだろう……！

「はあ。この後どうなるの……」

煎餅を囓《かじ》りながら、夢中になって文字を追う。薬缶から吹き出る蒸気、石油ストーブから伝わる熱がなんとも心地よく、静かなことも相まって読書が捗《はかど》ることこの上ない。

「……夏織くん。悪いがお茶を用意してくれないかね」

その時、私の隣で本を読んでいた紳士がそんなことを言った。その人は、質のよさそうなスーツを着ている癖に、皺になるのも厭わずに畳の上であぐらをかいている。室内だというのにハットを被ったまま、手には革手袋を嵌めて、灰色の瞳を爛々と輝かせて手の中の物語をうっとりと追っていた。

私は本から視線を上げることもなく、あっさりとそれを断った。

「今、最高にいいところなので、ご自分でどうぞ」

その瞬間、紳士はどこか泣きそうな声で言った。

「夏織くんは僕に冷たすぎやしないかい。こちとら年寄りなんだ、労《いたわ》ってくれてもいいじゃないか！　それに僕は君の雇い主だ！　少しくらい気を遣ってくれたって……！」

私は本から嫌々視線を上げると、じとりとその人を睨みつけた。

「ここは幽世で、今は仕事中じゃないです。遠近《とおちか》さん、お茶ならポットに入ってますから、ご自分で淹《い》れてくれませんか？　ライバルが死ぬか生きるかの瀬戸際なんですよ！」

「むむ、それは一大事だ。よし、自分で淹れよう」

あっさりと納得した紳士――現し世でのアルバイト先のオーナーである、河童の遠近さんは、そそくさと立ち上がると台所へと向かった。

　すると、台所でお茶を淹れている遠近さんの声が聞こえてきた。

「女性が淹れてくれた方が、二倍にも三倍にも美味しいに違いないんだけどねえ。可愛い夏織くんが、僕に自分でお茶を淹れるという試練を与えてくれたんだ。その仕打ちに僕は耐えてみせるよ。フッフフ、お茶も淹れられるなんて……僕は完璧だな！」

　――なんだか自分に酔ってるなあ……。

　クスクス笑って、台所にいる遠近さんに声をかける。

「遠近さん、今の発言、セクハラっぽいですよ！」

「なんだって。生きづらい世の中になったものだね!?　ああ、思ったことを口にできない人生なんて、乾ききった砂みたいなものだ」

　遠近さんはさも驚いた風に言うと、どこか浮かれた足取りで戻ってきた。そして、炬燵の上に湯呑みを置くと、ウキウキと読みかけの本に手を伸ばす。彼が読んでいるのは、江《え》戸川乱歩《どがわらんぽ》の『黒蜥蜴《くろとかげ》』。その連載版が載っている大衆雑誌『日の出』だ。『黒蜥蜴』は、この世のあらゆる美しいものを蒐集《しゅうしゅう》する女賊が主人公で、かの有名な探偵、明智小五郎《あけちこごろう》が出てくる作品として知られている。

「ああ……黒蜥蜴。これほど美しく、聡明で、残酷で、狡猾な女性は彼女以外にいないよ。夢の中でもいいから、生きている彼女にお目に掛かりたいものだ。文章から滲み出てくる婦人の色香に、胸の高鳴りが止まらない！」

……どうやら、黒蜥蜴の世界に入り込んでいるらしい。

どちらかというと、普段は紳士的な振る舞いを心がけている遠近さんだが、一旦こうなると非常に面倒くさい。まるで戯曲の登場人物みたいに、大袈裟な身振り手振りで自分の世界に陶酔し始めるのだ。

「それにしても、すみませんね。お待たせしてしまって」

「いやいや、いいのだよ。こうやって好きな本を読めるのだし」

遠近さんは東雲さんの親友で読書仲間だ。その縁もあり、自身が経営している店で私を雇ってくれている。今日は東雲さんと一緒にお酒を飲む約束をしていたらしい。お互いのおすすめの本を持ち寄り、それを評論する……そんな会を、ふたりは定期的に開催していたのだ。しかし、当の東雲さんはというと――。

「うっがあ！　書けねえ！」

居間の隣にある東雲さんの部屋から苛立った声が聞こえる。どうやら、いつも通りに筆が進んでいないらしい。先日、不貞腐れて原稿を放棄した結果、こうやって締め切りに追われているのだ。そのせいで、遠近さんがわが家で読書する羽目になっている。

「東雲と本について語り合うひとときもいいが、気まぐれに目についた本を読み漁る時間も素晴らしいものだ。一度読んだ作品であっても、版元の違うものを敢えて選んだりね。この貸本屋の蔵書の数はそこらの図書館にも負けない。いくらでも待てる気がするよ」

しかし、そんな時間すら遠近さんからすると楽しいらしい。やけに上機嫌で語っている。

「……よく、そんなに夢中になれるな」

するとそこに、呆れたような声が割り込んだ。それは水明だ。炬燵に入った彼は、私たちのように大量の本に囲まれながらも、どこか興味のなさそうな顔をしている。

「好みの本、なかった？」

私が訊ねると、水明はパラパラと手の中の本を捲《めく》り、小さく息を吐いて閉じた。

「いまいち、面白さがわからない」

「うーん。そっか」

「……俺に合う本はどこにもないんだろうか……」

水明はしょんぼりと肩を落とした。そんな彼に私は言った。

「本に拘らなくても、映画とかドラマとか、それこそゲームとかでもいいいんじゃない？」

すると水明はふるふると首を横に振ると、「本じゃないと駄目だ」と断言した。

私は小さくため息を零すと、手もとの本を閉じて先日のことに想いを馳せた。

それは、牡丹雪《ぼたんゆき》が絶え間なく降りしきる冬の日のこと。

突然、水明が私にこう言ったのだ。

『——本を読みたいんだ』

水明と出会ってから、半年と少しが経った日のことだ。

今まであまり本に興味のなさそうだった水明がそんなことを言い出したものだから、私はとても驚いた。話を聞くと、どうもある出来事がきっかけだったらしい。

葡萄色の空に彩られた秋の日。幽世で、水明は死んだ母親と再会した。

彼は母親と五歳の頃に死に別れていた。病死した母親は、幼い水明を遺して逝ったことを悔い、転生できずに魂が幽世に留まっていた。魂の休息所と呼ばれる場所で再会した親子は、ほんの数日だったが一緒の時間を過ごしたらしい。

『自分の感情を上手く表現できない俺に、母は言ったんだ。本を読め。たくさん読んで色々な感情を学べ、と』

だから本を読みたいのだ、と水明は真摯に訴えた。

幸い、わが家は貸本屋だった。本ならば唸るほどある。私は、水明に様々な本を読ませた。今までほぼ本を読んでこなかったという彼に、短編から数百万部売れているというベストセラーまで。しかし――。

水明は再び本を閉じると、ため息を零した。

「これもよくわからない。……どうして主婦が探偵のようなことを……？　この刑事、守秘義務という言葉を知らないのか？」

「え、エンタテインメントだから！　フィクションよフィクション！」

「この間読んだ漫画……小学生なのに、殺人事件に遭遇しすぎじゃないか？　幼い頃から頻繁に死体に遭遇していたら、人格形成に支障をきたしそうだ。将来、殺人に手を染めそうな予感がしてならない」

「……っだあ！　現実に即した作品だから違和感があるのよ！　じゃあファンタジーはど

う。ファンタジーは！」

「このエルフやらゴブリンやらとはなんだ？　どこかのあやかしか？」

「トールキンの指輪物語から読まなくちゃ駄目な奴!?」

「ゆびわ……あの分厚い本か……？　あれを、俺が読む……？」

——どうしてか、水明は上手く本を読むことができなかった。

読みたい気持ちもあるし、長文を読む能力もある。しかし純粋に楽しむことができない。

悩む私に、水明はすまなそうに言った。

「どうにも慣れなくてな。なにせ、俺は物語に触れたことがない。……実際は、物心つく前に母が読み聞かせをしていたようだが、それを知ったのは最近だ」

水明はある意味で「純粋培養」だった。彼を育てた白井家の面々は、意図的に創作物全般に触れないように育てたらしい。だから、フィクションの面白さも意義もよくわからない、と語った水明は次のように続けた。

「父や白井家の老爺たちは、あらゆるものから俺をシャットアウトしていたからな。幼い頃は真っ暗な部屋に閉じ込められていたし、学校も行っていない。生きるのに必要なことは、すべて老爺から教わった。知識、常識、祓い屋としての立ち振る舞い、武器の振るい方、あやかしの殺し方……」

水明は顔から表情を消すと、どこか忌々しげに言った。

「アイツらにとって、情操教育なんて邪魔以外の何物でもなかったのだろう」

水明は元祓い屋で――そして、犬神憑きの家系に生まれた犬神遣いだ。

――彼は、感情を持ってはならないと言われて育てられた。

犬神の特性として、使役者が誰かを羨んだりすると、相手を傷つけたり、物を壊してしまったりするという。祓い屋として生計を立てている以上、万が一にでも依頼者を傷つけるおそれがある「感情」というものは脅威だった。それにしても感情そのものを禁止するのは過剰反応なような気もするが、もしかしたら過去になにかあったのかもしれない。

幸いにも、今や水明はその呪縛から解き放たれている。犬神のクロとは今も一緒にいるが、呪術的な繋がりは切れていた。今はもう、ただの友人であり相棒だ。

水明はため息をつくと、山積みになった本を眺めながら言った。

「創作にあまりにも触れてこなかった俺が、本の楽しさを知るには時間が掛かるのかもしれないな。やはり、人間の成長過程と同じように、子ども向けの絵本から地道に読み慣れていくしかないのかもしれない」

「そっか」

水明は、過去の自分から脱却し、新しい道を進もうとしている。

その最初の一歩が、読書によって感情を学ぶことなのだろう。

できれば協力してあげたいと心から思う。

――でもなあ。無理矢理、興味のない本を読んだって仕方がないし。

「水明が楽しめそうな本……かあ。なにかないかな」

ひとりウンウンと唸っていると、炬燵布団がモコモコと蠢き、そこからひょっこりとある人物が頭を出した。

「話を聞いていれば。いやいや、わかってないなあ」

それは金目《きんめ》だった。烏天狗《からすてんぐ》の双子の片割れで、私の幼馴染み。濡れ羽色の髪は炬燵の中にいたせいかやや乱れていて、普段は山伏のような恰好をしているものの、今日は白いハイネックのニットを着ていて、やけにラフな恰好だ。

いつも双子の弟である銀目《ぎんめ》と一緒にいる金目が、何故貸本屋にいるのか。どうも、銀目が鞍馬山僧正坊《おししょうさま》と一緒に滝行に出かけてしまったらしく、ひとりで寂しかったらしい。突然やってきて炬燵で居眠りを始めたので、放って置いたのだが……。

金目は、垂れ目がちな金色の瞳を楽しげに細めると、水明に向かって言った。

「水明もさあ、年頃の男の子でしょ？　読むならやっぱりエッチな本でしょ。エッチな」

「……っな、なにを……！　こら、金目！」

真っ赤になって抗議をすると、ケラケラ笑った金目は至極真面目に言った。

「年頃の男児が性的な物に興味を持つのは、極々自然なことだと僕は思うけどね～？　というかさ、疑問があるんだけど」

そしてじっと水明を見つめると、小さく首を傾げて言った。

「なんというか……水明って、恋愛に関するあれこれってどうやって勉強したの？」

「……恋愛？」

　金目の言葉に、水明は不思議そうに首を傾げている。すると、金目は更に続けた。

「これはあくまで僕の持論なんだけどね～。恋愛って、誰かに教わることじゃないと思うんだ。例えば仲睦まじい両親の姿を見て、『愛』を知ることはできたとしても、恋愛を理解することはできない。何故ならば両親は恋愛なんて過程、とっくに過ぎているから。じゃあ、どこで学ぶんだろうって考えたら、それはきっと学校とかの集団生活の中、もしくは本とかドラマとか映画とか……創作物からじゃない？」

「あ……。そうかもね。教師や親は異性との付き合い方は教えてくれないよね」

「だろ？　人間だって動物だからね～。本能で異性に性的衝動を覚えることはあると思う。でも、その次に起こすべき行動を選ぶ時、必ずといって人間はなにかを参考にせざるを得ない。文化的で理性的ななにかをね～。だって今の世の中、好きだからって即押し倒したら捕まるだけだもん」

「金目、言いたいことはわかるけど、もうちょっとオブラートに包んで」

「え～。面倒だからやだ」

　すると、金目は水明を興味津々の様子で見つめると重ねて言った。

「だから疑問だったんだ。水明の恋愛事情！」

　――なにを聞き出そうとしているんだか……。

　若干呆れて、幼馴染みを見つめる。けれど、内心は少しドキドキしていた。水明の恋愛事情なるものに、私自身も興味があったからだ。

するると、水明は少しだけ考え込むとグッと眉根を寄せた。

「……恋愛事情、なるものはよくわからないが。俺に教育を施した老爺から、人の繁殖行為については教わった」

「繁殖行為」

「老爺が用意してくれたのは、古めかしい和綴《わと》じの本でな。筆で描かれた男女の絡み合う絵を手もとに置きながら、老爺の実体験を」

「わああああ！　待って！　水明やめて！」

思わず水明の口を塞ぐ。水明は迷惑そうな顔をしているけれども、それどころではない。なんというか……なんか、なんか居たたまれない！

「……ヒーッ……ヒヒ、ヒヒヒヒ……なん、なにそ……実体験……グフッ」

水明の話を聞き出した当人は、お腹を抱えて声にならないくらいに大笑いしている。

私はゆっくりと水明の口から手を離すと、ほうと息を漏らした。違うとわかっていても、まるで自分のことみたいに羞恥心に駆られて全身がむずがゆい。

「なにか変なことを言ったか？」

水明自身は理不尽さを感じているらしい。不愉快そうに顔を顰めると、蹲《うずくま》って笑っている金目を睨みつけている。

「水明、気にしないでいいよ。というか、金目のいつもの悪ふざけだから」

「……気にはしていないが。まあ、つまりは恋愛なんてよくわからないということだ。そもそも、普通の人間にあるような感情の機微もわからないし」

するとため息と共に紡がれた水明の言葉に、敏感に反応した人がいた。

「ほっほう！　興味深い」

それは今まで黙って話を聞いていた遠近さんだ。

ロマンスグレーなお顔をキラキラと少年みたいに輝かせた遠近さんは、ススス、と水明の隣に移動すると、どこかソワソワした様子で言った。

「つまり君は、恋愛物のお約束や葛藤を知らないということだね？　ああ、羨ましい！」

「羨ましい……？」

水明が首を傾げると、遠近さんはどこかうっとりとした顔で言った。

「精神が成熟した状態で、なんの前知識もなく物語を楽しめる。過去の大作も新たに生み出された名作も、まっさらな状態で見られるのだろう？　君の前に紡がれる物語はすべてが瑞々しく、そして革新的なのだ。これが羨ましくなければなんだというんだい！」

遠近さんは興奮気味に頬を染めると、水明の手を握って言った。

「それに金目くんの言葉も一理ある。エッチな本云々《うんぬん》は、ここでおおっぴらに語ることではないが、君の年頃であれば異性に興味を持って当然だ。今、君が読むべきは、青春や恋愛を取り扱った作品だろう。……夏織くんが用意した本は、どれも恋愛要素が薄い物ばかりのようだし」

遠近さんの言葉に、思わずたじろぐ。

「うっ……。私はロマンスより冒険が好きなんです！」

「いやいや、僕も冒険物は好きだよ。それが悪いとは言っていない。冒険の中で育まれる恋も尊いが、やや添え物感があるからね。ここは目先を変えて、恋愛を主題に取り扱った作品群に触れるのが適当だろう。ただ、それにも善し悪しがあるからな……。よし、恋愛物について造詣が深い知り合いを紹介してあげようじゃないか！」

「あ、ああ……」

やや興奮気味な遠近さんに、水明は若干引き気味だ。

私は、やけに乗り気な遠近さんをジロリと睨みつけた。

「なにか企んでません……？」

すると、遠近さんは不必要なほど爽やかな笑みを浮かべて言った。

「ハハハ。そんなまさか。僕はね、若人たちがジレジレもじもじしながら、徐々に距離を縮めていく様を見るのが無性に好きなだけで」

「それ、どういう趣味ですか……」

いい趣味だろうと胸を張る遠近さんに苦笑いを零す。そして、冗談にもほどがあると水明に同意を求めようとして――。

「わかった。恋愛には興味がある。紹介してくれ」

彼の言葉に、顎が外れそうになるほどに驚いてしまったのだった。

＊　＊　＊

東雲さんの原稿が一向に終わりそうにないので、早速、私たちは遠近さんの知り合いのもとへ行くことにした。喧噪を忘れ静まりかえった幽世に、ぎゅ、ぎゅ、と積もったばかりの雪を踏みしめる音だけが響いている。周囲には冬だというのに蝶が舞っている。それは幽世に多く棲まい、明かり代わりに重宝されている幻光蝶という虫だ。

ふわり、ふわりと遊ぶように舞う蝶の明かりを頼りに、常夜の世界を行く。

意気揚々と歩く遠近さんについて行くのは、私と水明、金目だ。

「いやあ、誰だろうね。楽しみだなあ〜」

どこか浮かれた様子の金目とは対照的なのが水明だ。

「……わざわざ雪の中を移動するのか。面倒になってきた」

あまりの雪の多さにうんざりしているらしい。早くも帰りたくなっているようだ。私は彼らの隣を歩きながら、ちらと水明の様子を窺った。

――恋愛に興味、あるんだ。

『ねえ水明、好きな人でもできた？』

口から出そうになった疑問を呑み込んで、マフラーを引き上げる。

――どういう心境の変化なんだろう……。

胸の辺りがモヤモヤする。すると突然、水明が私に声をかけてきた。

「夏織、寒いのか？」

「う、ううん。大丈夫」

「そうか。寒かったら言えよ」

そう言うと、長い睫毛《まつげ》に縁取られた瞳を細めて優しく微笑んだ。そして幽世の赤く染まった空を見上げると、ふうと白い息を吐く。大きな瞳には空から舞い降りる雪が映り込んでいて、その先になにを見ているのだろうと気になってしまった。

「……はあ」

トクトクと心臓が激しく脈打っている。顔が熱い。多分、赤くなっているのだろう。マフラーを更に引き上げて、万が一にでも水明に見られないように顔を伏せる。私の視界には、サクサクと雪を踏みしめるブーツだけが映っている。

──どうしてこう、ドキドキするのかなあ。

随分前から理由を色々考えてはいるのだが、ちっとも答えが出ない。

恋なのかなあ、彼に惹かれているのだろうかとぼんやり考える。それと同時に、水明の第一印象からの変わりように戸惑っているだけなのかも、とも思った。

──でも、ふとした瞬間の水明の表情に見蕩れている自分は確かにいて。

──かといって、これを恋だと確信するには決定的ななにかが足りない。

零したため息が、冷たい空気に晒されて白く染まった。それは見る間に淡く溶けて、この憂鬱な気分も消えてしまえばいいのに、と思う。

こんな時に頭をよぎるのは、気兼ねなく相談できる相手がいたらなあということだ。

何人か候補は浮かんでいる。けれど、親友のにゃあさんはそもそも人間ではなく、母代わりのナナシに相談するのは若干恥ずかしい。

――人間の友だち、作っておけばよかったかな。

実は昔、人間の通う学校に行かせて貰ったことがある。

それは東雲さんの発案からだった。

一度くらいは人間の社会で暮らしてみるべきじゃないか――？

そして、三年間だけ都内の高校に紛れ込んだのだ。人間社会でも顔が利く遠近さんに手続きをして貰って。

でも――どうしても、同い年の彼ら《にんげん》に心の底から気を許すことができなかった。

――意味のない三年間だったと思う。

幽世でも勉強だけはしていたから、授業に差し支えない程度には学力はあった。でも、クラスメイトとちょっとした雑談ができない。価値観がそもそも違う。私と彼らはどこかが決定的にズレていて、その違いは絶望的な溝を作っていた。

あの時、同級生たちとしっかりと向き合っていたら、学生時代にちゃんと恋の経験値を積んでいたら……今更、こんなことで悩む必要はなかったのかもしれないけれど。

――もしかしたら、私も水明と同じなのかもしれない。

水明はすべてから遮断された生活を送っていた。

私は、人間が極々普通に経験することを知らないまま生きてきた。

物語を読み、本の中で登場人物が恋をするのを目にすることはあっても、それが自分もすることだとは思えなかったのだ。

──人間と私は同じようで、同じじゃない。

──恋なんて、私にとっては別世界の話だ。

──むしろ……私に普通の恋なんてできるんだろうか？

「ねえ、夏織」

「……っ、な、なに？」

物思いに耽っていると、いつの間にか金目が隣に来ていた。彼は金色の瞳を悪戯《いたずら》っぽく細めると、私の顔を覗き込んで訊ねた。

「恋愛って言ったらさあ。夏織って、好きな人はいるの～？」

「え」

あまりにも突然な質問に、大いに動揺する。ちらりと水明に視線を遣ると、彼もこちらを見ているではないか。

私は辺りに視線を走らせると、曖昧に、そして消え入るような声で言った。

「わ、わかんない……」

「ふうん」

すると金目は意味ありげに笑った。

「き、金目はどうなのよ？」

面白がっているような反応に、堪らず質問を返す。すると、金目はとても意外そうな顔をしてさらりと言った。

「恋？　そんなもの、する必要あるのかな？」

そして金目は首を小さく傾げると、どこか無邪気な笑顔で言った。

「恋人なんて……心の弱い人が作るものでしょ」

――金目が何気なく放ったその言葉。それは、私の胸に棘《とげ》のように突き刺さった。


「諸君、ここだ」

歩き始めて三十分もすると、遠近さんはある場所で足を止めた。

「おおお。遠近さん、マジで〜？」

「……なんだここは……」

金目は歓喜の声を上げ、水明は戸惑いの声を上げている。私はというと、その場所を見た瞬間に固まってしまった。

そこは、お歯黒どぶと呼ばれる深い堀で囲まれていた。堀の内側は高い木の塀で囲まれている。通行できる場所は一箇所だけ。大きな門があり、見た目通りに大門と呼ばれていた。門を潜るとすぐに、小さな詰め所があるのが見える。

「やや、ご苦労さん」

遠近さんが声をかけると、詰め所にいたひとつ目のあやかしが頭を下げた。

会釈をした遠近さんは、悠々と中に入っていく。

「と、遠近さん!? 私、東雲さんにここには来るなって言われているんですけど……!」

慌てて後を追って引き留める。すると彼は、ニヒルな笑みを浮かべて言った。

「別に、問題ないと思うがね。君ももう大人なんだから」

「でも! ……大丈夫でしょうか」

私は情けない声を上げると、改めて周囲を見回した。

「うう、いいのかなあ。『吉原《よしわら》』に来て……」

──そう、ここは幽世の中で吉原と呼ばれている場所だ。

かつて江戸時代から昭和まで続いた遊郭として知られている「吉原」。現し世では、昭和三十一年に可決した「売春防止法」によってその存在は幕を下ろしたのだが、実は幽世で続いていた。

幽世は、現し世で失われてしまったものが蘇る世界。多くの人間たちが過ごし、様々な感情が入り乱れた場所ほど幽世で再生されやすい。私の知り合いのあやかしが多く棲む長屋なんかも、江戸時代に実際にあったものが幽世に再生されたものだ。

しかしながら、「幽世の吉原」は「現し世の吉原」とは決定的に違う部分があった。

吉原としての独特な町の形態は残しつつも、そこは遊郭として機能していない。

幽世の住民はあやかしたちだ。彼らは人間のように女性を買う習慣はない。遊郭は必要とされていないのだ。

「まあまあ、なにはともあれ行こうじゃないか」

「はい……」

不安に思いながらも遠近さんの後に続く。

大門の内側に入ると、すぐに大きな通りがあり、往来のど真ん中に土が盛られ、桜の木が植えられていた。しかし今は冬だ。雪化粧を施された枝が寒々しい。けれど、麗らかな季節が訪れれば、この場所はさぞかし華やかなのだろうことが想像できた。

道の両端には犇《ひし》めくように建物が並んでいて、軒先には幻光蝶が入れられた提灯《ちょうちん》が並ぶ。屋号が刻まれた暖簾《のれん》がかかった店先には、呼び込みのための番頭台。暖簾の奥には、贅の限りを尽くした意匠が施された室内が垣間見える。建物の二階からは三味線や鼓の音が漏れ聞こえ、往来に軽やかな音を響かせていた。室内から漏れる光はかなり明るく、煌々と夜空を照らしている。『世の中は　暮れて廓《くるわ》は　昼となり』とかつて川柳で詠われたように、不夜城とはこのことなのだろう。

幽世の吉原――。

町並みを眺めながら歩くだけならば、とても面白い場所だと思う。

見たことのないものが多く、歴史に興味がある人間なら心惹かれずにはいられないだろう。しかしながら、私は遠近さんの後ろを歩きつつも、どこか肝の冷える思いをしていた。

『……兄さん、兄さん。待ちなんし。わっちと遊んでくんなんせ』

『おお、別嬪《べっぴん》だなあ』

『そう思うなら。ささ、どうぞ』

ここは遊郭としては機能していない。そのはずなのに、遊女と客のやり取りが聞こえる。

『足抜けだ！　追え……！』

『はあ……はあ……はあ……はあ……』

『捕まえろ。絶対に逃がすな！』

『はあ、はあ……絶対に帰るんだ。……おっかさん……おっかさん……』

誰かの激しい息づかいが耳もとを掠め、それを複数の足音が追って行った。

『どうしてだ！　俺は「馴染み」のはずだ。大枚はたいて通い詰めたんだぞ！　なのに、どうして会ってくれない！』

『お帰りなんし。わっち、主さんのようなお人、好きじゃありんせん』

『君が好きなんだ。一目惚れしたんだ。どうして……！』

『どうぞお帰りなんし……！』

男性の熱の籠もった声。それに対して、女性の声はどこか冷え切っている。

私は、ふと不安になって周囲を見回した。その瞬間、つんざくような女性の悲鳴が聞こえた。同時に、すすり泣く声まで聞こえてきて全身が粟立《あわだ》つ。しかし、声ははっきりと聞こえるのに、声の主はどこにもいない。

「どういうことだ……？　なんだ、この声は！」

水明も困惑気味に周囲を見回している。片手は腰のポーチに伸びており臨戦態勢だ。遠近さんと金目は足を止めると、混乱している私たちのもとへとやってきた。

「大丈夫だよ、これはただの声だから、なんの害もないよ？」

金目は優しく微笑むと、私の両耳を塞いだ。周囲の音が遠くなってホッとする。でも、ずっとこうしてはいられない。私は金目の手をどけると、お礼を言った。

「ありがとう。話には聞いてたんだけど、思ったよりもしんどいね、これ」

今も女性の声がする。郷に帰りたいけど帰れない……そんな恨み言がすぐ傍で聞こえて、慌てて頭を振って誤魔化す。

「まあねえ〜。人間には厳しいかもしれないね。だからこそ、東雲はここに来るなって言ってたんだろうけど」

「おや、金目くん。連れてきた僕が悪いみたいじゃないか。夏織くんももう大人だ。こういうことから遠ざけてばかりじゃあ、いけないと思っただけなんだがね」

――姿が見えない誰かの声が聞こえる理由。

それは、現し世から幽世へ生まれ直した場所には、かつてそこに生きていた者たちの魂の叫びがこびりついているからだ。幽世にその場所が馴染めば、魂の叫びも消え、現し世にあった姿から徐々に変容していく。それは、幽世では極々当たり前の常識だった。

東雲さんはそれもあって、私へここに立ち入るなと言いつけていた。普通の場所ならばともかく、ここ吉原には、女たちの悲痛な叫びや絶望に囚われた声が多すぎて、同じ女性である私への負担が大きすぎると判断したためだ。

姿が見えない遊女たち。けれど、彼女たちの境遇を思うと、胸が痛くなって息が詰まりそうになる。すると、金目は私の眉間を指でぐりぐりと弄《いじ》った。

「いもしない人間に感情移入する必要はないよ。まったく、夏織は馬鹿だな」

そして私をじっと見つめると「眉間の皺。癖になっても知らないよ」と笑った。

「うっ……。皺は嫌だ。でも、声が聞こえるんだもの」

「まあ、そういうところが夏織っぽいところなんだけどね〜。この声を無視したって、誰も悲しまないし、傷つかない。だから聞こえない振りをするんだ。わかった？」

「うん。……ありがと、金目」

すると、私の背後に視線を移した金目が笑い出した。

不思議に思っていると、金目はまるで降参する時みたいに両手を挙げて言った。

「ああ、なんか久しぶりに幼馴染みっぽいことしたなあ。よおし！　これ以上、誰かさんに睨まれるのはごめんだから、さっさと行こうかな！　遠近さん、目的地はあっち？」

「睨む……？」

さっさと私に背を向けた金目に、首を傾げてから背後を振り返る。しかしそこには、やけにニヤニヤした遠近さんと、いつも通りに無表情な水明しかいなかった。

「青春だねえ。いやあ、久しぶりに心ときめいた」

遠近さんはそう言うと、浮かれたような足取りで金目に続いた。残された水明を見つめる。すると、彼はスイッと私から視線を逸らして、遠近さんの後を追った。

「……？　なんなの」

私は首を傾げると――。

「夏織？　早くおいでよ～」

金目の声に背中を押されるように、彼らの後を追ったのだった。

＊＊＊

遠近さんが案内してくれたのは、大通りから一本横に逸れたところにある、かつては「張見世《はりみせ》」と呼ばれた妓楼だった。

この辺りは既に幽世に馴染んでいるらしく、遊女たちの声は聞こえてこない。あやかしが棲まう世界に染まった吉原の建物は、どこか幻想的な姿へと変わっていた。絢爛豪華な朱色の建物の前は、一面鬼灯《ほおずき》の群れに覆われている。本来は夏から秋にかけて見頃を迎える鬼灯なのに、遠近さんによるとこの辺りでは一年中咲いているらしい。袋状へ変化した萼《がく》が白い雪の中から顔を覗かせていて、凍えているようにも見える。

「どうして鬼灯……？」

首を傾げると、遠近さんは苦々しい様子で言った。

「鬼灯は、江戸時代には堕胎薬として用いられていたんだよ。……ある意味、この場所にとても相応《ふさわ》しいんじゃないかと思う」

「そう、ですか」

息を呑み、途切れ途切れに答える。金目に気にするなと言われたにも拘わらず、どうにも胸が苦しくなって足を止める。

改めて建物を眺めると、そこは妓楼独特の造りをしていた。

張見世と言えば、一番に想像するのが、建物の壁面に設置された格子で囲われた部屋だろう。吉原を取り扱った作品などでよく知られているが、かつてはその格子の向こうに遊女たちが並び、往来を歩く客たちにその姿を晒していたそうだ。ただ、遊女たちがいなくなった幽世の吉原では、別のものがその場所を占拠していた。

「……綺麗」

格子の奥――そこに鎮座しているのは、青紫の花が鈴なりに生った藤の花。

しとやかな印象の藤の花は、風が吹くたびにチラチラと揺れて、格子越しに舞い込む冬の冷たさに耐えている。花々の合間を幻光蝶が遊ぶように飛ぶ様は、美しくありながらも、どこか別の世界の光景のような風情があった。

――藤の花は、古来から女性の象徴とされてきたんだっけ。やっぱり、ここは幽世に於《お》いても女性の場所なんだなあ……。

「夏織、ここにいたら冷える。早く行こう」

ぼうっと幻想的な光景に見蕩れていると、水明が私の背中を軽く押した。

ハッとして歩みを再開する。一面に生えている鬼灯を避けるように細く作られた道を踏みしめ店内に入ると、そこに小さな影をふたつ見つけた。

「ようこそおいでなんし」

「姫がお待ちでありんす」

それは禿《かぶろ》だった。五歳ほどの童で、腰くらいまで伸ばした髪をまっすぐに切り揃えている。ひとりは梅の簪《かんざし》を、もうひとりは桜の簪を身につけていて、揃いの着物を着ていた。

ふたりはニッコリと笑みを浮かべると、しずしずと奥へと歩き出す。

靴を脱いだ私たちは、禿の後に続いた。

「すごい……！」

妓楼の室内は絢爛豪華の一言だった。柱は朱色に塗られていて、部屋を区切る欄間には凝った意匠が施されている。襖《ふすま》には花の盛りを迎えた藤の花が描かれ、朱色が多く使われた調度品と上品な青紫色の対比が美しい。それが何部屋も何部屋も連なっているのだ。

しかし、当時遊郭として栄えていた現し世の吉原と違い、幽世の吉原には人っ子ひとりいない。豪奢で広々とした部屋は、どこか物悲しさを感じさせた。

やがて建物の中央辺りまで来た。そこには吹き抜けの中庭があり、雪を被った井戸と、大きな藤の木が生えている。雪に白く染められながらも、ハラハラと紫の花びらを零す様はまるで一枚の絵画のようだ。すると、禿ふたりはくるりとこちらを振り返って言った。

「どうぞお二階の冬の間へ」

「お酒も用意してござんす」

禿ふたりはそう言うと、階段を上っていった。きし、きしと音を立てる階段を上り切ると、長い廊下に出た。薄暗い廊下に沿っていくつか部屋があるようで、それぞれの襖には日本の四季が描かれている。禿ふたりは、雪で埋もれた松が描かれた襖の前まで行くと、両脇にしゃがみ込み、そっと手をかけた。

「文車《ふぐるま》妖妃《ようひ》様」

「髪鬼《かみおに》様」

「「お客様がお見えでござんす」」

スルスルと襖が開いていく。

なにが待っているのだろう——。ゴクリと唾を飲み込むと、襖の向こうに誰かが座っているのが見えた。そこにいたのは、ふたりの人物だ。

「遠近！」

ひとりは、目が覚めるほど美しい少女だった。

初雪のように白く長い髪は蝶の明かりを浴びて艶めき、畳の上に広がっている。肌は血が透けるほどに白く、そのせいかほんのり紅く染まった指先や頬が際立ち、やけに色っぽい。長い睫毛に彩られた瞳は藤色、気の強さを示すようにツンと吊り上がっていて、柔らかそうな唇には紅が差され、同じ色で目尻を染めていた。二重に羽織った打ち掛けは、朝焼けに染まった霞のような白。一瞬、無地かと思ったが、よくよく見てみると、微妙に色合いの違う白い糸で藤の花の文様が刺繍されている。下地の布も見るからに上等で、そこに刺された白藤は恐ろしいほど精緻だ。

「おいでなんし、遠近。また新しい本を持ってきてくれたでありんすか！」

少女はパッと頬を染め、嬉しげに遠近さんに近づこうと四つん這いで動き出した。けれども、すぐに顔を歪めた。後ろにいた人物に髪が引っ張られたのだ。少女は、どこか恨めしげな顔で背後にいる男性を見つめた。

「妖妃、髪結いの途中だろう？　まだ俺の腕の中にいろ」

「ああん、じれっとうす。はようしておくれなんし！」

よほど遠近さんの傍に行きたいのか、少女はお腹の前で結んだ豪奢な桃色の帯を、ポコポコと不満げに叩いた。男性はクツクツと喉の奥で笑うと、ゆるりと手にした櫛《くし》で少女の髪を梳《くしけず》る。急ぐつもりはちっともないらしい。

その男性は、少女とはまるで違う色合いを持っていた。

少女がしんしんと降り積もる雪ならば、男性はそこに落ちる影といったところだろうか。

髪色は黒に近い茶。長い髪を頭の天辺で高く結っている。

太陽の恵みを感じさせるような焦げた肌を持ち、涼やかな目もとには、大きな泣きぼくろ。かぎ鼻はやや捻れていて、口角が常に上がっている。身に纏っているのは漆黒の小紋。帯には、少女の打ち掛けと同じ布で作られた煙草《たばこ》入れと煙管入れがぶら下がっている。

「それに妖妃の髪結いが俺の仕事だ。仕事には誠実でありたい。急ぐ訳にはいかない」

「そう言って、もうこんな時間じゃあおっせんか。いつになったら、わっちの島田髷《しまだまげ》は完成するんでありんしょう？」

「さあ。確実なことはなにも言えないな」

「もう、もう、もうっ！　髪鬼！　いい加減にして！」

唇を尖らせた少女に、男性はクスクスと笑うと再び腕を動かし始めた。鶯色《うぐいすいろ》の瞳はうっとりと少女の髪に落とされて、彼が動くたびに女性ものだと思われる簪が揺れた。

――じ、自分たちの世界に浸っている……。

これは声をかけても大丈夫なのだろうか。思わずまごついていると、遠近さんがゴホン、と咳払いをした。それで現実に戻ってきたらしい。小さな悲鳴を上げた少女は、慌てて居住まいを正すと、私たちに座布団を勧めた。

「挨拶が遅れて、あいすみません。遠近以外は初めての方ばかりのようでありんすな。お初にお目にかかります。わっちは文車妖妃。そして、わっちの髪をしつこ～く弄り倒している男が髪鬼でありんす」

「弄り倒しているのではない。愛《め》でているのだ」

「髪鬼。ちっと黙っていておくれなんし。面倒。静かにして」

「フフ。冷たい態度の妖妃もまた一興！　俺は髪結いに集中することにしよう」

――キャラが濃い……。

呆然とふたりの様子を見つめる。水明は眉を顰め、金目はお腹を抱えて笑っている。

「相変わらず、君たちは興味深いよ」

遠近さんは肩を竦めると、彼らについて教えてくれた。

文車妖妃は、一言で言うと恋文のあやかしである。鳥山石燕《とりやませきえん》『画図百器徒然袋』に描かれているあやかしで、想いが届かなかった恋文に宿った執着心が化けたものだ。

髪鬼に関しては、実のところその生まれはよくわかっていない。

古来より日本では、髪に不思議な力が宿ると信じられてきた。良いものも悪いものも含めて、色々なものが細長い一本の髪の中に閉じ込められている……と。髪鬼は、髪自体が鬼になったものだとも、女性の怨念が男に取り憑き、際限なく髪を伸ばし続けているものだとも謂《い》われている。

「で、実のところ君はどういうあやかしなんだい？」

遠近さんが髪鬼に訊ねると、彼はフフ……と意味ありげな笑みを浮かべ、頭上の簪に付いた飾りに指で触れて一言鳴いた。

「テッペンカケタカ」

――どうも、まともに答えるつもりはないらしい。髪鬼は、錫《すず》製の不如帰《ほととぎす》を指でチリチリと鳴らすと、また鼻歌混じりに文車妖妃の髪を弄り始めた。

すると、髪鬼の膝にちょこんと座った文車妖妃がため息と共に言った。

「……はあ。コレのことは忘れておくれなんし。とんでもない変態で、わっちも困っているんでありんすよ」

「はは……そうですか」

ほとほと疲れ切ったという様子の文車妖妃に苦笑していると、遠近さんが話題を変えた。

「実はね、今日は本を届けに来た訳ではないんだ」

「え。そうざんすか。それは残念でありんす……」

「悪いね。新刊が出たらすぐに届けるよ」

「ようざんす！　次のおいでが益々楽しみになりんした。お代は気にせず、たくさん持ってきておくれなんし」

――どういう関係なんだろう？

ふたりのやり取りを疑問に思っていると、遠近さんが教えてくれた。

「文車妖妃は古い友人でね。彼女に直接、恋愛物の作品を卸しているんだ」

「あ、そうなんですか……」

「彼女は欲しいものは自分の手もとに置いておきたいタイプでねえ。だから、貸本屋には縁がなかったんだよ」

「せっかく好きになった本を手放すなんて。そんなこと、絶対に嫌でありんす！」

すると、文車妖妃はツンとそっぽを向いた。そういう考えのあやかしもいるだろうとは思っていたが、実際に会うのは初めてだ。

「文車妖妃は、そんなにたくさん本を持っているんですか？」

興味が湧いてきて訊ねると、文車妖妃はどこか自慢げに頷いた。そして、後ろで控えていた禿たちに目配せをすると、彼女たちは部屋の奥にある襖を開け放った。

「……わあ！」

襖の向こう。そこには壁一面に大きな本棚が設置されていた。小説から漫画、はたまた雑誌までが綺麗に並べられている。その迫力に呆気に取られていると、

「フフフ。これっぽっちじゃありんせん」

と、文車妖妃はニタッと不敵な笑みを浮かべた。

すると、しずしずと室内を移動していた禿が別の襖を開けていく。

――すたん、すたん、すたん、すたん！

「……これは」

次々と襖が開かれていくと、そこに新たに本棚が顔を出す。ここは、襖で仕切られていただけで、元々は巨大な一間だったらしい。見渡す限り、恋愛物の作品が収められた本棚が続いているではないか！

「恋愛と名がつくものは、すべて手に入れるつもりでありんす。これだけ集めてもまだまだ……本当に奥深いものでありんすなあ……」

ほうと息を漏らした文車妖妃の頬が桜色に染まっている。本当に心の底から恋愛物の作品を好んでいるらしい。

――これなら、水明が読める恋愛作品を知っているかも！

期待を籠めて文車妖妃を見つめる。すると、彼女はこてりと不思議そうに首を傾げた。

私はキラキラと目を輝かせると、彼女に心からのお願いをしたのだった。

「ウッフフ。腕が鳴りんすねえ」

上機嫌の文車妖妃がずらりと並んだ本の背表紙を眺めている。

――水明が楽しめるような作品を。

私の求めに応じて、本をピックアップしてくれているのだ。けれど――。

「髪鬼、もそっとそっちへ。あん、早くしてくれなんし！」

「わかっている」

「うぅ……」

目の前で繰り広げられている光景に、私はどうすればいいかわからないでいた。

視界の中で白い足が暴れている。爪先を紅で赤く染めた可愛らしい足だ。そのたびに、深紅の襦袢《じゅばん》がちらりちらりと顔を出し、ともすればその奥まで見えそうになる。上半身だって目も当てられない。彼女が手を伸ばすたびに袂《たもと》が緩み、白い柔肌が垣間見えるのだ。

「――水明！」

「見てない。なにも見てないから離せ」

「駄目！　絶対に駄目！」

必死に水明の目を隠して、すぐ傍で繰り広げられている嬌態から目を逸らす。

「遠近さん！　どういうことですかあ！」

思わず遠近さんを問いただすと、彼はなんでもないことのように言った。

「文車妖妃は足が悪いんだよ。だから髪鬼が運んであげているのだそうだ」

「運んでいるだけではない。時々、髪の匂いを嗅いでいる」

「髪鬼、黙っていておくれなんし！」

「アッハハハハハ！　やば……面白すぎる。銀目、連れてくればよかったなあ！」

楽しげなのは金目ばかりだ。文車妖妃は髪鬼の頬を引っ張っているわ、当の髪鬼はうっとりと気持ちよさげだわ、私は水明の目を隠すので動けないわで、正直てんやわんやだ。

「もう、おふたりが仲がいいのはわかりましたから！」

我慢できなくなって叫ぶと、髪鬼の腕の中に収まっていた文車妖妃が、心外とばかりに冷め切った声で言った。

「わっち、別に髪鬼のことは欠片も好いてはありんせん」

「へっ……？」

「髪鬼はわっちを好いているようでありんすが、正直、わっちゃあ《わたしは》嫌よ」

あまりのことに髪鬼を凝視する。すると彼は、ほんのりと頬を染めて笑った。

「今日も冷たいな。だがそこが魅力でもある。劣情を全力で煽ってくる感じ……いい」

「――そういうご趣味で？」

思わず訊ねると、髪鬼はまるで晴れ渡った空みたいに爽やかな顔で頷いた。

――なんだこれ……。

思わず脱力していると、本を選んでいた文車妖妃が言った。

「わっちを好いているというから、便利に使ってやっているだけでありんす。早く、好きなおなごでも作って、出て行けばよろしいと申しんしたのに」

「俺の心はいつだって君のものだ。というか、自慢ではないが俺は甲斐性がない。妖妃、君が養ってくれなければ一週間後には干からびているに違いないのだから」

「食い扶持欲しさ。そういうことでありんすか……」

「いや、断じて違う。妖妃の髪の毛が一等好きだからだ」

「ひっ……！」

サッと文車妖妃が青ざめる。髪鬼はというと、その隙を突いて胸いっぱいに深呼吸していた。……今、匂いを嗅いだな。この人……。

「まあ、それはともかく！　どうでしょう？　いい感じの本はありますかね？」

なんだかしょっぱい気持ちになってきたので、水明の目隠しをやめて話題を逸らす。すると文車妖妃は小さな唇をツンと尖らせて、ううんと唸った。

「恋愛物ほど、登場人物を理解できないと楽しめないものでありんす」

「理解？」

意味がわからずに首を傾げる。水明も興味があるようで、真剣に耳を傾けている。

「恋愛物に拘わらず、本を読む時に誰もが無意識にしているのは、登場人物に欲求を委ねることでありんす。それは誰かに認められたいという心でも、好いている男と相思相愛になりたいという願いでも、見知らぬ地を冒険したいという夢でもいいでありんす。現実では達成できなそうな欲求を託す。よほどのことがない限り、物語の登場人物は成功体験を得るでありんしょう？　人はそこに面白さを見いだしているのでありんす」

文車妖妃は、本棚にずらりと並んだ背表紙に視線を滑らせて言った。

「その考えを基に話を進めるとしたら、本に、そして物語に夢中になれるかどうか……それを決めるのは、登場人物が自分の欲求を託すに値する人物かどうかでありんす。誰だって、よくわからない相手に大切な物を預けたくござりんせん」

そして悪戯っぽく目を細めた文車妖妃は、私と水明、金目を見て言った。

「わっちは、恋文の化身でありましょう？　恋文というのは、人の心が刻まれたもの。魂の叫び、心からの祈り、願い。だからわっちは、人の心が手に取るようにわかるでありんすよ。ほら、そこの姉さん」

「えっ……私ですか？」

驚いて自分を指さす。すると、文車妖妃は紅で紅く染まった目尻を下げて、どこかうっとりとした様子で言った。

「姉さんは、そもそも恋愛というものに慣れていないのではおっせんか。惹かれる心は持っているのに、それを持て余している……フフ、うぶでありんすねえ。歳は重ねても恋する心は未だ赤子のまま。かぁわいい。姉さんには、なにも知らないまっさらな主人公がお似合い。それと、そこの白い兄さん」

「………なんだ」

「大変でありんすな。なにもかもが未知。異文化に裸一貫で放り込まれたようなもの。お寒うお寒うと震えているところに、温かなものが傍にあることに気がついたばかり。それに触れていいのやらわからなくて、でも日々増していく執着に」

「——……やめろ」

水明は心底嫌そうな顔をすると、文車妖妃の話を遮った。すると、コロコロと鈴を転がすような声で笑った文車妖妃は、「あい、すみません」と素直に謝った。

「そんな白い兄さんには異類婚姻譚。見知らぬ文化に飛び込む主人公なんてお似合い」

そして次に金目に目を遣ると——すう、と目を細めた。

「そこな兄さんが一番面倒。ご自分の中ですべてが完結している。浮かべている笑みはすべてが仮初め。お調子者を装っていても、誰よりもどろりどろどろ。ああ、こわや、こわや。兄さんは誰にも似ていない」

するとと金目は、笑みを湛えたままじっと文車妖妃を見つめた。

「心外だなあ。僕ってそんなにどろどろ〜？」

「ま。自覚なし？　おお、もっと怖い」

文車妖妃は髪鬼の胸に顔を埋《うず》めると、ちらりと目だけをこちらに向けて言った。

「まあ、わっちの言いたいことはただひとつだけ。ご自分に似た登場人物を探すこと。そしてその人に心を預けてくんなんし。自分に似ている人なら、誰よりも理解が深くありましょう？　そういう本を選べばよいでありんす。わっちもお手伝いしなんす」

そして近くにあった本棚から一冊の文庫を抜き出すと、それを水明に渡して言った。

「——本選びは自分と向き合うことでありんすよ」

＊　＊　＊

時間をかけて本を選び、水明が読み始めたのを確認すると、少し離れた場所で一息つく。

文車妖妃の蔵書の数は凄まじく、本を選ぶだけで草臥《くたび》れてしまった。中心になって選書した本人は、元気いっぱいな様子で遠近さんとお酒を嗜《たしな》んでいるのだけれど。

「さあさ、一献」

「ああ。ありがとう」

「次に来るのはいつ？」

「さあね。仕事が一段落したら寄るよ。山ほど新刊を抱えてね」

「むう、いけずなことは言いなんしな。ここは嘘でも、明日には来ると言うところではありんせんか。ああん、わっちを見て。遠近……」

ふたりの様子を遠目に見ながら、私はなんとなしに思ったことを口にした。

「流石の手練手管。私なんて、どうせうぶですよ……」

文車妖妃の姿を複雑な気持ちで眺めつつ、ブツブツと口の中で文句を零す。自分がとんでもなく恋愛方面に関して鈍いのは自覚してはいる。けれど、それを他人から改めて言われると頭にくるのは何故だろう。

「お、夏織が怒ってる〜。めっずらしい！」

そんな私とは対照的に、金目は特に気分を害された様子もなく、ヘラヘラ笑っている。

「私だって、怒ることくらいあるわよ」

「ふうん？　そうだっけ？」

おちょくるような口調の金目を、ジロリと睨みつけてやる。金目はカラカラ笑って、畳の上に足を伸ばしていつもの調子で言った。

「僕なんてどろどろだよ？　あんまりな言い草で、怒る気もしなかった〜」

どこか軽薄な笑みを浮かべている金目に、私は少し躊躇してから訊ねた。

「どろどろって？」

金目は驚いたように何度か瞬くと、

「あ〜。それ、訊いちゃう？」

と、首を傾げた。その言葉の奥に、普段の彼にはない粘着質ななにかを感じて軽く息を呑む。けれど、どうにも気になってしまったので思い切って訊ねてみた。

「……だって、さっき否定しなかったじゃない」

「流石僕の幼馴染み。鋭い！」

金目はそう言って茶化すと、視線を文車妖妃へ向け――。

「僕はいつだってどろどろさ。本当のことだったから、否定しなかった」

いつになく真面目な口調で言った。

「恋をする必要がないって言ってたね。それと関係があるの？」

言葉を慎重に選びながら訊ねる。すると、金目は「そうだね」と笑った。

「みんなよくやるよ、とは思ってる。年がら年中発情している人間。あやかしの癖に、人間に惹かれて悲しい結末を迎える奴。あやかし同士だってそうさ。好き合って番《つが》いになった癖に、喧嘩してばかりの夫婦なんて意味がわからない」

金目は前髪を指先で弄ると、ふうと息で飛ばした。

「あの女が言った通り。僕は僕の中で完結しているんだよ。恋人なんていらないさ。同じところをぐるぐる、ぐるぐる……新しい景色なんていらない。そのうち全部が混じり合って、どろどろ、どぉろり。バターになっちゃうんじゃないかな」

まるで歌うように語った金目は、機嫌よさげに口角を持ち上げた。すかさず質問を重ねる。なんだか、今ならすべて話してくれそうな気がしたからだ。

「金目の世界には誰がいるの？」

すると、まるでそれが常識みたいな気軽さで、金目はある人の名前を口にした。

「銀目。双子だからね、当たり前だろ？」

——金目と銀目は烏天狗の双子だ。ふたりとの出会いは、私が五歳の頃。

麗らかな春の森で、草むらの中にいる双子の雛《ひな》を見つけたのだ。彼らの母親らしき烏は、辺りを見回してみてもどこにもいなかった。いたのは、ピィピィと物悲しげな鳴き声を上げる雛たちだけ。後は落下の衝撃で壊れてしまった巣の残骸。私は彼らを保護すると、鞍《くら》馬山僧正坊《まやまそうじょうぼう》へ預けた。すると、なんの力も持たなかった双子の雛は、あやかしの烏天狗となって戻ってきた。それ以来、私と双子はまるで姉弟みたいに同じ時間を過ごしている。

「卵の殻を破ってこの世に生まれた時も。地面に落ちたせいで母さんに見捨てられた時も。お腹が空きすぎて死を覚悟した時も。僕の傍にいたのは銀目だ。夏織も知ってる癖に」

「……そうだったね」

「僕は銀目さえいればいいよ。恋をしたい、恋人が欲しいって……なにかが足りないって思っているからそう思うんだろ？　足りてないものを、なにかで埋めたいんだ。今が満ち足りていたら、そんな風には考えないはずだ。実際、僕がそうだからね」

　ぐるぐる、ぐるぐる。

確かに金目はずっと同じところを回っている。金目が大事に大事に抱えている世界。それはきっと、小さな巣の中で母親の帰りを待ち侘びていた頃から変わっていないのだ。隣にはいつだって銀目がいて、まあるく切り取られた世界《巣》の中で完結している。

「なのに、みんな僕に言うんだ。いつかは番を作れって。本当に馬鹿らしいよ」

金目は苛立たしげに顔を歪めている。彼がこんな顔をするのは本当に珍しい。

私は静かに息を吐くと、素直に感じたことを口にした。

「銀目は、金目にとっての唯一で一番なんだね……」

しみじみ呟く。すると、金目は一瞬だけ言葉を詰まらせた。

「そう、だね」

「……？」

金目が浮かべた表情の意味が理解できずに固まっていると、パッと表情を切り替えた彼はやけに嬉しそうに言った。

「そういえばさ、銀目……最近、すごく頑張ってるんだよ」

「……そうなんだ？」

「今日だって大張り切りでさ、このクソ寒いのに滝行なんて行っちゃって。お腹が六つに割れてきたってずっと自慢してる。成果が表れてきて楽しいんだと思う。銀目は面倒くさがりなところもあるけど、ああ見えてやる時はやるんだ……」

そして、どこか複雑な表情を浮かべて続けた。

「今度、鞍馬山へ遊びにおいでよ。修行の成果、夏織に見せたいって言ってたからさ〜」

徐々に普段通りの口調に戻ってきた金目に、戸惑いながらも頷く。

すると彼は嬉しそうに微笑むと――。

「銀目も喜ぶよ。ありがとう、夏織」

そう、無邪気に笑った。

「――なるほどなあ」

すると突然、誰かが背後に立った。ギョッとして後ろを向くと、そこにはふむふむと納得顔で頷いている髪鬼がいた。

「興味深い!!」

髪鬼はそう叫ぶと、私と金目の間にドスンと割り込んで座った。迷惑そうに顔を顰めた私たちには一切構わず、薄目で文車妖妃を見ながらしみじみと語り始める。

「色々と考えているのだな。しかし、恋をするだのしないだの。恋人が必要だのいらないだの。そう深く考える必要はあるまい」

「……どうして、そう思うんです？」

あまりにも自信満々な様子に堪らず訊ねると、彼は煙管を吹かしながら言った。

「正気のまま、恋をしようとするのが間違っているのだ」

「……しょ、正気？」

あまりの意味不明な発言に、髪鬼はニヤリと笑うと、煙管を私に突きつけた。

「ひとりは楽だ。なにをするにも自由だし、気を遣う必要がない。しかし俺は恋をする。敢えて他人を自分のテリトリーへ入れる。それは何故か？　それは、相手に惹かれてしまったからだ。妖しく艶めく髪から香る匂いに、心を奪われてしまったからだ！」

煙管の先端が、とん、と私の肩に当たる。

「その相手のことがどうにも気になる。もっと知りたいし、傍にいたい」

次は二の腕、手首、ふともも。

「触れたい。触れられたら嬉しい。触れて欲しい」

そして——胸の真ん中に当たった。

「自分を、そして心を知って欲しい。そう思った瞬間にそれは恋だ。ゴチャゴチャ難しいことを考えても無駄だ。その時点で既にお前は正常じゃない」

——ドキン。心臓が高鳴り、みるみる顔に血が上ってくる。

髪鬼はにんまりと笑って、鶯色の瞳で私を見つめた。

「若人よ。今のうちだ。衝動的に生きろ。迷うことなんてひとつもあるものか。心のまま行け！　理屈なんて知らん。そんなものは捨てろ。狂乱の域へと自ずから足を踏み出せ」

髪鬼はそう言い切ると、反対の手で金目の頭を抱き寄せて続けた。

「若き烏天狗よ。型に嵌まることが幸せなのだと、誰もが思いがちだ。よかれと思って口にした言葉が辛い時もあるだろうな」

すると髪鬼の腕の中で、金目はとても迷惑そうに言った。

「いい加減にしてくれませんか。僕は説教は嫌いだ」

「ハハ。俺には誰かに認めて欲しくて、巣の中からピィピィ叫んでいるように見えたが」

「……なっ！」

すると金目は、髪鬼の手を振り払って睨みつけた。しかし、髪鬼はどこか余裕の表情で金目の視線を躱すと、次の瞬間にはとても優しい顔になって言った。

「説教臭かったのは謝る。年を取るとどうにもお節介を焼きたくなるものでな」

そして自分の髪を手で梳《す》くと、どこか達観したような顔になって言った。

「凝り固まった想いは、時に別のものへと成り果てて、大切な人へ牙を剥く。好意が呪詛《じゅそ》になるのはとても簡単なことだ。俺のような歪《いびつ》なものを創り出すなよ」

髪鬼――女性の怨念が男に取り憑き、際限なく髪を伸ばし続けているあやかし。そのことを思い出したらしい金目は、じっと彼の話に耳を澄ました。

「相手が誰であろうと、何者であろうと……卑屈になることはない。心が惹かれてしまうのは、誰にも止められないのだから。それで苦しむことになろうと大いに結構。それが恋というもので――感情が行き着く先は、愛だ。周りの目なぞ知ったことか！」

「――ふ」

すると、金目の肩が揺れているのに気がついた。

「ふ、ふふふ……」

揺れは、笑いと共に徐々に大きくなっていく。やがて、金目はお腹を抱えて笑い出した。

「アハハハハハ！　やっぱり説教臭い。やばい。おっかしい！」

「ぬ。冗談は言ってないぞ？」

「そんなこと、言われなくてもわかってますよ。それよりも――」

金目はある場所を指さすと、髪鬼へどこか面白がるような口ぶりで言った。

「いいんです？　アレ」

「……ふぐっ……！」

それを目にした途端、髪鬼は苦しげに呻いた。視線の先にあったのは文車妖妃だ。

いい感じに酔いが回ってきたのか……それとも、馴染み客を落とすための手練手管の一環なのか。どちらなのかは知らないが、遠近さんにうっとりとしなだれ掛かっている。

「……遠近……」

「いやあ、おじさん参っちゃったなあ！」

真っ赤に酔っ払った遠近さんに、蕩《とろ》けそうな文車妖妃。直視するのはちょっと遠慮したいくらいに、ピンク色の雰囲気が辺りに漂っていた。

――これはやばいのでは!?

修羅場の予感に戦々恐々としていると、髪鬼はブルブル震えながら言った。

「いい……！」

「はい？」

「他の男の腕の中で頬を染める妖妃。堪らん……！」

うっとりと褐色の頬を染めた髪鬼は、グッと拳を握りしめると、ふたりを凝視したままおもむろに立ち上がった。

「――そ、そういう性癖で？」

彼の背中に思わず訊ねると、振り返った髪鬼は爽やかな笑みを浮かべ、大きく頷いた。

「…………」

私は金目と視線を合わせると、同時に脱力した。

「いろんなあやかしがいるもんだね……」

「疲れちゃったよ、僕。まったくもう」

そしてクスクスと笑うと、

「難しいね」

「まったくだ」

と、ふたりして苦笑いしたのだった。


朝まで飲み明かすという遠近さんを置いて、三人で帰路につく。

軋んだ音を立てる階段を降りていくと、藤の花が咲き誇る中庭へ出た。

常夜の幽世も、遅い時間になればなるほど気温が下がる。指先が痺れるほどに冷え込んでいるせいか、いつもよりも空気が澄んでいる気がする。四角く切り取られた夜空から、紅く染まった星明かりが降り注ぎ、青紫色の藤の花を艶やかに彩っていた。

「――まさか、本を放り出してうたた寝しているだなんてね～」

身体を揺らし、背負った水明の位置を調整した金目は、冷え切った床板を慎重に踏みしめた。その後ろをついて歩きながら、小さく笑みを浮かべる。

「せっかくここまで来たのに、合わなかったみたいだね」

髪鬼と文車妖妃のプチ修羅場を聞きながら、本を手にしたままこっくりこっくりと船を漕いでいる水明を見つけた時は、金目とふたりして笑ってしまった。

「自分と似ている登場人物を探せって言われても、そうそう出会える訳ないしね～」

「だねえ」

人も本も一期一会だ。

もしかしたら、運命みたいに出会うべくして出会うものなのかもしれない。

「いつか、水明が夢中になれるような本に出会えたらいいね」

そんなことを言って、眠っている水明の顔を覗き込む。

長い睫毛に縁取られた瞳はピクピクと動いていて、時折、うっすらと目を開ける。やはり外では熟睡できないらしい。夢と現の狭間を行き来しているようだった。

「……ん」

その時、水明の薄茶色の瞳と視線が交わった。彼はゆっくりと瞬きをすると、

「夏織」

私の名を呼んで手を伸ばした。そして、意味もなくポンポンと私の頭を叩くと、次の瞬間にはまた眠ってしまった。

「…………んなっ」

すやすやと金目の背で寝息を立て始めた水明を、顔を真っ赤にして見つめる。

――今の行動の意味！　今の行動の意味はなに！

頭の中がグチャグチャになり、全身に汗が滲む。思わずその場にしゃがみ込むと、金目が笑いを堪えているのに気がついた。

「ええい、笑うなら笑えー！」

「アッハハハハ！」

するると、金目は嬉しそうに目を細めて言った。

「恋かな〜？」

「……どうだろね！」

「僕としては、夏織と水明がくっついてくれるとありがたいんだけど〜」

「勝手なこと言わないで！」

怒りを込めて叫ぶと、カラカラ笑った金目は軽い足取りで先に行ってしまった。

その場にひとり取り残された私は、深く嘆息する。

ふと顔を上げると、狂い咲く藤の花が視界に入ってきた。

はらはらと白い雪の上に花びらを零すその様は、季節と余りにかけ離れていて、美しさ以前にどこか恐怖を感じる。私は小さく身震いすると、金目たちを追おうとした。

するとーー。

『……どうして。どうしてあの人と結ばれないの』

突然、女性の声が聞こえた。

「……！」

慌てて周囲を見回すも誰もいない。その間も、ボソボソと女性は話し続けている。私は激しく鼓動している心臓を宥めると、ソロソロと声のする方へと近づいて行った。

たどり着いたのは、藤の花の根もとにある小さな井戸だ。

木の蓋がされていて中は見えない。けれども、確かにそこから声が聞こえる。

「……昔、誰かがここに身を投げた……？」

恐ろしい想像が脳裏を巡って、全身が粟立った。

——い、いやいやいや。そんな訳がない。きっと、底までかなり深いのだろう。だから幽世に馴染むまで時間が掛かっているだけなのだ。害はない。害は、ない……はず。

私は両耳を手で押さえると、引き返そうとして……やめた。その時聞こえた女性の声が、聞き捨てならないことを言い出したからだ。

『私には、普通の恋なんて無理だったのよ』

声しか聞こえない女性は、切々と己の不幸を語った。

『廓で育ったのだもの。廓の中だけで生きていればよかったのだわ。普通の恋は外の世界のもの。私には手の届かない、手を伸ばしてはいけないものだったの……』

「やめて！」

思わず叫ぶ。けれど、女性の声はその場所に染みついたもので、自動的に再生されているだけだ。徐々に涙声になっていった女性は、己の悲痛な叫びを、誰が聞いているかなんて知らずに垂れ流し続けた。

『好きだと思った。ううん、今でも好き。大好きだわ。あの人に触れたい。笑いかけて欲しい。夫婦になりたいと願った。遊女の癖に。普通の人間じゃない癖に！』

「やめて……」

ヘナヘナと井戸に縋ったまま座り込む。雪が冷たい。やけに真っ赤な星明かりが目に染みて、じわりと視界が滲んだ。

『……もう、諦めた』

「…………」

『もっと早く決断していたのなら、こんなにも苦しまなかったのに』

「…………うう」

『普通の人間みたいにできる訳ない！　だって私は——』

「うるっさい!!」

女性の声を遮るように大きな声で叫ぶ。

その時、私の脳裏に浮かんでいたのは高校時代の光景だ。

楽しそうに青春を謳歌しているみんなを、薄暗いところで羨ましそうに見ている私。

言い訳はいつだってこう。

だって私は——あやかしの世界で育ったから。

……ああ、なんてみっともない。

物欲しそうな自分が、彼らに歩み寄る勇気もなかった自分が、結局なにも行動を起こさずに三年間を無為に過ごした自分が！　情けなくて仕方がない！

私は井戸の蓋を力任せに外すと、その中に向かって叫んだ。

「絶対に!!　今度は逃げないんだからね!!」

そして、乱暴な足取りで金目たちのもとへと向かう。張見世の前で待っていてくれたらしい金目は、私の顔を見るなり驚いたような顔をした。

「どうしたの？　泣いてるじゃないか」

「……っ！」

私は袖で滲んだ涙を拭うと、水明を背負ったままの金目に言った。

「恋だった！」

「……は？」

どうやら意味が通じていないらしい。

私はもう一度息を吸うと、ビシリと眠っている水明を指さして言った。

「私、もう既に正気じゃなかったみたい。水明に恋をしてる」

すると一瞬呆気に取られていた金目は、次の瞬間には大きく噴き出して笑った。

「そっかあ」

そして優しい笑みを浮かべると、私に拳を突き出して言った。

「成就すればいいね。健闘を祈るよ」

私は真面目くさった顔で頷くと、金目の拳に自分のそれを合わせて言った。

「応援よろしく」

金目は破顔すると「もちろん」と頷いてくれたのだった。

第三章　幽世のメリークリスマス

幽世にもクリスマスはやってくる。

あやかしたちはキリスト教なんて知らないから、十二月二十四日という日が過ぎていくだけで、イルミネーションで町が彩られるなんてことはないけれど。

しかし、貸本屋にはクリスマスがあった。本でクリスマスの存在を知った私のために、東雲さんやナナシがささやかなパーティを開いてくれたのだ。

『メリークリスマス！』

貸本屋の居間を精一杯飾り付けて、その日のために用意したご馳走を並べる。こんがり焼けた照り照りのチキン。山盛りのポテトサラダ。ナナシご自慢の巻き寿司。手作りのホールケーキ……。そして、翌朝目覚めると枕元にはクリスマスプレゼントがあった。

それは、私のために開かれた幽世で唯一のクリスマスパーティ。

幼い頃の私は、それを当たり前のように享受していた。けれど、大人になった今考えてみると――それはまるで奇跡みたいな一日だったように思う。

なにせ幽世にクリスマスを祝う習慣はない。

私が心から楽しんだパーティは、大人たちが手探りで一から作り上げたものなのだ。

『東雲さん、ナナシ、にゃあさん。美味しいね、楽しいね！』

あの頃、みんなに囲まれて笑う私は、世界中で誰よりも幸せだったに違いない。

——今年もクリスマスが近づいてきた。ここ最近は、アルバイト帰りに売れ残りのケーキを買って帰る程度だったけれど、どうも今年は様子が違う。

水明とクロを迎えて賑やかになった幽世は、いつもとは違う聖なる日を迎えそうだ。

＊　＊　＊

「という訳で、クリスマスパーティをしようじゃないか！」

いつも通りの貸本屋の居間。東雲さんと私が炬燵でみかんを食べていたところ、やけに上機嫌な遠近さんが乱入してきた。

「ああん？　なにが『という訳』なんだよ」

唐突に室内に侵入し、更には予想もつかないことを言い出した友人に、機嫌の悪そうな声を漏らしたのは東雲さんだ。原稿疲れのせいで、目の下に濃い隈を作り、やや草臥れたように見える東雲さんは、煙管を吹かしながら頭をボリボリ掻いた。

「馬鹿なことを……。パーティ？　変なもんでも食ったかあ？」

「ははは。別に冗談でもなんでもないさ。これは至極まっとうな提案だ」

やたら気障《きざ》っぽい仕草で胸に手を当てた遠近さんは、早口でこう言った。

「君、忘れちゃいないだろうね。原稿が忙しいと言って、僕との約束を破ってばかりいるじゃないか。会合のための美酒も、最高に盛り上がりそうな問題作も用意しているというのに、ずっとお預けされているんだよ!? 僕だって我慢の限界というものがある。だからクリスマスパーティで穴埋めをしろと言っているんだ！」

「そ、そりゃあ……悪かったな」

「僕と仕事……どっちが大事なんだい！」

「変な誤解されそうだからやめろ」

東雲さんが冷めた目でそう言うと、遠近さんは楽しげに肩を竦めて言った。

「まあ、なにも酔狂で言っている訳じゃないんだよ？」

そして東雲さんに優しい瞳を向けると、どこか黄昏《たそが》れた表情になって語り始めた。

「クリスマスは、誰もが浮かれても赦《ゆる》される日だ。そんな日くらい仕事を忘れて、好きなものに触れるべきだとは思わないかい。何事もメリハリが大事だ。しっかりと休めば、翌日から原稿も捗るだろうという……友人のお節介さ。なあ、夏織くん」

──ああ、遠近さんってば優しい……！

親友想いの彼の気遣いに胸を打たれつつ、私は大きく頷いた。

「ですね。私もそう思います。東雲さん……最近、頑張りすぎですもん」

元々食が細い東雲さんだが、ここ最近は忙しさも相まって更に食事量が減っている。あやかしだから滅多なことで死にはしないとはいえ、少し心配になっていたのは確かだ。

「あまり根を詰めすぎるのもどうかと思うよ。気晴らししてもいいんじゃない？」

そう言うと、東雲さんの目もとがほんのり赤くなった。そしてどこか落ち着かない様子で視線を彷徨わせると、頬杖を突いて「たまにはいいかもな」と小声で言った。

「わ、やった！　遠近さん、東雲さんいいみたいですよ」

嬉しくなって声を上げる。すると、遠近さんはどこか複雑な顔をしているではないか。

「どうしたんです？」

怪訝に思って首を傾げると、遠近さんは気まずそうに頬を掻いた。

「いや、あっさり決まってしまったなあ……と。ムム、流石は夏織くんだ。対東雲への効果は抜群だね。こりゃ、僕の取り越し苦労だったようだ」

「……？　どういうことです？」

「東雲のことだから、もっと揉めるかと思っていたのさ」

「お前、俺のことなんだと思ってやがる」

東雲さんが呆れたような声でそう言うと、遠近さんはハハハ……と乾いた笑みを浮かべた。そして、やや不安そうな顔をして店と居間を繋ぐ引き戸をちらりと見た。

どうも遠近さんの様子がおかしい。途端に、東雲さんは片眉を吊り上げる。

「嫌な予感がすんな。遠近……てめえ、一体なにを――」

するとその瞬間、外からやたらと賑やかな声が聞こえてきた。次いでバタバタと激しい足音が聞こえたかと思うと、勢いよく引き戸が開いた。

「東雲、クリスマスパーティやろうぜ！」

「ぱーっとやろうよ～。うちのちびっこふたりもやりたいって騒いでるんだ～」

それは金目銀目だった。ふたりは遠慮なしに居間に上がり込むと東雲さんに詰め寄った。

「ご馳走にキラキラしたツリー。楽しそうだろ？」

「毎年、夏織とはささやかにパーティしてるんだよね？　今年は僕たちも交ぜてよ～」

双子は東雲さんの両側に座ると、がっちり肩を組んでニコニコ笑っている。

「なんなんだ、お前ら……」

いきなり詰め寄られた東雲さんは、あまりのことに目を白黒させている。

――なんで突然、金目銀目がこんなことを言い出したんだろう……？

まるで計ったかのようなタイミングに首を傾げていると、また誰かがやってきた。

「邪魔するわよ～。東雲が我が儘言ってるって聞いて来たんだけど」

それはナナシと水明、そしてクロだ。

ナナシは東雲さんの顔を見るなりこんなことを言い出した。

「子どもたちがパーティしようって言ってるのに、アンタ断ってるんだって？」

「は？　誰がそんなこと――」

すると、ナナシと一緒にやってきた水明が話に割り込んだ。

「パーティ？　なんのことだ。俺は赤い衣を着たあやかし退治が始まると聞いたんだが」

「そいつの持ってるお宝を強奪したら貰っていいんでしょ？　楽しみだなー！」

「いや、お前らはなにしに来たんだ、なにしに！」

半ば自棄になった東雲さんが叫ぶと、水明とクロは顔を見合わせ、遠近さんを指さした。

「「アイツにそう言われたんだ」」

すると、それに便乗するように金目銀目も激しく頷いた。

「アッハハハハ。君ら、あっさりバラすね！」

遠近さんはすっくと立ち上がると、ハットを脱いで胸に当てた。

「彼らがここに来たのは、すべて僕が仕組んだことさ。東雲が、クリスマスパーティをしたくなるようにね……！」

そしてくるりと踵を返すと、パチンと気障っぽく片目を瞑って笑った。

「すまないね、みんな。後詰めをと思って色々仕込んだんだが無駄だったようだ。夏織の説得によって、無事にクリスマスパーティの開催は決まったよ。喜びたまえ！」

すると、金目銀目とクロが歓声を上げた。

「「やった、ご馳走！」」

「わーい！　……ところで、誰からなにを強奪するの？」

……よくわからないが、みんなでパーティすることになったらしい。そのことに、年甲斐もなくワクワクしていると、おもむろに東雲さんが動いた。

見ると、遠近さんがこっそりと部屋を出ようとしているではないか。養父は遠近さんの背後に迫ると、彼が引き戸に手を掛けた瞬間、素早くヘッドロックを決めた。

「どういうことだ？　場を混乱させるだけさせて帰るたあ、いい根性してやがるな」

「ハハ。背後から抱きしめる時は、もっと優しくしてくれと恋人に教わらなかったかい」

「悪いな。色恋沙汰にはとんと縁がねえ」

東雲さんが更に腕に力を籠めると、遠近さんの顔が徐々に青くなってきた。

「ぐっ……！　降参だ。ちゃんと理由を話す。話すから！」

「お前が、変な策を巡らせるからだ馬鹿野郎」

やっと東雲さんの腕から解放された遠近さんは、咳《せ》き込みながら半笑いで東雲さんを見上げている。

「――んで。どうしてこんなことをしやがった」

「ええと、いやあ……」

するとその様子をずっと見守っていたナナシが、後ろから野次を飛ばした。

「どうせ女絡みでしょ。クリスマスにこの男の身体が空いてるだなんて変な話だもの」

「うっわ、まじか～。遠近、フラれたの？」

「銀目、駄目だよ。いい歳したおじさんの心の傷を抉るような真似しちゃ」

「金目、アンタの方がよっぽど辛辣だわ……。でも、もっと言っていいわよ！」

言いたい放題の三人に思わず苦笑いを浮かべていると、その瞬間――遠近さんがその場に崩れ落ちた。しかも、ロマンスグレーな顔をクシャクシャにして、大粒の涙を零して泣いている。思わず硬直していると、遠近さんがポツポツと話し始めた。

「聞いておくれよ。文車妖妃とばかり遊んでいたら、本命にフラれちゃったんだ……！」

「滅茶苦茶自業自得じゃねえか！」

「美子《よしこ》ォ！　帰ってきてくれぇ！」

どうやらナナシの指摘は図星だったらしい。クリスマス直前に別れを切り出された遠近さんは、ひとりで過ごす孤独な聖なる夜が恐ろしくなってしまったのだという。

「クリスマス。冷たい布団。独り寝……駄目だ！　耐えられない……！　ねえ、東雲！　僕をひとりにしないでくれ！　僕にはもう君しかいないんだ！」

「だから、誤解されるからそういう言い方はやめろ！」

縋りついてきた遠近さんを足蹴にした東雲さんは、深く嘆息した。そして、次の瞬間には「仕方ねえ奴だな」と苦く笑った。

「お前とは数百年の付き合いだからな。やろうぜ、クリスマスパーティ」

「……！　本当かい。東雲！」

途端に目を煌めかせた遠近さんは、東雲さんの手を握ると、涙ながらに頬ずりする。

「恩に着る！　聖なる夜は寝かさないよ、親友！」

「だからその言い方！」

再び遠近さんを足蹴にした東雲さんは、ぐるりとみんなを見回し——今度は、どこか邪悪な笑みを浮かべた。

「よっし、お前ら。遠近の奢りでパーティだとよ」

「――は？　ちょ、奢るとはひとことも……」

予想外の展開に、遠近さんは顔を青ざめさせている。けれど、東雲さんはそんな遠近さんには一切構わずに、テキパキとみんなに指示を出していった。

「玉樹の野郎も呼んでやろうぜ。ナナシ、ご馳走は頼んだぞ」

「わかったわ～。ウフフ、腕によりを掛けて作るからね！」

「イルミネーションや飾り付けは？」

「そんなもん、遠近に用意させろ。現し世で店をやってるコイツの専売特許だろう。モミの木だけは用意してやる。なあ？　遠近？」

「……そ、そうだね？」

最後に、どこか晴れ晴れとした表情を浮かべた東雲さんは、遠近さんにずいと顔を寄せると、無精髭だらけの顔で破顔した。

「今年の聖なる夜は、目一杯楽しもうぜ。親友！」

「あ、あは……あはははは……」

その瞬間、遠近さんがガックリとその場に突っ伏したので、それを見ていた私たちは思わず笑ってしまったのだった。

＊　＊　＊

翌日から、私は準備のためにあちこち走り回った。

クリスマスパーティと言えば、キラキラした装飾にご馳走だ。

料理に関しては、ナナシが用意してくれることになっている。料理上手な彼のことだ。きっとすごいご馳走を用意してくれるだろうから、今から楽しみだ。

因みに、会場は貸本屋の居間。ちょっと狭いけれど、それもまたよし。

残るは装飾だが――。

アルバイトの終わり。他の店員が全員帰ったのを確認してから、私はオーナーである遠近さんと落ち合うと、店の倉庫に向かった。イルミネーションに使う道具類があるらしく、それを持ち出すためだ。

「いやあ、まさかこんなことになるなんてね……」

あの後、遠近さんは少し落ち込んだ様子だったが、既に気持ちを持ち直したらしい。開き直って、楽しいクリスマスパーティにしようと張り切っているようだ。

「なんか、東雲さんが無理言ってすみません……」

なんとなく申し訳なくなって謝ると、遠近さんはカラカラと笑った。

「いいんだよ。こんなの珍しくもなんともない。アイツとは長い付き合いだからね」

「そういえば、数百年来の付き合いなんですっけ？」

「ああそうだよ。東雲が付喪神になったばかりの頃、僕が世話をしてやったのさ」

そう言って、倉庫への道すがら、遠近さんは東雲さんとの出会いを話してくれた。

「アイツ、出会った頃は酷くやさぐれててね。もう誰も信じないみたいな目をして、殺気を辺り構わず放ってた。誰も寄せ付けないあの感じ、懐かしいなあ」

——東雲さんは、掛け軸の付喪神だ。それも幸運を呼ぶ呪いの掛け軸の。

時には、世の権力者たちが東雲さんの掛け軸を手に入れようと争ったのだそうだ。そのことを嫌った東雲さんは、現し世を捨てて幽世へ来たらしい。

「あの頃の東雲は、とてもじゃないが普通に暮らせるような精神状態じゃなかった。だから僕は、アイツをある人へ預けたんだよ」

「それは誰なんですか？」

「貸本屋の前店主。幽世随一の本の蒐集家——おっと」

すると、遠近さんは話を遮るとクスクスと楽しげに笑った。

「これ以上はいけないな。僕なんかが話していいことじゃない」

「……そう言われると、すごく気になるんですけど」

「まあまあ、忘れてくれ。東雲にバレたらドヤされる」

ジロリと睨みつけてみても、遠近さんは笑うばかり。どうも、これ以上は教えてくれるつもりはないらしい。私は思わずため息を零すと、凍てついた現し世の空を見上げた。

「相変わらず仲がいいですね。羨ましい。遠近さんは、私の知らない東雲さんをたくさん知ってるんだなあ……」

　すると遠近さんは、興味深そうに私の顔を覗き込んで言った。

「君にだって、黒猫の大親友がいるじゃないか」

「そうなんですけどね。まだまだ東雲さんと遠近さんの域には達してないというか。お互いのことを誰よりも知っていて、遠慮せずに言い合える感じ……少し憧れます」

　すると遠近さんは少し照れたように頬を染めると、即座に真面目な顔を作って言った。

「秘訣が知りたいかい？　ならば、今度眺めのいいレストランでディナーでも……」

「結構です」

　速攻で断ると、遠近さんは勢いよく噴き出した。

「その蔑むような目！　東雲にすごく似てるから、おじさん時たまびっくりするよ」

「遠近さんはそういうチャラいこと言わなかったら、普通なのにっていつも思ってます」

「普通かあ。参ったな！」

　適当に言い合いながら、冷たい空気に包まれた冬の町を行く。

　クリスマスを間近に控えた現し世の町は、キラキラ眩いばかり。町を歩いている人たちもどこか嬉しそうで、まるで世の中全体が浮かれてるみたいだ。

　誰もが特別な日を待ち侘びている――そんな空気感、嫌いじゃない。

「私、クリスマスパーティがすごく楽しみなんです。この歳で変ですかね？」

　ウキウキしつつ、隣を歩く遠近さんを見上げる。すると遠近さんは柔らかな笑みを浮かべ――気障ったらしく胸に手を当てて言った。

「変じゃないさ。その胸のときめきが萎むことがないよう、僕も精一杯お手伝いするよ」

その瞬間、通りすがったらしい女性たちが黄色い声を上げた。たまたま、遠近さんの決め顔を見てしまったらしい。すかさず、遠近さんはその女性たちに向かって手を振っている。店の名刺を渡すのも忘れない。流石、チャライケオヤジ。抜け目ない……。

「もう。相変わらずなんだから」

私は苦笑いを零すと「お願いします」と頼りがいのある養父の友人に頭を下げた。


その後、大量の荷物を抱えて幽世に戻った私は、貸本屋の入り口で金目に捕まった。

「ちょっとこっち来て」

金目は私を暗がりへと連れ出すと、コソコソと耳もとで囁く。

「ねえ夏織、水明へのプレゼント……なににするか決めた？　好きな人と過ごす初めてのクリスマスでしょ。どうするのさ～」

「すっ……！　さ、サンタじゃあるまいし。そういうのありなの……!?」

思わず素っ頓狂な声を出すと、金目は悪戯っぽく笑って言った。

「馬鹿だなあ。こういう機会を使って距離を縮める。恋愛の常套手段じゃないか」

「……やけに詳しいじゃない」

「恋をする必要性はないと思っているけど、恋物語を読むのは好きなんだ～」

――水明へのプレゼント。

顔が熱くなってきた。ソワソワしてどうにも落ち着かない。なにを贈れば喜んでくれるのだろう。どういうものを贈れば——……私の心が伝わるのだろう？

「……正直、全然わかんないや」

自分の恋愛偏差値の低さに絶望する。すると、金目は私の頭をポンと叩いて言った。

「応援するって言ったでしょ～。迷ったら僕に相談してよ」

「ありがと……。ねえ、金目は誰かにプレゼントを贈るの？」

「僕？」

金目は自分を指さすと、へらりと気の抜けた笑みを浮かべた。

「銀目にプレゼントをするつもりだよ。当たり前だろ？　クリスマスは、なにも恋人たちのためだけにあるんじゃない。家族だってそうさ」

「家族……そっか。そうだよね！」

銀目の言葉に私は顔を輝かせると、真剣な面持ちで言った。

「あの、金目。ちょっとお願いがあるんだけど……」

「なに～？　僕に手伝えることなら、なんでも言って」


——十二月二十四日。聖なる夜が、幽世へも訪れる。

クリスマスパーティに必要なもの。ご馳走に飾り付け、可愛い招待状に——。

それと、気持ちの籠もったプレゼント。

こうして——クリスマスを迎える準備は整ったのだった。

＊＊＊

クリスマス当日。幽世は生憎の曇り空。風は凪ぎ、いつもよりも静まりかえった常夜の街に、ふわふわと綿雪が舞い落ちてくる……そんな日だ。

私たちは貸本屋へ集まると、各々準備を進めていった。

「じんぐるべー！　じんぐるべー！」

「すっずが、なるー！」

元気に歌っているのは、鞍馬山僧正坊のもとで修行をしている幼い烏天狗の双子、うみとそら。トナカイの着ぐるみを着たふたりは、楽しげに飾り付けをしている。ふたりが着ている可愛らしい着ぐるみは、この日のために鞍馬山僧正坊が作ったらしい……。

「お前ら、歌ってないで早くしろ！」

「ほら、靴下飾る人〜」

ふたりの監督をしているのは金目銀目だ。普段から世話をしていることもあり、かなり手慣れた様子で子どもたちの面倒を見てくれていた。

「水明、これでどうかしら」

「もっと味が濃い方がいいんじゃないか？　酒のつまみだろう？」

「オイラ！　オイラも味見！」

台所ではナナシと水明、そしてクロが料理をしてくれている。……まあ、クロは足もとでチョロチョロしているだけなのだけれど。必死に味見アピールをしているクロを余所に、ふたりは黙々と料理を完成させていった。

「――じゃあ、後はっと……」

残るはツリーだけだ。

しかし、肝心のモミの木がない。東雲さん曰くこれから、用意をするらしいのだが……。

クリスマスと言えばツリーというくらいなのに……本当に大丈夫だろうか？

居間のガラス戸から中庭に降りる。せっかく雪かきをしておいたのに、延々と降り続けている雪はあっという間にすべてを覆い尽くして、小さな雪原を形作っていた。

踏み荒らすのが惜しいほどのまっさらな雪だ。しかし、入らない訳にもいかない。私は無粋なのを理解しつつも、雪に自分の足跡を刻み込みながら進む。

その先で私を待っていたのは、三人の人物だ。

「お待たせ！　パーティ会場の準備は順調だよ」

私の声に応えたのは、どこか皮肉っぽい……それでいて物語の喩えを交ぜて話す人物。

「自分としては、順調でなくてもいいんだがね。物語で言うならば、その『順調』はブラフであって欲しいものだ。この先なにか大騒動があって、今日この日の計画がすべて台なしになればいいのにと、心底願っているのだが」

「相変わらずよく喋るね……」

「君も、問答無用で元祓い屋の少年に捕まえられてみればわかる。自分の不機嫌さを」

深々と嘆息したのは「物語屋」の玉樹さんだ。普段の恰好とは違い、屋外だからか黒地の鳶《とんび》コートを纏って、革のブーツを履いている。中折れ帽の上にはうっすらと雪が積もっていて、結構な時間待っていたのだとわかる。

「東雲さんの原稿もまだなのに、付き合わせてごめんなさい」

ぺこりと頭を下げると、玉樹さんはどこか気まずそうに視線を逸らした。そして隣に立つ人物を睨むと忌々しげに言った。

「ならば、この愚か者をもっとせっついてくれないか。幽閉されたヒロインでもあるまいし、いつまでも悠長に待っている訳にはいかないのだよ」

すると、隣の人物——東雲さんはまるで悪びれた様子も見せずに笑って言った。

「ワハハ、しゃあねえだろ？　筆が進まねえもんは。ビビッとなにかが降りてくりゃあ、ドンドコ進むんだがなあ……」

「そのなにかはいつ降りてくるんだ、いつ!!」

「俺が知るかよ。……へっくし」

東雲さんはズビズビ洟《はな》を啜ると、首に巻いた手ぬぐいを締め直した。他の人は洋装だからというのもあるのだろうが、和装の東雲さんはどうにも寒そうだ。

「マフラーしてこなかったの？　風邪引いちゃうよ」

「あん？　あれか、ナナシが編んだ奴か？　俺は嫌だぜ。男の手編みなんて」

「……なにそれ。じゃあ私が編んだら着けてくれるの？」

東雲さんは一瞬目を逸らすと、ほんのりと頬を染めて、どこかぶっきらぼうに言った。

「そ、それなら考えてもいい……」

「可愛い！」

……言っておくが、黄色い声を上げたのは私ではない。

「や〜。東雲は可愛いね！　おじさん、ときめいちゃったよ！」

まるで女子みたいな歓声を上げたのは、遠近さんだ。

遠近さんは東雲さんの頭を撫で繰り回すと、へらっと緩んだ笑みを浮かべた。

「僕も娘が欲しくなっちゃった。うんうん。作ろうかなあ、嫁さん」

「半世紀前から同じこと言ってるだろ。そう言うなら、いい加減ひとりに絞れ」

「僕の愛は個人に縛られるような類いのものじゃないのさ。それよりも、早く始めようじゃないか。これ以上ここにいたら凍えてしまう。よろしく頼むよ、玉樹」

「…………」

玉樹さんはどこか恨めしそうに、サングラス越しに遠近さんを睨みつけている。

「なんだ玉樹。まだ不満があるのか」

「……黙れ、東雲。前は仕方なしにやったが、今回は遠近の我が儘らしいじゃないか。自分はやりたくない」

「なんだよ、ケチくせえな。出し惜しみするなよ」

「東雲。貴様、本気で言っているのか……？」

するとと玉樹さんは、聞いたことがないくらいの低い声でそう言った。けれど、東雲さんは動じる様子も見せずに、肩を軽く竦めただけだ。

「いつまでも昔のことに拘ってんのか。お前らしくない。新しいこと、革新的なことが素晴らしいんだろ？　古くせえ拘りは捨てちまえ」

「………………」

口癖のようにいつも自分が話していたことを代わりに言われ、玉樹さんはムッツリと黙り込むと、大きくため息を零して、おもむろに雪の上を歩き出した。

――玉樹さんになにがあったのだろう……？

思えば、玉樹さんは謎の多いあやかしだ。素性は明らかではなく、なんのあやかしかも私は知らない。もちろん、東雲さんや遠近さんは知っているのだろうけど……。

角も鉤爪も尻尾もない。こうして見ると、玉樹さんは一見、普通の人間としか思えない。

一体なんのあやかしなのだろうと考えていると、玉樹さんは中庭の中心で立ち止まった。そして睨みつけるように空を見つめると、懐からあるものを取り出した。

「……筆？」

それは、見るからに上等な絵筆だった。明らかに場にそぐわないものを取り出した玉樹さんに驚いていると、東雲さんが調子よく声をかけた。

「頑張れよ、親友。これはお前にしかできねえ。頼りにしてるぜ」

「……はあ、まったく。『物語屋』になったからには、なにも創らないと決めたのに」

ブツブツと文句を言っている玉樹さんに、東雲さんは洟を啜ると再び声をかけた。

「昔、自分が創ったものをなぞるのは、新しく創ったとは言わねえよ」

「………………」

玉樹さんが、濁った右目で東雲さんを睨みつける。しかし、東雲さんはニカッと白い歯を見せて笑い、真っ赤になった鼻を指で擦っている。

「……付き合いが長いだけに、自分の扱い方を知っていて腹が立つ」

玉樹さんは吐き捨てるようにそう言うと、左手で筆を持った。

「利き手ではない。出来に期待はするな」

ブツブツと呟いた玉樹さんは、なにをするでもなく筆の穂先をじっと見つめた。

すると驚いたことに、穂先にじわりと墨が滲んだではないか。驚きのあまり目を瞬いていると、おもむろに玉樹さんは真っ白な雪の上になにかを描き出した。

するり、するする。玉樹さんの手が、雪の上で踊っている。

東雲さんに比べるとどこか細くて、筋張っている手。青い血管が浮き上がっていて、神経質そうな雰囲気を漂わせているというのに、その動きはどこまでも自由奔放で、まるで筆に意識が宿っているかのようだ。穂先は一箇所に留まることを知らず、雪の上を自由気ままに遊び回っている。流れるように動いた筆は、無垢だった雪を汚し、時には細く、時には力強く――描かれた線は、不思議なことに雪の中に沈み込むことはなかった。

墨で濡れた穂先は、雪上に青々とした葉を刻み込み。

玉樹さんの濁った右目の視線の先には、拗《ねじ》くれた幹が描かれていく。

――気がつくと、そこには一本の松の木が現れていた。

天に向かって自慢げに枝を伸ばし、尖った葉をまるで胸を張るように開いている。枝振りは見事の一言。長い幹は複雑な凹凸を作り出し、長い年月風雨に晒されてもなお、倒れない力強さがそこにあった。

「……あれ？」

その瞬間、今見ている光景に既視感を覚えて首を捻る。

必死になって記憶を探るが、どうもはっきりしない。胸がモヤモヤしてきて堪らないが、そうこうしているうちにもどんどんと状況は進んでいく。

「……これで終わりだ」

そして最後に、玉樹さんは雪上へある言葉を書き連ねた。

『百年の樹には　神ありてかたちを　あらはすといふ』

やたら達筆な文字だ。その文字だけは、何故だか雪の中へと沈んでいく。

玉樹さんは顎髭を左腕でショリと撫でると、全体図を眺めるように目を細め――。

「木魅《こだま》」

と、呼びかけた。

──一体、誰に声をかけているの……？

不思議に思っていると、不意に誰かが返事をした。

「随分とご無沙汰しておりました、旦那様。なにかご用でしょうか」

「えっ……」

驚いて息を呑む。声がしたのが、玉樹さんのすぐ傍……絵の中のように思えたからだ。

すると東雲さんが傍に寄ってきて、楽しげに雪上に描かれた絵を指さした。

「ほれ、夏織。見てみろ、しわっしわの爺さんがいるぜ」

「えええ……」

私は絶句するほかなかった。何故ならば──玉樹さんが描いた松の木の中に、動く人の姿を見つけてしまったからだ。

それは、まるで枯れ木のような老人だった。墨で描かれているから色はわからない。けれど、きっと髪の量が減った髷は白かろうと予想できたし、腰が曲がった小さな身体を包む着物は、柿色辺りの渋い色なのではないかと思えた。老人は今にも折れそうな骨張った手で熊手を握りしめ、玉樹さんが言葉を発するのをじっと待っている。

玉樹さんは、老人に向かって淡々と告げた。

「前のと同じのを頼む」

すると、老人は元々皺くちゃな顔を更にクシャクシャにして、嬉しそうに笑った。

「ああ、ああ。かしこまりました。喜んで。是非とも！　おおい、婆さんや」

ペコペコと何度も頭を下げた老人は、後ろにいる誰かに声をかける。そこには、老人と同じくらいに年齢を重ねた老婆がいて、私たちの視線に気がつくとゆるりと一礼した。

「一夜限りの聖樹。夢幻の如く、どこよりも立派な枝を持った木をご用意しましょう」

そう言うと、老婆は手にしていた箒《ほうき》を数回サッサッと掃いた。

その瞬間、雪の上に描かれていた松の木が劇的に変化した。まるで水面に一滴の雫が落とされたかの如く、ゆらり、墨で引かれた線が揺らぎ——その中から、ボコボコと奇妙な音を立てて、なにか黒いものが姿を現し始めたのだ！

「下がれ。巻き込まれるぞ。物語の隅で、名も知られずに死ぬ群衆のようになりたくなければ、そこを退け」

その瞬間、最高に不機嫌そうな玉樹さんが、東雲さんごと私を引きずって庭の端へと移動した。雪に足を取られて転びそうになる。前を向けばいいのをわかっているのだが、それでもその光景から目を離すことができなかった。

「アッハッハ！　こりゃ見事だねえ！」

やがて——遠近さんが嬉しそうに手を打った。東雲さんも笑みを浮かべてそれを見ている。私は、寒さで滲んできた洟を啜ると呆然とそれを見上げた。

そこには——巨大な、それでいて黒く塗りつぶされたようなモミの木がそびえ立っていた。かといって、黒一色という訳でもない。黒の中にも濃淡があり、雪明かりを僅かに反射して青白く浮かび上がって見える。

　――そう、それは墨で形作られたモミの木だったのだ。

「……私、これ……見たことある、かも」

モミの木をじっと見上げる。この昏い幽世で、黒々としたその木は少し不気味だった。

するとい、私の隣でモミの木を見ていた東雲さんが言った。

「お前が初めて幽世へ来た年の冬、こういう風に玉樹にモミの木を作らせたんだ」

「……全然、覚えてないや。でもどうして、翌年からはやらなかったの？　クリスマスは何度も祝ったけど、今までツリーなんてなかったじゃない」

「それはな……」

すると、今まで黙り込んでいた玉樹さんが口を開いた。

「怖いと言って号泣したのはどこの誰だ」

それは不貞腐れたような声だった。いつもどこか不敵で、嫌味ったらしい笑みを浮かべている玉樹さんなのに、まるで子どもみたいに唇を尖らせている。

「――プッ」

その瞬間、ある予感がした私は、堪らず噴き出した。

「……嘘。まさかそのせいで……」

「おう。玉樹の野郎、もう二度とやらねえって拗ねちまってなー」

「そのせいで、みんなで用意した飾りも無駄になったのだよ、困ったものだ」

そう言って、遠近さんが持ってきたのは古びた木箱だ。中にはツリー用の飾りがたくさん入っている。少し埃っぽくはあったが、どれもこれもが新品同様だった。

「なあに？　懐かしい話しているじゃな〜い」

するると、居間のガラス戸からナナシが顔を出した。フリフリのエプロンを身につけたナナシは、むくれている玉樹さんをちらりと見ると、楽しげに笑った。

「喜ぶぞって期待してたから、余計にがっかり来ちゃったのよね？　玉樹、ツリーの飾りを一緒に作ったりしてたもの」

「誰と……？」

「もちろん、夏織と」

ナナシはひょいと雪上へ降り立つと、そのまま遠近さんへと近寄って行った。そして彼が手にした木箱の中を漁ると、あるものを私に手渡し——しみじみと言った。

「思い出の品って、いつ見てもいいものよねえ」

——私の手の中に現れたのは、まるでこの世にある煌めきを煮詰めたような黄金色。

それは、金の折り紙で作られた大きな星だった。居間から漏れる光を反射して、きらりきらりと辺りに柔らかな光を放っている。何枚も糊で貼りつけて厚みを出しているのだろう。なんだか歪んだ形になってしまっているけれど——それはどこか、とても温かな熱を持っていて。その熱はすぐに私の胸に伝播すると、じんと心を震わせた。

「なんて可愛い星……」

思わず呟くと、玉樹さんは丸いサングラスの向こうで視線を彷徨わせ、どこか気恥ずかしそうに頭を掻いて言った。

「今日の……モミの木は」

「え？」

「今日の木は怖くないか」

なんとも不器用な質問に、私は破顔すると首を横に振った。

「怖くないよ。私……もう大人だもの」

「……そうか」

それは、玉樹さんの不器用な優しさ。

私は鼻の奥がツンとするのを感じて、堪らず玉樹さんに抱きついた。

「前回はごめん。本当にごめん……！　それとありがとう！」

「おい、やめるんだ。離せ！　暑苦しい！」

「あ、いいな〜。僕も装飾品を用意したりして頑張ったんだよ、夏織くん」

「じゃあ、遠近さんもー！」

「てめえら、なにしてんだ！　嫁入り前の娘に気安く触るんじゃねえ！」

わあわあギャアギャア騒いでいると、そこに更に賑やかな声が加わった。

「お前ら、庭を見てみろよ！　すっげえぞ」

「「なあに？　なにがあるの？」」

「お外で遊ぶの？　オイラ、雪は苦手なんだけど……」

それは、うみとそら、そしてクロのお子様たちだ。銀目に促されて、ガラス戸の傍へ集まってくると、突然現れたモミの木を目にして顔を輝かせた。

「「ツリーだあああ……！」」

双子は勢いよく庭に飛び出すと、ほっぺたを林檎《りんご》みたいに真っ赤にして言った。

「「これってツリーになるきだよね？　かっこいいね！」」

そして、きゃあ！　と歓声を上げて、お互いの周りをクルクル回り始める。ひとり残されたクロは、室内からそらとうみへ声をかけた。

「え。これが、ツリーになる木なの？　あのキラキラした？　どうやって？　ねえねえねえねえ、オイラに教えてよお！」

すると、幼い鳥天狗の双子はどこか大人ぶって言った。

「かざりつけをするの。ちかちかひかるでんきゅう」

「きんぴかのりんご。ふわふわのゆき。おにんぎょう。もちろん、てっぺんには」

「「おおきなおおきな、おほしさま！」」

その瞬間、パッと天に掲げられたその手は、まるで小さな星のようだ。

子どもたちのはしゃぎ様を見ていた金目銀目は、お互いに顔を見合わせると、自分たちも庭に降り立って拳を掲げた。

「よっし、飾り付け部隊！　最後の仕上げだ！」

「あとひと踏ん張りだよ～」

金目銀目の言葉に、子どもたちは更に頬を真っ赤にしてやる気を見せている。

「さあ、終わったら腹一杯ご馳走を食うぞ！」

「「おお～！」」

子どもたちは元気な掛け声と共に、飾りが入った木箱へ群がった。私はみんなに目配せをすると、そこにいる全員で飾り付けを始めた。

小一時間もすると、昏い昏い幽世に眩いばかりのツリーが姿を現した。

達成感を胸に全員で見上げる。墨で作られたモミの木に、色とりどりの飾りはとても映えて見え、発電機に繋がれたイルミネーションがちかちかと一定間隔で瞬き始めると、蝶除《よ》けの香を焚いているにも拘わらず、辺りに幻光蝶が集まってきた。

——蝶たちも喜んでるみたい……。

まるで遊ぶように飛び回る蝶に見蕩れていると、誰かが私の袖を引いた。

「「かおちゃん、いこう！　ごちそうがまってるー！」」

それは、そらとうみだ。彼らは期待いっぱいの顔で、私を室内へと誘《いざな》う。そして歩きながら歌い始めた。

「「じんぐるべーるじんぐるべーる」」

子どもたちが紡ぐ舌っ足らずの歌に思わず顔が綻ぶ。

「うみ、そら。楽しみだね？」

「うん——」

　すると、幼い双子の兄弟は私を満面の笑みを浮かべて見上げた。そしてまん丸の瞳にツリーのイルミネーションの星を写し取ったそらは、とても嬉しそうに言った。

「そらたち、きょうのこと……ぜったいにわすれないよ！」

　そして小走りでガラス戸へ駆け寄ると、一秒でも無駄にするまいと言わんばかりに、慌てて室内へと入って行った。

　その時、ふと立ち止まってツリーを見上げた。

　キラキラ眩いほどのツリー。天辺に掲げられているのは、少し歪な……手作りのお星様。

　──現し世の町も、今頃こんな風に賑やかなんだろうなあ。

　その瞬間、チクリと胸の奥が痛んだ。脳裏を掠めた考えに少しだけ息が詰まる。

「幽世へ来る前、私も毎年クリスマスを祝っていたのかな……。こんな風に、誰かと一緒にツリーを見上げたりしたのかな」

　ぽつりと零した呟きは、白く染まって冬の空気へ溶けて消えていく。

「夏織？　早く来い。飯が冷める」

　すると水明が声をかけてくれた。私は軽く頭を振って気持ちを切り替えると、軽い足取りで暖かな居間へと向かった。

＊　＊　＊

クリスマスパーティは盛況に終わった。

ご馳走をお腹いっぱい食べて、子どもたちにはプレゼントを渡して――大はしゃぎしていたうみとそら、そしてクロは、遊び疲れて眠ってしまった。なにもそれは子どもたちだけでなく、東雲さんたちおじさん三人組もだ。お酒を飲みながら本について語り合っていたと思っていたら、いつの間にか酔い潰れて眠ってしまった。

「まったく仕方ないわね」

ナナシは半ば呆れ顔でそう言うと、水明と一緒に東雲さんの部屋に布団を敷いて、おじさん三人を寝かせ始めた。私は、金目銀目の見送りに出ることにした。すると、眠ってしまったそらを背負った金目が、どこか嬉しそうに私に耳打ちをする。

「夏織、頑張ってね～」

「え？　なにを……」

「プレゼント、渡すんでしょ！」

その瞬間、カッと顔が熱くなる。そんな私を見て、金目はニヤニヤ笑っている。

「パーティの間、意識しすぎてあんまり水明の傍に行けなかったでしょ～。せっかく代わりにプレゼント買ってきてあげたんだ。渡すくらいはちゃんとしてよね」

「なんか、すんごい煽ってくるね……」

「当たり前でしょ？　協力したからには成功して欲しいからね」

金目は乱暴な手付きで私の背中を叩くと、再び「頑張ってね～」と笑った。

「なんだよ、なにを頑張るんだよ」

「銀目には内緒だよ～」

クスクス楽しげな金目に、銀目は怪訝そうな顔をしている。

大空へ舞い上がったふたりを見送り、私はちょっぴり熱くなった頬を外気で冷やしてから居間へ戻った。すると既に帰り支度を終えたらしいナナシと水明を見つけて、慌てて声をかける。

「あ、もう帰るの……？」

「ええ。もう随分と遅いから。クロもこんなだし」

水明の腕の中を見ると、クロが気持ち良さそうに眠っている。私はその幸せそうな顔に笑みを零すと、「少し待ってて！」と彼らを引き留めた。

そして戸棚を漁ってあるものを取り出すと、それを持って引き返す。

──ああ、心臓が破裂しそう……。

私は緊張のあまりに若干の目眩《めまい》を感じながら、水明の前に立った。

「……はい、これ」

「これは……？」

「ぷ、プレゼント」

……うう、声が震えてる！

自分の度胸のなさにうんざりしつつ、水明の表情を見ないように俯く。すると、プレゼントを水明が受け取ってくれて、内心ホッと胸を撫で下ろした。

「……開けていいか？」

「いっ……今!?　別に構わないけど……」

予想外の展開に慌てていると、ガサガサと包みを開ける音が聞こえた。

――よ、喜んでくれるかなあ……？

不安が募ってどうにも逃げ出したくなっていると、水明がぽつりと言った。

「……絵本……？」

水明へのクリスマスプレゼントとして用意したのは、私のお気に入りの一冊だ。

鼠《ねずみ》の兄弟が大きなパンケーキを作るというベストセラーにもなっている本で、私はこの本が昔から本当に大好きだった。理由はよくわからないけれど、読むととても落ち着くのだ。だから何度も何度も読み返して、草臥れたら新しい本を買い直すくらい好きな一冊。読めなくなった本は、押し入れに大切にしまってある。

「前にね、水明言っていたでしょ？　なかなか好みの本が見つからなかった時、子どもが成長するみたいに、絵本から始めた方がいいんじゃないかって。私もそれがいいかなって思って……私の一番大切な物語を贈ろうって思ったの」

ちらりと水明の様子を窺う。水明は相変わらずの無表情で本を見つめている。

――気に入ってくれるだろうか。がっかりされたりしないだろうか。

プレゼントを渡す瞬間のドキドキ感。期待と――僅かに恐怖心を孕《はら》んだその感情は、私の胃を容赦なく責め立て、背中に大汗を掻かせた。

「…………」

──うう。どうなのよ。いいの？　悪いの？　ええい、殺るなら早く殺ってくれ……！

なかなか反応を返さない水明に悶々としていると、突然、誰かの笑い声が聞こえた。

「クッ……ククク……」

それは必死に笑いを堪えるような声。その主はもちろん水明で──。

「こ、子どもっぽいプレゼントでごめんね!?」

肩を震わせて笑っている水明に、変なものを贈ってしまったかと頭がグルグルしてきた。

「き、気に入らないなら返してくれても……」

しょんぼりしながら手を差し出す。すると、水明は本を大切そうに抱えた。

「いや。夏織らしいと思っただけだ。ありがとう。ありがたく受け取らせて貰う」

そして彼が、いつもの無表情とは全然違う、ふんわり穏やかな笑みを浮かべたものだから──私は胸の奥がキュンと苦しくなるのを感じて、同時に安堵の息を漏らした。

「あらあ。アタシ、席を外した方がいいかしら～？」

するとその時、ナナシの茶化すような声が聞こえた。ハッとして顔を上げると、口もとを隠してニヤニヤ笑っているナナシが、私たちを見つめているではないか！

「あ、違うの！　ナナシ、待って」

私は勢いよく首を横に振ると、手に持っていたもうひとつの包みをナナシに差し出した。

「え？　アタシにも？」

「うん。ナナシや東雲さんに、クリスマスプレゼントって渡したことなかったなって思って。ささやかだけど感謝の気持ち」

――そう、今回パーティをするにあたって、私は水明だけではなくナナシや東雲さんにもプレゼントを買っていた。

クリスマスは恋人たちにとって特別な日。同時に――大切な家族と過ごす日でもある。たったひとり、現し世から落ちてきた人間の女の子。

しかも三歳の幼児だ。理屈すら通じるか怪しいレベルの子どもを、この人たちは懸命に世話してくれた。食べずに命を繋いでくれた。私は彼らに見守られて育ったのだ。

――みんなへの感謝の心を忘れないでいよう。それが、ここまで育てて貰った者のするべきこと。だから少しでもお返ししようと思った。

「ナナシが欲しいって言ってた新色のマニキュア。よかったら使ってね！」

私が笑顔で言うと、感極まったらしいナナシは私に抱きついた。

「ああ〜〜。いい子に育ったわあ！　もう、もうもうもうっ！」

「擽ったいよ、ナナシ……」

逞《たくま》しい腕の中でクスクス笑っていると、おもむろにナナシが私に訊ねた。

「東雲にもなにか買ったのね？　きっと手渡ししたら喜ぶわよ〜」

「…………」

「え、どうして黙り込むのよ。買い忘れたわけ？」

「いやあ……」

私はナナシから視線を逸らすと——ひとつ、ため息を零したのだった。


——翌日の朝。


「うっおおおお!?」

東雲さんの部屋から叫び声が聞こえた。同時に激しい足音と、誰かの潰れたような悲鳴が聞こえて、朝食の支度をしていた私は思わず手を止めた。

がらり、激しく襖が開いた音と共に顔を出したのは、興奮で頬を赤く染めた東雲さんだ。

「夏織、すげえぞ。俺んとこにサンタさんが来たぞ……！」

その手には、小さな包みが握られている。

東雲さんはちゃぶ台の前に座ると、包装紙をビリビリ破り始めた。ゴミが散らかってもまったく頓着しない様子に呆れていると、東雲さんは中のものを見るなり目を輝かせた。

「万年筆だ……！」

すげえ！　と子どもみたいに喜ぶ様子に小さく笑みを漏らす。すると、どこか草臥れたような顔をしたふたりが東雲さんの部屋から顔を出した。

「……東雲、僕を踏んだだろう。せめて謝るくらいはしたまえ」

「朝から浮かれやがって。お前は道化かなにかか？」

　飲みすぎて浮腫《むく》んだ顔をしたふたりは、万年筆を手に浮かれている東雲さんを目にすると、まるで梅干しを口にした瞬間みたいに酸っぱい顔をした。そしてにんまりと笑い合うと、東雲さんの周りに集まって騒ぎ始めた。

「や、いいねえ。サンタからのプレゼント。ふうん、素敵じゃないか。なあ玉樹」

「そうだな、日頃の行いだな。羨ましいことこの上ない」

「だろう。そうだろう！　わははははは、参ったな！」

　チラチラと私に視線を遣りながら、東雲さんはデレデレ笑っている。すると、邪悪な笑みを浮かべた遠近さんと玉樹さんが、東雲さんの肩を抱きながら言った。

「いやあよかったね、素敵なプレゼント。これで原稿も捗るというものだ！」

「締め切りを早めようじゃないか、東雲。よかったな？」

「なっ、なんでだよ！　意味がわかんねえ。おい、夏織。お前もなにか言ってくれ。これ、お前がくれたんだろ？」

「…………」

「なんで無視するんだよおおおおおお!!」

　クリスマス明けの幽世の空。そこに東雲さんの悲痛な叫びが響き渡る。

　私は内心申し訳なく思いながら、しばらく東雲さんを無視し続けた。何故ならば——。

　——年頃の娘という生き物は、そう簡単に父親にデレられないものなのである。

閑話　幸せの定義、幸せのありか

徐々に新年の足音が聞こえてきたある日のことだ。

貸本屋の店頭に賑やかな声が響いた。

「おめでとう！」

そう夏織がお祝いの言葉を述べると、女性は照れくさそうに笑った。

「ありがとう。まだ本番はこれからだけれどね」

女性は顔を喜色に染め、もじもじと額の角を弄っている。その仕草は如何にも幸せそうで、夏織はどこか羨ましげに顔をムズムズさせると、その人に話をねだった。

「ねえ、今どういう感じ？　もうすぐ生まれるんだよね？　お腹、触ってもいい？」

「あと三月《みつき》もすれば生まれるはずよ。どうぞ、挨拶してあげて？」

その人――貸本屋の隣家に棲まう鬼女、お豊《とよ》は優しい笑みを浮かべるとお腹を摩《さす》った。

お豊は結婚して二百年にもなる鬼で、しかし今まで子宝に恵まれなかった。鬼の妊娠期間は十年にも及ぶ長丁場だ。人間に比べると流れやすいとも聞く。だから、生まれる直前まで隣家に棲まうあたしたちにすら伝えなかったのだろう。

暖房が入り、ともすれば眠くなりそうなほど暖かな店内で、椅子に座ったお豊は優しげな眼差しで己の腹部を見つめた。

「すごく元気な子なのよ。お腹をよく蹴るから、夜中に起きちゃうくらいなの」

ようやく子が生まれるのだと告白できたお豊は、どこかホッとした様子だった。

「ねえ、にゃあさん。すごいね、ここに赤ん坊がいるんだよ」

「……フン」

夏織はあたしに笑顔で言うと、恐る恐る膨らんだ腹に触れた。やけに嬉しそうだが、そんなにはしゃぐことだろうか？　思わず首を傾げると、お豊がクスクス笑った。

「猫は多産って言うものね。赤ん坊なんて、そんなに珍しいことでもないわよね」

「別にそういうことじゃないわ。はしゃぐ理由がわからなかっただけ」

ため息と共に零すと、ガタガタッと背後で物音がした。

嫌ぁな予感がして、後ろを振り返る。するとそこには、赤い目を何故かまん丸にしたクロの姿があった。

「ね……猫？　ねねねねね、猫ってさあ」

「なによ。というか、なんで駄犬が当たり前のように店にいるわけ？」

「す、水明の昼寝に付き合ってるだけだし!?　それよりも、多産って子どもをたくさん産むってことだよね？」

あたしは何度か目を瞬くと、クロをじっと見つめて言った。

「アンタ……駄犬の癖によくわかったわね？　結構、字画が多い熟語だと思うけど」

「ばっ……馬鹿にしないでよ!?　最近は、オイラだって本を読むんだ。これくらいはわかるし！　……それでさあ、猫。猫って……」

クロはコクリと唾を飲み込むと、どこか真剣な様子であたしに訊ねた。

「子ども、産んだこと……あるの？」

「あるわよ？」

さらりと言うと、クロは顎が外れそうなほどに口を開けて固まってしまった。

「……どうしてそんな反応なわけ……？」

意味がわからずに首を傾げると、クスクスと笑い声が聞こえてきて顔を顰める。振り返ると、そこには必死に笑いを堪えているお豊と夏織の姿があった。

「犬神と火車《かしゃ》かあ。色々複雑そうねえ？」

「私、クロの自ら茨の道を進もうとする姿は嫌いじゃないよ……」

「ねえ、ふたりで勝手に納得しないでくれる？」

苛立ち混じりに言うと、ふたりは素直に謝った。

「……それにしても、にゃあさんが経産婦だなんて初めて聞いたかも」

夏織は意外そうな顔をすると、興味深そうにあたしを見つめた。

「聞かれなかったから。言う必要もないし。過去の話だわ」

「過去のことだから、話さなかったの？」

あたしはゆっくりと瞬きをして、夏織をじっと見つめて言った。

「今が満ち足りていたら、過去を思い返す必要なんてないでしょう？」

「……そっか」

夏織は嬉しそうな顔になって、あたしの背を撫でた。反射的に喉を鳴らす。

すると、そんなあたしたちを見てお豊が笑った。

「あなたたちっていいわね。うちの子にも、仲のいい友だちができるかしら……」

お豊は慈愛に満ちた表情でお腹を撫でると、まるでわが子に語りかけるように言った。

「この子には誰よりも幸せになって欲しいの。自分が本当にいい親になれるのか……不安しかないけれど、精一杯、いろんなことをやってあげるつもり」

「それはいいわね。子どももきっと喜ぶわよ」

「フフ、困ったことがあったら、先輩としてアドバイスしてくれる？」

「……猫と鬼の子育てに共通項があるとは思えないけれど？」

「やだ。冗談よ。それより、生まれた子どもへ読む本を見繕って欲しいのだけれど……」

「…………」

笑顔でお豊が夏織に話を持ちかける。しかし、夏織はぼうっとお豊の膨らんだお腹を見つめていて、なかなか反応を返さない。

「夏織ちゃん？」

「あ、あ……ごめん！　えっと本だよね。待ってて！」

するとと夏織は、慌てて絵本の棚へと向かった。あたしは夏織の背中をじっと見つめると、ひとりこっそりと嘆息したのだった。


その日の晩のことだ。いつものように夏織と一緒に眠っていたあたしは、そっと布団を抜け出すと、ひらりと窓辺に飛び乗った。

今日は随分と月が明るい。そのせいか、濡れた鼻が凍りそうなくらいに冷たい空気が辺りを包んでいる。雲がある日は、地上に蓋がされたような形になって暖かい空気が逃げづらいのだという。だから、晴れている日こそ冷え込むのが冬。どうりで寒いはずだ。

その場に腰を下ろして、窓の外を眺める。

月が出ている冬の夜。この窓から見える光景は格別だ。

別にすごく眺めがいい訳じゃない。襤褸《ぼろ》屋の二階からの眺めなんてたかが知れている。

でも――こんな晴れ間が覗いた冬の日は、魔法が掛かったみたいに印象が変わるのだ。

大きな月が照らす幽世の町。どこもかしこも雪で白く染まっている。

その雪に月光が当たると、光を反射して雪自体が鈍く光る。所謂、雪明かりだ。

空も雪も、全部が光っている。小さな小さな雪の結晶が、まるで息をしているみたいにチカチカと瞬く。なのに、辺りは死んでいるみたいに静寂に包まれている――。

動く者は誰もいない。まるで世界が自分だけのものになったみたいだ。

「綺麗だね」

すると、いつの間にか夏織が背後に立っていた。半纏《はんてん》を羽織り、どこか眩しそうに瞳を細めて外を見つめている。

「眠りをこよなく愛するにゃあさんにしては珍しいね？　こんな時間に起きるなんて」

あたしは片耳だけを夏織の方へ向けると、非難めいた口調で言った。

「誰かさんがモゾモゾモゾモゾ動くから。眠れやしないわよ」

「う……ごめん。なんだか寝付けなくて。お詫びにこちらどうぞ」

夏織は苦笑いをすると、あたしを半纏の中に招き入れた。するりと中に入り込むと、暖かくて、ほどよく狭くて落ち着く。思わず三本の尻尾をゆらゆら揺らすと、夏織は「満足してくれたみたいね」と悪戯っぽく笑った。

「べ、別に……。寒かったからよ」

「はいはい」

半纏の袂から顔だけ出して、適当な返事をした親友を睨みつける。そして、クスクス笑っている夏織へ、まるで普通の雑談みたいにさらりと訊ねた。

「それで、どうして落ち込んでいるの？」

「……！」

すると途端に夏織の表情が曇った。栗色の瞳を何度も瞬き、瞳をあちこち彷徨わせている。しばらく黙り込んでいた夏織だったが、やがて観念したように長く息を吐いた。

「バレてた？」

「アンタ、昔から悩み事があると寝付きが悪くなるのよ。あたし、知っているんだから」

「にゃあさんには敵《かな》わないなあ……」

夏織は寒さで赤くなってしまった鼻を指で掻くと、窓の外へ視線を向けた。

「……綺麗だね、外」

「そうね」

「私の心も、これくらい綺麗だったらいいのに」

なにも言わずに次の言葉を待つ。夏織はどこか泣きそうな顔になると言った。

「私……まだ生まれてもいない赤ちゃんが羨ましかったの。本当に馬鹿みたいだね」

夏織の瞳が揺れている。僅かに眉を顰めた夏織は、あたしを抱く手に力を籠めた。

「自分が今置かれている状況に満足はしてるんだ。東雲さんもいる。友だちも。でも、ふとした瞬間に考えちゃうんだ。……生みの親のこと」

そう言って夏織は瞳を閉じた。いつもの溌剌《はつらつ》さが失われた表情はどこか物憂げで、見ているこちらまで胸が苦しくなりそうだ。

「夏織は心の底から幸せじゃないのね」

思わずそう零すと、夏織はすぐさま首を振って否定した。

「ううん、私は幸せだよ？　それは自信を持って言える。こう思うのは……私が、すごく欲張りだからなんだと思う」

まるでそれが恥じるべきことなのだと言わんばかりの夏織に、思わず笑ってしまった。

「フッ……フフフ。馬鹿ねえ。欲張りでなにが悪いの？　強欲なのが人の特徴だわ。それ故に、人間は自分たちの生活を豊かにしてきた。猫にはないものよ」

「それは生きるために必要だったからでしょ？　これは違うもの。生みの親のことなんて、知らなくても生きていける」

「……変な子ね。言い訳にしか聞こえないわ」

あたしは身体を伸ばすと、チョン、と夏織の鼻に自分のそれをぶつけて言った。

「あたし、幸せって丸い形をしているのだと思っているの」

「丸……？」

「陽だまりをくれる太陽も、寝心地のいいクッションも、美味しい缶詰も丸でしょ？」

丸いものには幸せがみっちりと詰まっている。だからあたしも丸くなって眠るのだ。自分が幸せそのものに近づくように、形を似せて温かな夢を見る。

「丸は綺麗な形をしているから、丸でいられるの。ちょっとでも歪んだり欠けたりしていたら、それはもう丸じゃないわ。あたし、今の夏織は丸じゃない気がする」

あたしは夏織の半纏の中から抜け出すと、窓辺に座って彼女を見上げた。

「だから教えてあげようか？」

不思議そうに首を傾げた夏織に、あたしは色違いの瞳を細めると言った。

「夏織の心を丸くするかもしれないこと。夏織が……幽世に来た時のこと。現し世であたしが見て、知った、すべてのこと」

そして夏織の耳の傍に顔を近づけると、囁くように言った。

「知りたい？　聞きたい？　これを聞いた後、本当に夏織が丸に戻れるかなんてあたし知らないわ。自由気ままに、自分の仕出かしたことに責任を取らないのが猫なの。覚悟があるなら話してあげる」

——夏織が拘っているのは、自身の過去についてだ。

今に不満はないのならば、過去を知れば気が収まるのだろう。

でも、人間はそう単純にはできていない。余計なことを知ってしまったせいで、今が辛くなったりするかもしれない。——でも、なにも知らないままじゃ、いつまで経ってもその場で足踏みしているだけ。それを幸せだと思わないなら変えるしかない。

あたしが心から望むのは、夏織の幸せ。夏織が笑顔でいられること。

それと、あの日した約束を守ること。

「どうなっても知らない。それでも、前に進みたいのなら——」

あたしは猫らしく無責任に言い放つと、あやかしらしく妖しげに笑った。

すると、夏織はコクリと生唾を飲み込むと、真剣な面持ちで頷いたのだった。

＊　＊　＊

火を落とした長火鉢に炭を入れ直し、炎の赤色を見つめる。

冷え切っていた室内に暖かさが戻ったことに安堵していると、どこか緊張しているような夏織の姿が視界に入ってきた。森の中で泣きじゃくっていた頃とはまるで変わってしまった大人びた顔つきに、一瞬だけ目を見張る。

——似てきたわねえ。本当に。……ねえ？　びっくりするくらいよ。

あたしは心の中である人物に話しかけると、ややあってから口を開いた。

「あれは、しつこいくらいに蝉が鳴いていた夏だった」

＊　＊　＊

あの頃、現し世では台風が立て続けにやってきて、あちこち水が溢れて大変だった。川は優雅に流れることをすっかり忘れて、凶暴な牙を剥いた。たくさんの人間が命を落としたらしい。その夜、幽世の空に多くの星が流れた。閻魔《えんま》なんかは、忙しさのあまりに目を回していたんじゃないだろうか。

そんな中、幽世の貸本屋では、あやかしたちが膝を突き合わせてウンウン唸っていた。

「どうすんだ、これ……」

「どうするもなにも。食べないなら、誰かにくれてやりなさいよ」

「うっわ。お前、意外とひでぇこと言うんだな？　ナナシ」

「あやかしにとって、人間なんてそんなものじゃない。なにを言ってるのよ」

それは東雲と薬屋のナナシだ。

夏織を森の中で拾ったあたしは、光る蝶に誘われてご馳走目当てに現れたあやかし共を蹴散らした後、東雲のもとへと幼子を連れてきた。そのまま放っては置けなかったし、かといって面倒を見る気もない。自分の手には余ると判断したのだ。

東雲は、幽世の町でも一風変わったあやかしとして知られていた。

何故ならば、あやかしの癖に、人間の作った本を蒐集して貸し出していたからだ。

誰がそんなものを借りに来るのかと思ったが、意外と繁盛しているらしい。仲間うちでこの本がいいだの悪いだのと評論したりして、人間が創り出した世界を楽しんでいるようだった。だから、あたしは東雲を選んだ。本が好きなのであれば、少なくとも人間へ悪感情は持っていないだろうと考えたのだ。

その読みは当たった。東雲は夏織を食べるつもりはないようだった。

「ふ、ふえええええええ……」

「ちょ、待て。鼻水を擦りつけるな！　一張羅だぞ、コレ！」

夏織はそれを本能で感じ取ったらしい。号泣しながらも、東雲の膝の上にちょこんと居座って袖を掴んで離さない。東雲は小さな手を引き剥がそうと四苦八苦しているものの、乱暴に扱うことができずに困り果てているようだった。

――やれやれ。これなら大丈夫そうね。

一瞬でも情が移った存在が、誰かに食い散らかされるのは気分が悪い。東雲ならいいようにしてくれるだろう。そう思ったあたしは、さっさと貸本屋から立ち去ることにした。

「あら、駄目じゃない。猫ちゃん？　それは無責任がすぎるわ」

しかし突然、尻尾を乱暴に掴まれて、全身に怖気《おぞけ》が走った。

反射的に引っ掻こうとするが、簡単に躱されて歯がみする。

尾を掴んだ張本人……ナナシはどこか不敵な笑みを浮かべると、あたしの首根っこを掴まえて東雲のもとへと戻り、ぽいと幼子の膝の上に放り投げた。

「ふみゃあ!?　なにすんのよ！」

「あらお前、可愛い声も出せるのね？」

「殺すわよ、薬屋！」

女なんだか男なんだかよくわからない変わり者に威嚇音を発する。腹立たしいことに、ナナシはなんとも思っていないようで、余裕綽々であたしを見つめていた。

すると——。

「めっ。だめだよ」

頭上から幼い声が落ちてきて、威嚇音を中断する。

「ママ、けんかしたらだめっていつもいってた。かなしくなるからって」

だから喧嘩をやめろと、夏織は懸命にあたしたちに訴えかけている。けれど、その身体は小さく震えていて、丸い瞳からは壊れた蛇口みたいに涙が溢れ続けていた。

あたしとナナシは顔を見合わせると、同時に深く嘆息した。

「子どもを泣かすなんて、薬屋って最低ね」

「自分で拾ったくせに、無責任な猫って最低だわ」

そして、あたしと薬屋はお互いに睨み合うと、ツンと視線を逸らした。

「……いい加減にしろよ、お前ら」

呆れ声を発したのは東雲だ。なにもせずにぼんやりと状況を眺めていた癖に、口だけは達者な男に呆れた視線を返すと、東雲は深いため息と共にこう言った。

「わかった。なにはともあれ、この人間の子どもは一時的に俺が預かる」

「……預かる？　一時的に？」

くれてやったつもりなのに、なにを寝ぼけたことをと不審に思っていると、東雲は泣き続けている夏織の頭をポンと叩き、あたしからすると不愉快に思える表情で笑った。

「こいつのママとやらも心配してっだろ。早く見つけてやんなきゃな」

「待って。なにを……」

段々頭が痛くなってきて、頭上の間抜け面を睨みつける。けれど、へらっと馬鹿みたいな笑みを浮かべた東雲は、あたしの気持ちなんてこれっぽっちも汲み取らずに続けた。

「お前、素直じゃねえよなあ。俺んちに連れてきた訳は、コイツを親元へ帰してやろうってことだろ？　そうじゃなきゃ、喰っちまえばいい話だしな」

「――は？　貸本屋、だから待ちなさいって……」

「俺は幽世の町でも変わり者で知られてるからな……。だが、お前の判断は正しいぜ。この子が無事に家に帰れるまで、俺が守ってやるから。だから頑張って捜してこいよ。お前の優しさ、無駄にしねえようにな！」

——ああ、なんて人の話を聞かないの、この男!!　あたしは食べる気が失せただけ！

どうやら東雲の中では、あたしは人間思いの優しい猫ちゃんらしい。巫山戯《ふざけ》るんじゃないわよ、思い込みも大概にして欲しい……！

「あら？　そうだったの～？」

すると、薬屋のナナシが意外そうな声を上げた。東雲が勘違いしていると理解しているだろうに、酷く底意地の悪そうな笑みを浮かべて片目を瞑る。

「なら、アタシも手助けするわ。この男だけじゃ、ちみっこの相手は大変だろうもの。アンタの親切の行方も気になるし」

「なっ……あんたら、いい加減に……！」

思わず声を荒らげると、あたしの前にしゃがみ込んだナナシは、すべてお見通しだと言わんばかりの顔をして言った。

「自分で拾ったんだもの。自分で責任持ちなさいよね。ああ、それとも……お猫様は、ご自分の尻も拭えないほど、おててが短いのかしら？」

——あったまきた!!　このクソ野郎!!

みるみるうちに怒りが頂点に達して、視界が赤く染まる。あたしは両爪を出すと、目の前の間抜け面を引っ掻いてやろうとして——。

「けんか、だめぇぇぇぇぇぇぇぇぇ……！」

泣きじゃくる幼児に抱きしめられて、固まってしまった。

――ああ、うるさい……。

鼓膜がビリビリ震えるくらいの、あまりにも大きな泣き声にため息が漏れる。

「うわああああああん……」

「……あーあ。泣かしたの、お前らだぞ。大人げねえ」

「あ、あたしのせいじゃ……ああ、うるさい！　耳もとで喚《わめ》かないで！」

「ふえっ？　こ、怖いよおおおお……！　ママぁ……」

堪らず怒鳴ると夏織は益々泣き出してしまった。ほとほとうんざりして自棄気味に叫ぶ。

「わかったわよ！　あんたのママ、見つけてやるから！　だから泣き止みなさい！」

「そうよ、猫に任せておきなさい。さ、よい子はそろそろ寝る時間じゃないかしら～？」

「寝ないぃぃぃぃ！　ママと寝るううう！　びえええええええ！」

「寝るのか寝ないのか、どっちなのよ!?」

――ああ、とんだ貧乏くじを引いちゃったわ！

あたしは思わず天を仰ぐと、これまで生きてきた中で一番深いため息を零した。

こうしてあたしは、夏織の親を現し世で探す羽目になったのである。

＊　＊　＊

暗闇の中で炭が静かに燃えている。話を中断して、ぼんやり光る炭の色に見蕩れていると、夏織が頭を抱えているのに気がついた。

「……仲が悪い……」

どうやら、当時のあたしたちの関係がよほど意外だったらしい。

「普通はこんなもんよ。東雲とナナシは古くからの馴染みだったみたいだけれど、あたしは顔見知り程度だったし。あやかしが顔を合わせれば一悶着あるものだわ」

元々、あやかしは孤独な生き物だ。誰もが互いに干渉せずに好き勝手生きている。

正直なところ、今の幽世の状況が異常なのだ。夏織という存在に変えられてしまったあやかしたちは、まるで普通の人間のように互いに寄り添っている。

「それにしたって、今と違いすぎない……？」

「仕方がないから、あたしが譲歩してやったのよ。ありがたく思いなさいよね」

「わー。それはにゃあさんの寛大な心に感謝……」

脱力していた夏織だが、次の瞬間には勢いよく顔を上げた。どうも聞きたいことがあるらしい。食い入るようにあたしを見つめている。

「そういえば、私の名前！」

「名前がどうしたのよ」

「どこで知ったの！　三歳くらいなら、自分の名前くらいは言えるでしょうけど、漢字とかまでは無理だよね!?　適当に当て字したの？　それとも……」

　夏織はグッと顔を近づけると、興奮気味に言った。

「私の親から聞いたの!?」

「違うわ」

　即座に否定すると、夏織は途端に脱力した。毛繕いをしながら、淡々と話を進める。

「肌着に名前が書いてあったの。ご丁寧に漢字にふりがなを振ってあった。それだけよ」

「そっか……」

　夏織はがっくりと肩を落とすと、あたしに話の続きを促した。

　あの後、確か……翌日から、現し世の猫の知り合いに声をかけて回ったのだ。

　行方不明になっている、村本《むらもと》夏織という子どもを捜して欲しいと。

　初めはすぐに見つかるだろうと高をくっていた。幼い子どもがいなくなるなんて、普通に考えて一大事なんじゃないかと思ったからだ。しかし……。

「何ヶ月も捜し回ったけれど、全然見つからなくって途方に暮れたわ。台風の影響で野良猫もかなり減ってたしね。遠近辺りに言えば、すぐに警察の行方不明者リストの中から捜せたかもしれないけれど、当時のあたしはあの河童の存在すら知らなかったし」

　そこは東雲たちも迂闊だったと思う。あたしなんかよりも、もっと現し世に詳しいあやかしを頼っていたら、あんなに時間はかからなかっただろう。

　――そうだ。もっと早くあの人に出会っていたら。

あたしの決断は変わっていたかもしれないのだ。

少しの間、沈黙が落ちた。ハッとして顔を上げると、夏織はどこか不安そうな顔でこちらを見つめていた。あたしは慌てて表情を取り繕うと、話を再開した。

「方々捜し回ってるうちに、夏が過ぎて、秋が来た。夏織のママなんていないんじゃないかって疑い始めた頃だった……」

＊　＊　＊

夏の暑さが遠ざかり、赤紫色に幽世の空が染まると、秋の冷たい風が吹き込んでくる。カラカラと道ばたで落ち葉が乾いた音を立てるのを聞きながら、現し世でのママ捜しに疲れ果てて帰ってきたあたしは、貸本屋の居間に入るなり顔を顰めた。

「びえええええ！」

大きな泣き声。まるで、相手が不快になるように計算し尽くされたみたいな大音量に、あたしは素早く踵を返した。けれど、その瞬間に首根っこを掴まれてうんざりする。

「いいとこに！　助かった、猫。ちょっとこっち来い！」

それは奇妙な恰好をした東雲だった。どちらかというと女受けのよさそうな渋い顔なのに、頭にはクマちゃん柄の三角巾。揃いの布地のエプロンのど真ん中には、間抜けな顔をしたパッチワークのクマがドドンと鎮座していた。

「染まったわね……」

思わずため息と共に零すと、東雲は一瞬真顔になって「やめろ」と地獄の獄卒みたいな低い声を出した。それがどうにも面白くてクスクス笑っていると、ストンとある場所に降ろされる。あたしは、そこがどこなのか理解した瞬間に硬直してしまった。

「にゃあちゃん！」

それは食事中の夏織の真っ正面だったのだ。

子ども用の小さな机で、昼食のスパゲティを食べていたらしい。口の周りは臓物を食べ散らかした獣みたいな有様で、この間、ナナシが厳選したのだと自慢していたワンピースは、殺人事件の証拠品みたいになっている。

いつの間にやら泣き止んでいた夏織は、ニコニコと笑みを浮かべてあたしの方へと手を伸ばした。どうやら頭を撫でようとしているようだ。

「やめて。汚れた手で触らないで！　それに、にゃあってなによ。勝手に名前をつけないで。ちゃんはやめて。年上を敬いなさいよ、せめてさん付けにして！」

「にゃあちゃ……にゃあさん」

「上手よ。いい子ね」

あたしが褒めると、夏織は「えへへ」と照れ笑いを零し、汚れた手のままで頭を掻いた。茶色がかった髪に、ミートソースの飾りが追加されたことから目を逸らし、東雲に不満たっぷりの視線を向ける。

「で、なんであたしをここに？」

「お前がいると、夏織が落ち着くんだよ。頼むぜ、ちょっとばかし居てくれよ」

東雲の手には大量の洗濯物が抱えられていた。子どもがひとり増えるだけでこれほどの量になるのかと、中庭で風に靡《なび》いているを服を眺めてぼんやりする。

「人間って面倒ね……」

「めんどう？」

「早く自立しなさいって意味よ」

嫌味を籠めて夏織に話すと、本人はまるでわかっていない様子で「がんばる！」と気合いを入れている。すると東雲は、真っ白なシーツを手で伸ばすと、あたしに訊ねた。

「それで、どうだったんだ？」

手慣れた様子の東雲を横目で見つつ、成果なしだと告げる。すると、東雲は一瞬だけ動きを止めると「そうか」と言葉少なに応えた。

「なによ。その態度。不満があるならはっきり言いなさいよ。どうせ、いつまで経っても見つけられないあたしを、役立たずだとか思ってるんでしょ！」

現し世と幽世を頻繁に行き来する疲れと、手がかりすら見つからないイライラ。いろんな感情が混ぜこぜになって東雲に八つ当たりする。反撃を覚悟して身構えていると、予想外に弱気な声が返ってきた。

「別にそういう訳じゃねえよ。ただ……」

東雲はシーツを満遍なく手で叩くと、洗濯ばさみを手にして言った。

「こいつが来て、もう三ヶ月になる。子どもが居る生活にも慣れたもんだって……そう思っただけだ」

黙々と洗濯物を干している背中をじっと見つめる。

途端に、胸がモヤモヤしてきて、あたしはそっぽを向いて丸くなった。

――なによ。なによなによなによ。情が湧いたっての。まるで、見つからなくてもいいみたいな口ぶりじゃない！

「けんか……してるの？」

すると、どこか不安そうな声が聞こえた。夏織は今にも泣きそうな顔で、あたしたちを見つめている。

「してないわ。いいから早く食べなさい」

「うん。しのめめ、おこってないよね？」

「怒ってないわ。あのぼんくら、あれが通常営業よ」

「つうじょ……？」

「普通ってこと！」

そこでようやく言葉の意味を理解したのか、夏織は「そっかー」と満足げに頷くと、拙い手付きでスパゲティをフォークで持ち上げた。

――まったく。東雲だけじゃないわね。あたしも染まったものだわ。

幼児の会話に付き合ってやるだなんて、自分も日和《ひよ》ったものだと呆れていると、バタバタと騒がしい足音が聞こえた。夏織の口もとから、苦労して運んだスパゲティが零れ落ちる。途端に涙目になった夏織に、泣くんじゃないと念を送っていると、居間へ足音の主が飛び込んできた。

「ああ、いた！　にゃあ！」

それは薬屋のナナシだ。珍しく鮮やかな緑色の髪を振り乱したナナシは、あたしへ一枚のチラシを差し出した。

「これを見て！　ああもう、早く！」

「あんたまでにゃあって呼ばないで！」

悪態をつきながら、渋々チラシに目を通す。すると、そこに載っていた情報に思わず思考が停止した。

『子どもを捜しています。村本夏織。三歳、女児。行方不明時の服装――』

「前々から、お客さんに夏織の親を捜しているって声をかけていたんだけど。そしたら、その中のひとりが持ってきたの。知り合いがくれたって」

落ちていたものを拾ったのだろうか。チラシはあちこち薄汚れていて、肝心の連絡先の部分が滲んで読めなくなっていた。しかし、掲載されている写真の少女はまごうことなき夏織で、あたしはナナシと顔を見合わせると大きく頷いた。

「これ……どこのあやかしから貰ったの」

ナナシは、息を整えると言った。

「――秋田。川赤子《かわあかご》よ。近所の子どもがひとり、いなくなってるって」

「……！」

あたしは息を呑むと、勢いよく物干し台の下にいた東雲へと視線を向けた。

すると、ナナシの言葉を聞いていたらしい東雲は、ひとりでスパゲティと格闘している夏織を見つめて、あたしにはよくわからない表情を浮かべていた。


川赤子。それは鳥山石燕の『今昔画図続百鬼』にも描かれているあやかしだ。

鳥山石燕の絵の中で、川赤子は川辺の葦《あし》から顔だけ出して、赤ん坊によく似た泣き声を上げている。しかし実際のところ、どういうことをするあやかしなのかは伝え遺ってはいない。鳥山石燕は川太郎や川童……所謂、河童の類いではないかと同書で述べている。

あたしは地獄を通ってはるばる秋田までやってくると、川赤子と会うことにした。

川赤子の棲み家は山の奥にあった。田沢湖《たざわこ》周辺に広がるブナの原生林……秋風に黄色く色づいたブナ林の中に、穏やかに流れているのが先達川《せんだつがわ》だ。場所によってはイワナやヤマメが生息していて、川赤子はそれを獲って糧としているらしい。

「昔はもう少し人里に近いところに棲んでいたんですがね。最近は人を脅かすこともなく、山奥で静かに暮らしているんです」

「昔からここに？」

「ええ、親の代から。だから、この辺りに住んでいる人間の顔くらいは知ってますよ」

川赤子という名に似つかわしくない落ち着いた声で、けれども名の通りに赤ん坊のような小さな身体をしたあやかしはそう言った。裸に赤い腹掛けを着て、随分と頭が大きいのに、大人のように茂みの中を器用に歩く。

もうじき冬が来ることを予感させるように、はらりはらりとブナの葉が降ってくる。目も眩むような金色の雨の中、川赤子はある場所に到着すると足を止めた。

「そら、そこだ」

川赤子が指し示した先、そこに一軒のひなびた宿があった。木造平屋建ての、どこか歴史を感じさせる佇まいで「夢の湯」と看板が掲げられている。どうやら温泉宿のようだ。辺りには硫黄の臭いが充満していて、どこか独特の雰囲気があった。

「それで、そのチラシを配ってたっていう女がここにいるの？」

「時々、暇つぶしに人間たちの様子を覗きに来るんですがね、そのチラシを持って出かけるのを何度も見てます。女の娘も、最近とんと姿を見ないし」

「……よく知っているのね」

「ここいらのあやかしはみんな暇を持て余していましてね。人間観察が大好きなんですわ。小玉鼠《こだまねずみ》なんて、客室の床下に潜り込んで――」

「興味ないわ。案内、ありがとう」

あたしは趣味が悪い話を無理矢理ぶった切ると、宿を目指して歩き出した。

誰にも見つからないように、細心の注意を払いながら進む。三本の尾を一本に偽装するのも忘れない。まあ、たとえ人間にバレたとしても、その場で始末すればいいとは思うのだが、まかり間違って夏織の親を殺してしまったら元も子もない。

夢の湯はかなり小さな宿だった。

見る限り、近くにはなんの建物もない。この辺りは乳頭《にゅうとう》温泉郷とも言われていて、乳頭山麓の中に宿が点在しているのだそうだ。とは言っても、この夢の湯は乳頭温泉郷にある宿として大々的に紹介されているものの中には含まれていない。ナナシによると、秘湯中の秘湯としてマニアには知られているらしいが……。

「……ただ単に、繁盛してないだけじゃないの」

ボソリと、雪の重みで歪んだらしい屋根を見つめて呟く。

夢の湯は見るからに襤褸宿だった。幽世の貸本屋もそれなりに年季が入っているように思えるが、ここはそれを上回っている。

今にも潰れそうな場所を避けつつ、人の気配を探りながら敷地内を歩く。しかし既に、あたしの心は挫けそうになっていた。

「……臭いわ。鼻が駄目になりそう。早く帰りたい……」

鼻の奥が痛くなるほどの硫黄の臭いに辟易しながら歩いていると、人の気配がしたので身を潜める。物陰からこっそり覗くと、そこには壮年の夫婦とおぼしき男女がいた。

「チッ……接客態度が悪いだあ？　部屋のタオルが臭い？　文句言っててんじゃねえ」

「ほんとだよ。あたしゃ言ってやったね、文句があるなら他へどうぞって。アイツら真っ赤になって出てったよ。どうするんだろうね？　一番近い宿でもかなり歩くってのに」

「知らねえよ！　熊にでも会えばいい」

――とんでもないわね……。

接客業とは思えない発言の連発に、呆然と聞き入る。自分は猫であやかしだ。人間の感覚はよくわからないけれども、それでもかなり酷い態度であることはわかった。

――嫌な感じ。

人間の仄暗《ほのぐら》い部分を見てしまったようで、ため息を零す。けれどもすぐに頭を振ると、気持ちを切り替えた。さっさと夏織の親を見つけて、ママ捜しから解放されるのだ。余計なことを考えている暇はない。

あの壮年の夫婦は夏織の親ではないだろう。幼子の親にしては年を食いすぎている。ならば、この他にも人間がいると思っていい。あたしは、夫婦に気づかれないように静かに踵を返すと、他の人間を探しに行こうとして――。

「秋穂《あきほ》さん!?　お客様がお帰りだよ。さっさと部屋の掃除をしておくれ！」

「はあい！」

その時、耳に届いた溌剌とした声に、思わず足を止めた。

「早くしておくれ。夕方から新しい客が来るんだ」

「わかりました……」

女性がひとり駆け込んでくる。その人は、茶色がかった髪を耳に掛けると、夫婦に向かって深々と頭を下げた。勢いよく上げた顔は、どこか青ざめているように見える。

あたしはその女性を見た瞬間、ママ捜しが終わったことを悟った。

何故ならば、女性の顔——そこに、夏織の面影を見つけてしまったからだ。


それから、あたしは慎重に情報を集めていった。

母親の名は、村本秋穂。他の従業員との雑談から察するに、今はひとり身のシングルマザー。夢の湯経営者夫婦とは血縁で、あの壮年の男性が叔父にあたる。一年前、夫と死別したのをきっかけに、この場所に身を寄せるようになった。

当時二歳だった一人娘、夏織と共に宿の従業員用の部屋で寝泊まりしていた。

けれど、その娘は数ヶ月前に行方不明になっている。近年まれに見る大型台風の接近で、乳頭温泉郷へ続く道が倒木で塞がれてしまった時のことだ。風でガラスが割れたのを秋穂が修復しているうちに、忽然と居なくなってしまった。

警察へ捜索を頼もうにも、台風の被害が大きく、色々と後手に回ってしまったらしい。道が復興した後に捜索するも、一人娘の足取りは一向に掴めなかった。

——これが、幼児行方不明事件の顛末《てんまつ》だ。

「なるほどねえ……」

忙しく働いている秋穂を眺めながら、こっそりと頷く。

台風の日。恐らくなんらかの拍子に、幽世と現し世が繋がってしまったのだろう。

つまりあの子は――「神隠し」されたのだ。

幽世と現し世は、薄い壁一枚で隔てられているようなものだ。

ふとした瞬間に幽世へ踏み込み、行方不明になった人間が、現し世では神隠しなんて言われている例はごまんとある。有名なところで言えば、岩手《いわて》の寒戸《さむと》の婆《ばば》や……ああ、秋田であれば、天狗に未来を見せてやると言われて、八十年後に現し世へ戻された百姓、作之《さくの》丞《じょう》の話なんかもあった。いずれにしろ、碌《ろく》な目には遭っていない。

――あの子、本当に運がいいわね。

今頃ぬくぬくと甘やかされているのだろう幼子を思い出して、尻尾を振る。

まあ、それはいい。東雲に守られ、安全が確保された幼児よりも――問題はこの母親だ。

「本当、どこいっちゃったのかねえ……。夏織ちゃん」

洗い場で食器を洗っていた秋穂は、雑談中、不意に同僚が零した言葉に手を止めると、ニッコリと爽やかな笑みを浮かべて言った。

「大丈夫ですよ。夏織は生きてます！　ちょっと迷子になってるだけです」

それだけ言って作業に戻る。同僚は曖昧な笑みを浮かべると、自身も皿洗いを再開した。

――頭が痛くなってきた。なんなのかしら、この女……。

なんの根拠があって、行方不明になって数ヶ月経った娘の無事を確信しているのか。

とてもではないが、普通じゃない。まさか、娘がいなくなってしまったショックのせいで、どこか変になってしまったのだろうか……？

なにはともあれ、この女が夏織の母親で間違いはないようだった。茶色がかった髪の色も、栗色の瞳も、猫の目を通して見てみてもそっくりだ。ならば、あたしが今するべきことは、夏織をここに連れ帰ってくることだろう。けれど——。

「ゴホッ……ゴホ、ゴホッ……」

「大丈夫？　休んでていいのよ？」

「へ、平気です。叔父さんに甘えるなって怒られるし」

「でも……」

咳き込みつつも仕事の手を休めない秋穂に、同僚はどこか同情めいた視線を送っている。

——なんだか不穏なのよね。

このまま、すべてを終わらせるのは簡単だ。でも、どうにも踏ん切りがつかなかった。

「……確認は慎重にするべきだわ」

あたしは心の底から嘆息すると、ひらりと木から飛び降りた。

宿泊客たちの食事が終わり、片付けが終わると、ようやく従業員たちの休憩時間となる。朝から働き通しだった秋穂は、浴室の清掃までの時間、自室に戻って軽食と仮眠を取るのが習慣となっているようだった。

秋穂の後をこっそりとつける。平屋建ての一番奥の奥。階段を数段下がったところに、秋穂の部屋はあった。客室から見えないようにという配慮からなのだろうか。衝立《ついたて》で隠されたその場所は、他と比べると一段と古めかしい。扉に張られた襖紙は黴《か》びて黒ずみ、階段はたわんで、今にも踏み抜いてしまいそうだ。

——立て付けが悪いのかしら。開けっぱなし。不用心ね。

うっすらと開いた扉の隙間に身体を差し込んで侵入する。中も随分と黴臭《かびくさ》い。畳も腐っているのだろうか。ふかふかしていて、歩きづらいことこの上なかった。

「……おかしいわね？」

すると、あまり広くない部屋の全貌が見えてきたところで足を止めた。六畳ほどの和室だ。押し入れ以外に部屋はなさそうになのに、秋穂の姿がない。

違和を感じてピンと髭を逆立てる。その瞬間、背後に気配を感じて勢いよく振り返った。

「ねっこちゃあああああん‼」

その瞬間、視界いっぱいに広がったのは——欲望で目をグルグルさせながら飛びかかってくる秋穂の姿。あまりのことに混乱したあたしは——。

「ぎゃあああああ！　変態ぃぃぃぃぃぃぃ‼」

ここが現し世であることをすっかり忘れて、素で絶叫したのだった。

——これが夏織の母、秋穂とあたしの出会い。

あたしが秋穂に最初に抱いた印象。それは——「変な女」だった。

＊＊＊

「頭が痛くなってきた……」

「でしょうね」

初めて聞く母親の話。最初こそ目をキラキラさせていた夏織だったが、話が進むにつれて顔色が悪くなってきた。

「お母さん……本当に私のお母さんなのよね……？」

「戸籍まで確認しなかったけれど、おそらくそうでしょうね」

夏織はがっくりと肩を落とすと、指先で畳を弄り始めた。どうも、脳内で勝手に母親像を創り出していたらしい。現実とのギャップを上手く呑み込めないでいるようだ。

「まあ……確かに、秋穂はちょっと頭が残念だったけれど」

「その言い方酷くない!?」

「事実だもの、仕方ないわ」

クスクス笑って夏織を見つめる。

「でも、母親としては悪くなかった」

「……そ、そうなんだ」

あたしの言葉に、夏織はほんのりと頬を染めると、膝を抱いて顔を埋めた。

「お父さんは亡くなってたんだね。残念だな。でも、お母さん、か……」

夏織は噛みしめるように呟くと、目を瞑った。

明らかになった自分のルーツ。それは、夏織に少なからず影響を与えているのだろう。人間は変わりやすい。母親のことを知った夏織は、きっと昨日までの夏織とはまた別のなにかに変化を遂げる。これからもたらされる情報は、彼女をどう変えていくのだろう。

──大丈夫よね？　この子ももう大人だもの。すべてを知っても、きっと大丈夫。

心の中を渦巻いている不安を払拭するように、自分に言い聞かせる。

すると目をゆっくり開けた夏織は、あたしに遠慮がちに訊ねた。

「にゃあさん。あの……お母さんがいたなら、どうして私はそのことを知らないの？　もしかして、お母さんは今もどこかで生きているの？　それとも……」

そしてなにかを堪えるみたいに唇を引き締めると、重ねて質問した。

「お母さんになにかあったの」

あたしは火鉢に視線を落とすと、ゆっくりと口を開いた。

＊　＊　＊

「……迂闊だったわ」

部屋の隅に積んであった座布団の中に籠城してぼやく。秋穂はというと、座布団の隙間を覗き込み、あたしを誘い出そうと猫じゃらしを振っていた。

「猫ちゃん。話せるなんてすごいね～。おねえさんとお話ししない？」

「おねえさんじゃなくて、おばさんじゃないかしら。年齢的に」

「辛辣！　でもわかる」

隠すのも面倒だと、開き直って普通に喋る。秋穂はケラケラ楽しげに笑うと、猫じゃらしを引っ込めて、別のものを差し出してきた。

「はあい、海老の天ぷら。いかが？」

「………………」

香ばしい匂いが鼻について、そういえばしばらくなにも食べていないことを思い出す。途端にお腹が悲鳴を上げて、ため息を零した。

「卑怯だわ……」

「人間様の知能を馬鹿にしたら駄目よ？」

どこか得意げな声に苛つきつつも、座布団から顔を出す。すると、目の前に天ぷらが載った小皿が差し出されたので、遠慮なしに齧り付いた。

「……冷たい」

けれども、すぐに顔を顰める羽目になった。猫舌なので熱々は御免被るが、流石に冷え切った天ぷらというのも勘弁して欲しい。硬くなった衣、油のべっちょりとした食感に思わず文句を零すと、秋穂はクスクス笑いながらごめんなさいね、と謝った。

「お客様の食べ残しだから。できたてじゃなくてごめんね」

「……残飯を従業員に食べさせるわけ？　この宿」

「ううん。私が進んでやっているの。食費も浮くしね。それに居候だから」

そう言って、秋穂はこれまた硬そうな薩摩芋の天ぷらに齧り付いた。やはり、そう美味しいものではないのだろう。数口食べただけで箸を置く。

「お金がないの？」

あまりにも悲惨に思えて訊ねると、秋穂はヘラヘラ笑って頷いた。

「節約してるの。将来のために」

「だからって残飯はどうかと思うわ。夫が死んだんでしょう？　死亡保険金とか入ったんじゃないの」

「よく知ってるね？　まあ……それなりに纏まった額は入ったんだけど。親友がお金に困っていたらしくって、貸しちゃったのよね」

「……少しでも返済して貰ったの」

「ううん。連絡つかなくなっちゃった。きっと忙しいのね」

──お人好しがすぎる……。

呆れを通り越して、なんだか可哀想になってきた。思わずじっと見つめると、突然秋穂が顔を近づけてきた。その瞳は好奇心でキラキラ輝いて、まるで新しい玩具《おもちゃ》に出会った子どもみたいだ。

「ね、私のことなんかより、君の正体を教えてよ！　お話しできる猫なんてすごいじゃない。それも、死亡保険金を知ってる程度には頭がいいみたいだし！」

秋穂が伸ばしてきた手をひらりと躱して「別になんでもいいじゃない」と話題を逸らそうとする。しかし秋穂は諦める様子はまったくなく、じりじりとにじり寄ってきた。

「教えてくれないなら、勝手に妄想するわよ？　あ、もしかして地球外生物？　ＮＡＳＡに通報したら大金を貰えたりして！」

秋穂の目に、尋常じゃない光が宿っている気がして冷や汗が出る。先ほどお金がないと聞いたばかりだ。秋穂の鼻息の荒さがいやに生々しい。

「ちょ……待って。落ち着いて。そんなお金になるものじゃないから」

「少なくとも、動物サーカスには売れると思う。ね？　君もそう思うでしょう？」

「本人に同意を求めてんじゃないわよ！　馬鹿なの⁉」

秋穂の手が伸びてくる。このままじゃ、なにをされるかわかったものじゃない。でも、夏織の母親なのだ。迂闊に手を出して怪我をさせてしまったら――。

思考がグルグル回って正常な判断ができない。そのせいか、あたしは自分に鋭い爪があるのをすっかり失念して、まるでか弱い子猫みたいに目を瞑った。

「……ゲホッ。ゲホッ……」

けれども、いつまで経ってもその手があたしに触れることはなく、聞こえたのは酷く苦しげな咳き込む声。同時に芳しい匂いがして、あたしはゆっくりと目を開けた。

まるで熟れた石榴《ざくろ》のように色鮮やかな液体が、糸を引きながら秋穂の指の隙間から滴り落ちる。ぽたん、ぽたんと水音を立てて、古びた畳に染みを作っているのは……血だ。

「ゲホッ。ごめん、はしゃぎすぎちゃった……」

苦しげに咳き込みながらも、けれども懸命に笑みを浮かべた秋穂に、あたしは――どういう顔をすればいいかわからなかった。


じっとりと湿気《しけ》た布団に横になった秋穂は、息を整えると笑みを浮かべた。

「びっくりさせちゃったね。ごめん」

「別にいいわ」

前脚で顔を洗いながら答える。すると、秋穂はとても面白そうに言った。

「どう見たって猫にしか見えないのに、不思議。それで、本当に君はなんなの？」

「……まだ、NASAに売ろうと考えてるの？」

「あれは冗談よ。そうじゃなくってね……」

秋穂は栗色の瞳をうっすらと細めると、軽い口調で言った。

「私は、君が死神なのか確かめたかっただけ」

あたしは僅かに息を呑むと、じっと秋穂を見つめた。

――酷い顔色ね。どことなくやつれているようにも見える。不味《まず》そうだわ。服を脱いだら、かなり痩せているんじゃないかしら。なんて食べ応えがなさそうな女。

「……あんた、死ぬの？」

躊躇せずに訊ねる。すると、秋穂はまっすぐにあたしを見つめ返して言った。

「ええ。死ぬわ。末期がんなの」

あまりにもあっけらかんとした発言に、あたしたちの間に沈黙が落ちる。

夫に先立たれ、死亡保険金はだまし取られ、こんな劣悪の状況に落ち着いて、仕舞いには子どもが行方不明になった女。しかも死期まで自覚している。

なんて不幸、なんて運のなさ、なんて悲惨な人生。

なのにどうしてだろう？

この女、目だけは――死んでいない。

そこに得体の知れない恐怖を感じて、内心の動揺を悟られまいと巫山戯た回答をする。

「悪いけど、死にかけの人間の魂を集めるような悪趣味な仕事はしてないわね」

すると秋穂は拍子抜けしたような顔をして「残念」と答えた。あたしは、部屋の隅に子ども用の玩具が綺麗に片付けられているのを横目で見ながら言った。

「あたしはただのあやかしよ。猫のね。それにしても……子どもがいるのに、死神を求めてるだなんて、どうかしてるんじゃない？」

「そんなに変かしら。死ぬのはわかっているんだから、時期を知りたかっただけよ。私の子どもに、なるべく多くのものを遺してあげたかったから」

「行方不明だって聞いたけど？」

「よく知ってるわね？」

「チラシ、配ってるじゃない」

「あらまあ。あのチラシ、お化けにまで届いたの。すごいわ！」

パッと明るい表情になった秋穂は、少し遠くを見やると、お腹の辺りを摩って言った。

「台風の日に行方不明になった娘。普通なら絶望的だと思うのだろうけどね。叔父さんも現実を見ろって怒ってたし。でも、私にはわかる。あの子は生きてる。今もどこかで」

「……どうして、そう思うの」

すると、秋穂はニッと白い歯を見せて笑った。

「母親と子どもって、妊娠した時からずっとお腹で繋がってるのよ。だからわかるの。あの子と私の繋がりはまだ切れてない」

だから帰ってくるのだと、秋穂は自信たっぷりに言い切った。

「直感って奴？　そんな不確かなものに縋っているの？」

「思っている以上に、世の中って不思議に溢れているものよ。ほら、ここにも」

あたしを指さした秋穂は、まるで子どもみたいに無邪気な笑みを浮かべた。返す言葉がなくなって口籠もる。すると、秋穂はフフンと得意げに笑った。

「変な女……」

「よく言われるわ」

思わず零した本音に、秋穂は気を悪くする様子も見せずに、また少しだけ咳き込んだ。

そしてちらりと時計を見ると、億劫そうに身体を起こす。

「ああ、おしゃべりが楽しすぎて忘れてた。行かなくちゃ……」

「どこに？」

「掃除よ。お風呂掃除。朝一番に、お客様が気持ち良く入れるようにしなくちゃね」

「具合が悪いんでしょう？　他の誰かに頼めばいいじゃない」

「駄目よ、これは私の仕事。サボったらお給料を減らされちゃう。叔父さん、そういうところすごく厳しいのよ」

秋穂は、宿の名前が入った半纏を着ると、フラフラした足取りで部屋の外へと向かった。憐れに思うほどに弱りきった様子に、堪らず問いかける。

「ねえ。頑張ったって、すぐに死ぬんじゃ意味がないじゃないの」

すると、扉に手を掛けたところで、秋穂はこちらを振り返って言った。

「私が生きるか死ぬかなんて関係ないわ。母親だもの。お金を稼ぐのは全部あの子のため。今の世の中、お金がないと幸せになんてなれないからね……」

そして笑顔のまま続けた。

「ねえ、猫ちゃん。よかったらまた来てくれる？　私、お化けの友だちなんて初めてだから、とっても楽しいの」

そしてあたしの返事を待たずに、秋穂は部屋から出て行ってしまったのだった。

秋穂の部屋を抜け出したあたしは、その足で幽世へ舞い戻った。

乾いた風が吹く町を進み、明かりが灯った貸本屋の前に立つ。立て付けの悪いガラス戸を開けて店内に入ると、居間の方から賑やかな声が聞こえてきた。

「しのめめ、もっとよんで！」

「わかったよ。わかったから、ほれ。座れ！」

「夏織、お菓子食べる？　お団子買ってきたのよ」

「たべる。ななち、ありがと！」

幽世に来た当初は泣いてばかりいた夏織だったが、ここにきてようやく慣れてきたらしい。その笑い声は無邪気で一片の曇りもない。

気分が沈み込んでいくのを感じながら、ゆっくりと居間へ足を踏み入れる。

すると、すぐにあたしを見つけた夏織が近寄ってきた。

「にゃあちゃ……さん！」

抱きしめられそうになったので、素早く躱す。すると、夏織のふくふくしたほっぺたが風船みたいに膨らんだ。

「抱きしめられてあげればいいのに」

「うるさいわよ、薬屋」

ナナシを睨みつけながら、一番ふかふかな座布団を選んで、その上で丸くなる。

すると、どこかソワソワした様子の東雲があたしに声をかけてきた。

「で、どうだったんだよ」

「なにが」

「夏織の母親だよ！」

苛立った様子の東雲を横目で見て、ふうとため息を零した。見つけた……と報告しようとして、口を衝いて出た言葉に自分で驚く。

「まだわからないわ。調査中」

「そ、そうか……」

それを聞くと、東雲はどこかホッとした様子で表情を緩めた。間抜けな顔だ。まるで、見つからなくてよかったと言わんばかりの腹立たしい顔。

普段なら怒鳴るところだ。けれど、今はそれどころじゃなかった。

──あたし、なにを言ってるの……!!

見つけたと報告して、子どもを連れて行けば面倒ごとは終わるのに、引き延ばしてどうするつもりなのか。自分が心底理解できなくて、目が回りそうになった。

「ねえ、しのめめ。ごほん……」

「おう。どれを読む？」

そんなあたしを余所に、東雲は膝に夏織を乗せ、読み聞かせを始めた。のんびりとした声を聞きながら必死に自分を分析する。

──もしかして、あたしはこの子をあの母親に返したくないのだろうか。

情が移っている自覚はある。でも、東雲ほど入れ込んでいる訳じゃない。なのに、どうしてあんなこと……。

『私は母親だもの』

その瞬間、秋穂の言葉を思い出して、たちまち理解した。

例えば、あたしが夏織の母親だったとして――あの場所に戻したいと思うだろうか？

随分前に別れたきりのわが子を思い出す。あれはまだ、あたしがあやかしになる前のことだ。あたしにそっくりの黒猫が三匹。親として、そして猫として生きるすべは教え込んだつもりだ。あの子たちが生きやすいように、あたしなりに心を砕いた。

母親にとって子はなによりの宝だ。たとえ自分の子でなくとも、そこに己の子の影を見つけて、幸せであって欲しいと無意識に願う程度には大切に思っている。

だからきっと、あの言葉は「母親」としてのあたしから出たものなのだ。

秋穂の母親としての想いと決意を知ったからこそ、確実に不幸になるとわかっている場所へ、この小さな娘を帰したくなかったのだ。

――この人間の娘の幸せは、一体どこにあるのだろう？

そう思い至った瞬間、あたしは無意識に夏織に問いを投げかけていた。

「ねえ夏織。あなた、幸せ？」

すると夏織はこてりと首を傾げると、どこかポカンとした顔で答えた。

「しあわせってなあに？」

「……お腹いっぱい食べられるとか、よく眠れるとか。楽しいとか。そういうことよ」

あくまで猫的な幸せだけれど、と注釈をつける。夏織は「うーん」と首を捻ると、次の瞬間にはパッと明るい表情になって言った。

「ここのごはん、あったかくておいしいよ。おちゃをかけなくていいし」

「お茶？　なんでご飯にお茶をかけなきゃいけないのよ」

「えっとね……」

すると、拙い言葉ながらも夏織はあたしに説明してくれた。

どうやら、残飯を食べていたのは秋穂だけではなかったようだ。食事はほとんどが冷め切っていて、時間が経ちすぎて硬くなってしまったものが多かった。それを美味しく食べるために、温かいお茶をかけるなどの工夫をしていたらしい。

「それにね、ねてるときぴゅーってつめたいかぜがはいってこないでしょ。ごほんもいっぱいよめてうれしい。ねむるとき……ママがいないのはさみしいけど」

夏織はしょんぼりと肩を落とすと、ぷらぷらと足を動かした。見ると、瞳に涙が溜まっている。どうやら泣くのを必死に我慢しているようだ。

「この子、どんな環境で暮らしてたわけ……？」

「……ひでえな……」

その話を聞いたナナシと東雲は、どこか沈痛な面持ちで俯いている。

あたしはひとつため息を零すと、夏織に重ねて訊ねた。

「あんた、ママのこと……好き？」

すると、夏織はまるで花咲くみたいに顔を綻ばせると、はっきりと言った。

「うん。だいすき！」

「……そう」

あたしはその一言で覚悟を決めると、貸本屋を後にした。

「おい、どうしたんだよ。さっきの質問、なんだよ。お前らしくない」

慌てて追いかけてきた東雲が、あたしに声をかける。おもむろに振り返ると、貸本屋の玄関から夏織が不安そうな顔をしてあたしを見ているのがわかった。

「あの子どもが風邪を引くわ。人間はあやかしと違って脆弱なのよ。戻りなさい」

「でもよ……」

マゴマゴしている東雲に、チッと舌打ちする。あたしは東雲に背を向けると、まるで独り言のように言った。

「あたしに全部任せて、あんたはあの子の面倒を見てなさい。悪いようにはしないわ」

すると、東雲は数瞬黙り込むと、ようやく口を開いた。

「…………………頼む」

あまりにも弱々しい声に、思わず後ろを振り返る。するとあたしは思わず目を見張った。

なんてことだろう。東雲が頭を下げている。

孤独で、自分勝手で気ままなあやかしが——誰かに想いを託して頭を下げるなんて！

「……まったく」

あたしは小さく笑みを零すと、やれやれと首を振った。

「随分と絆《ほだ》されたものね。あやかしの癖に」

「……！　し、仕方ねえだろ。情が移っちまったんだ」

あたしは再び東雲に背を向けると、空を見上げながら言った。

「アンタ、まるであの子の父親みたいよ」

そして現し世へ向けて歩き出す。この時、東雲がどんな表情をしているかはわからなかったが、どうせとんでもなく情けない顔をしているのだろうな、とぼんやり思った。


それから一週間経った。

秋田県北部、それも田沢湖周辺の冬は早い。

紅葉に染まっていた木々はあっという間に冬支度を終え、空からチラチラと白い欠片が落ち始めると、外気に触れるのが苦に感じるほどになる。

そんな中――吐息すらも凍り付く真夜中の山中で、あたしは川赤子に相対していた。

「猫の姐《ねえ》さんのおかげで、冬支度もまだですわ……まったく」

「いいから聞かせなさいよ」

「はいはい。姐さん怒ると怖いんで、さっさと報告しますよ」

何度も会っているうちに、いつの間にか「姐さん」呼ばわりが定着した川赤子は、紅葉みたいな手で揉み手すると、話を始めた。

「夢の湯を小玉鼠に探らせたんですがね」

因みに、小玉鼠は秋田のあやかしだ。二十日鼠を丸くしたような姿をしていて、山の神の機嫌が悪いと、ポンッと弾けるような音をさせると謂われている。マタギの一派があやかしとなったとも謂われていて、隠れての行動などが得意なのだという。

川赤子は呆れ顔で首を横に振ると言った。

「経営者夫婦、ありゃ人じゃないぜ。鬼だ、鬼」

「どういうこと？　まさか本当にあやかしだったとか言わないわよね」

「その方が、しっくりきますがね……。秋穂とかいう女、病気でもう長くないそうで。経営者夫婦と行方不明の娘、既に養子縁組してるんですわ」

「……それは当たり前じゃない？　誰かしら面倒を見る人間は必要だわ」

「まあ、それはいいんですがね。死んだ後は面倒を見てやるんだからって、秋穂の通帳を取り上げてるみたいで。しかも、既に中身に手を付けてるようです」

「なんですって？」

川赤子は、まん丸の顔に似つかわしくない苦い表情を浮かべると、忌々しげに言った。

「宿の経営が上手くいってないようでね。赤字を秋穂の貯金で補填してるんですわ」

「……とんでもないわね」

絶句していると、こんなのまだまだと川赤子が続けた。

「これは、姐さん自身で確認して欲しいんですが。……どうも、子どもの行方不明事件にも一枚噛んでそうな感じがします」

「それは本当なの!?」

喰い気味に川赤子に詰め寄る。川赤子は少したじろぐと、引き攣った笑みを浮かべた。

「これぱっかりは自分で確かめてくださいよ。違ったと後で文句を言われたら敵わない」

「確かめるって……どうすればいいのよ」

すると、川赤子は言った。

「小玉鼠の話では、まるで台風みたいに風が唸り声を上げる日に、奥さんがやたら取り乱すんだそうです。ほら――こんな日ですよ」

その瞬間、息が詰まりそうなほどに強い風が吹いた。木々が揺れ、辺りが一気に騒がしくなる。星明かりに照らされた木のシルエットがまるで化け物のように蠢き、真冬の山中に居るあたしたちを嘲笑っているかのようだ。

あたしはコクリと唾を飲み込むと、川赤子の話に耳を傾けた。

「奴らの寝床の床下へ行ってみてください。きっと今日も大荒れでしょうよ」

あたしは静かに頷くと、強風吹き荒れる中、夢の湯目指して駆け出した。


――まだ本格的に雪が積もる前でよかったわ。

大量の埃とゴミ、それに凍てつくような冷気を耐えながら床下に潜り込んだあたしは、自慢の毛が汚れるのに辟易しつつも、その場でゆっくりと目を瞑った。

真上には経営者夫婦の部屋がある。そこでは、今まさに修羅場が繰り広げられていた。

「いい加減にしろ！　おめえが死んだってどうにもならねえじゃねえか！」

「やめて。止めないで！　あの子が見てるの。あの子が私を！」

「誰も見てねえ。正気に戻れ！」

バチン！　痛そうな音がして顔が引き攣る。妻の目を覚ますために男が叩いたのだろう。

だが、妻の嘆きは止まるどころか徐々に深くなっていく。

「……ああ。だから嫌だったのよ。子連れの死にかけの女を居候させるのも。小金のためにあれこれ画策するのも。全部アンタのせいよ。アンタが私を巻き込んだんだ！」

「しっ……仕方ねえだろ、俺たちにはこの宿しかねえんだ。潰れたら路頭に迷うのは目に見えてる。生きるために仕方なくやったことだ。お前だってわかるだろうが!?」

「だからって！　子どもに……！」

「──黙れ」

女が子どもの話題に触れた途端、男は声を潜めた。

「誰かに聞かれでもしたらどうする。客もいるんだ」

「……ご、ごめんよ。アンタ……」

正気を取り戻したのか、女は弱気な声で謝った。けれども、こみ上げてくるものを耐えきれなかったようで、さめざめと泣き始める。

「忘れられないんだ、あの子を突き落とした時のこと。三歳だよ？　まだなにもわからないだろうに必死に抵抗してた。細い首に手をかけて……無理矢理落としたんだ。荒れ狂う川に小さな身体が揉みくちゃにされて、すぐに姿が見えなくなっちまった」

「いいから寝るんだ。きっと疲れてる。なあ……」

「……手に感触が残ってるんだよ……。ねえあんた、どうすれば赦される？　ああ、風が唸ってる。風の音に混じって、あの子の悲鳴が聞こえるんだ……」

「誰も赦しちゃくれねえよ。お前も、俺も。子育てには金がかかる。面倒なんて見られない。一足先に母親の向かう場所に行って貰っただけだ。あの世で幸せに暮らすさ……」

「……育てるつもりもないのに養子縁組だなんて。あの親子は本当に運がない……」

そこまで聞いた時点で、あたしは床下を後にした。

恐ろしいほどの怒気と吐き気がこみ上げてきて、耐えられなかったのだ。

いつの間にかうっすらと雪が積もっている庭を駆け抜け、木の根もとに蹲る。その瞬間に胃の奥にあったものが逆流してきて、その場にぶちまけてしまった。

――今、あたしはなにを聞いた？　あれは本当のこと？　あれが人間だなんて、一体なんの冗談だ。悪鬼か羅刹か……どちらかの間違いだろう！

――ああ。そういうことか。

その瞬間、あたしが長年抱いていた疑問が晴れた。

あやかしの中には、人間から堕ちてきたものが少なからずいる。今まで、明るい世界で生きていた人間が、どうしてあやかしになったのかが謎だった。

けれども、今回のことで確信した。

どんな人間も、薄皮一枚破れば――そこには、昏い色をした粘着質のなにかが詰まっているのだ。どろりどろどろ。決して光を通さないものを抱え込んでいて、なにかのきっかけでそれに染まりきると――鬼と変わらぬ醜い別のものへと変貌する。

「……猫ちゃん？」

「……っ！」

その時、誰かに声をかけられ、飛び上がりそうなほどに驚いた。

心臓を宥めながらゆっくりと振り返る。するとそこに見知った顔を見つけて――けれども、その内に抱えているだろうものを想像すると、素直に再会を喜べなかった。

「また遊びに来てくれたの？」

――……ああ。一週間前よりも痩せている。

着実に死の淵《ふち》へと足を踏み出し続けているであろう秋穂は、星明かりにぼんやりと青白く照らされて、儚げな笑みを湛えてそこに立っていた。

あたしを黴臭い自室に招き、明日は宿に予約が入っていないのだと語った秋穂は、どこかホッとした様子だった。

「これで建物の修繕ができる。本格的に雪が積もる前に、色々補強しておかなくちゃね。ご飯いっぱい食べて、精をつけなくちゃ。夏織がいつ帰ってきても大丈夫なように」

秋穂に休みはないらしい。明日は力仕事だと、いつもよりも多めに盛った冷や飯を噛みしめる姿はどこか痛々しい。

「また会えて嬉しいよ。不思議なことって一度きりのことが多いでしょ？　もう二度と会えないかもって、ちょっぴり思ってたんだよね」

嬉しそうにあたしに話しかけてくる秋穂に、沈黙を保ったままじっと見つめる。

すると、秋穂は沢庵《たくあん》を掴もうとしていた手を止めると、箸を置いた。

「……ねえ、猫ちゃん」

そして、物静かな口調であたしに語りかけた。

前回よりも濃い隈が刻まれたその目は、凪いだ海を思わせるほどに穏やかだ。

「私さ、出会いには必ず意味があるって思っているんだ」

秋穂はこちらへまっすぐに身体を向けると、あたしの目をじっと覗き込んで言った。

「違ったらごめん。……君、夏織の行方を知ってるよね？」

その瞬間、ひゅうと風が悲鳴みたいな声を上げた。それに呼応するように古めかしい建物が震え、ガラスがカタカタと賑やかな音をさせている。

あたしはため息を零すと、秋穂へ訊ねた。

「……どうしてバレたのかしら。あたし、変なこと言った？」

秋穂はどこか困ったように眉を下げると、指折り数えながら言った。

「君……私の言葉を否定しなかったでしょう。だからだよ。君は夏織の行方を知っていて、それで私に会いに来たんだって思ったんだ」

諦めろ、現実を見ろ……そういう言葉を、秋穂は周囲の人間から散々かけられたのだろう。そのせいで、あたしが敢えて否定しなかった事実に気づいてしまったらしい。

——脇が甘かったわね。

自分の間抜けさを苦く思いながら、しかし元々夏織のことを伝えるつもりではあったので、予定が早まっただけだと頭を切り替えることにした。

「あんたの言う通りよ。夏織は……あたしの知り合いのところにいる。幽世っていう、あたしみたいな化け物がウヨウヨいる世界にね」

その瞬間、秋穂の瞳に輝きが戻った。土気色だった顔には色が差し、言葉が上手く出ないのかパクパクと口を開閉させては、涙で目を滲ませている。

「や、やっぱり生きてたのね！　元気なの……？　夏織は元気にしてるの!?」

「生きてるわ。ここよりよっぽどいい環境で、楽しく暮らしている」

「ああ……神様……!!」

秋穂は歓喜に震えている。それとは対照的に、あたしの心はどこまでも冷え切っていた。

そしてあたしは——秋穂にとってなによりも残酷な言葉を紡いだ。

「あんたには悪いけど、返さないわよ」

「……え？」

「アレはあたしが貰ったわ。気に入っちゃったの。あたしのものにする」

その瞬間、秋穂の表情が激変した。

「なんで!!　どうしてよ!!」

秋穂は必死の形相で詰め寄ると、あたしが異形であることも忘れて突っかかってきた。険しい顔をして叫ぶ姿には、先ほどまでの穏やかさの名残はまるでない。

「夏織は私の子よ、私の大切な……たったひとりの娘なの！　だから返して。お願い、猫ちゃん！　返してよ……。玩具じゃないの。貰うとか、そういうものじゃないの……」

夏織は自分の生きがいで、宝なのだと大粒の涙を零しながら訴える秋穂に、あたしは冷たい視線を向けて言った。

「嫌よ。あの子をここに戻したって、碌なことになりゃしない」

「ろ、碌なことって……」

あたしは秋穂に、自分が死んだ後、あの子をどうするつもりだったのかと訊ねた。

するとやや冷静さを取り戻したらしい秋穂は、あたしを睨みつけながら答えた。

「もちろん、準備はしてある。ここの経営者夫婦が面倒を見てくれるって。お金も預けてあるの。私の死亡保険金……ほんのちょっぴりだけれど、それも夏織のために使ってくれる。だから大丈夫。夏織を返してちょうだい」

「ふうん。ねえ、預けてある通帳の中身を確認した？」

「え？」

キョトンと目を瞬かせた秋穂に、あたしは追い打ちを掛ける。

「残高を確認したかって聞いているのよ」

「え……えっと。キャッシュカードも通帳も、叔父さんに渡してしまっていて」

「じゃあ、通帳からお金が引き出されているのも知らないのね」

「…………どういうこと？」

みるみる青ざめていった秋穂に、あたしは容赦なく事実を告げた。

「あの夫婦。あなたの貯金を使い込んでるわよ」

「……嘘。そんなはず……」

あたしは身体を伸ばすと、動揺するあまりに忙《せわ》しなく視線を彷徨わせている彼女の耳もとで、まるで不安を煽るように妖しく囁いてやった。

「信じたくないの？　あんた、本当に馬鹿ね。あんな人でなしを信じているだなんて。母親なら、現実を見なさいよ。ほら……」

そして狭い室内をぐるりと見回すと、わざとらしくため息を零して言った。

「この待遇から見て、あんた……アイツらに大事にされているとは思えないわね？」

「……うう……」

ぐっと言葉を飲み込んだ秋穂に、あたしは尻尾をゆるゆると振って続けた。

「――夫に先立たれ、頼れる親戚はこんな奴らしかいない。親友に貸したお金は返ってこず、本人は今にも死にそう。もう一度聞くわね。あんた、どうするつもりなの？」

「それは……」

叔父夫婦にまつわる衝撃の事実。それは、秋穂が持っていた自信を粉々に砕いたようだ。

——夏織失踪事件の犯人を明かすまでもなさそうね。

あれは危険すぎる。もしも真実を知ってしまったら、穏やかな秋穂はどこかへ消え失せて、修羅へと変貌してしまう予感がしていた。母親にとって、子はなによりも大切なものだ。危害を加えた相手を知って普通でいられるはずがない。

真っ青になって俯いている秋穂を見上げる。

まだ出会って間もない相手だ。けれど、あたしはどこかこの人間を気に入っていた。

『私、お化けの友だちなんて初めてだから、とっても楽しいの』

あの時、秋穂が放った何気ない一言。それが嬉しかったからかもしれない。

——さあ、秋穂。考えるの。そして気がついて。夏織が幸せになるために必要なこと。幸福への確実な道のり。最大の障害は——母親であるいいいいいいいいい自分そのものなのだと。

血の気が失せてしまった秋穂は、黙ったまま俯いている。強く握りしめた拳はかすかに震え、噛みしめた唇は白くなってしまっていた。

あたしは、優しい声色を意識して秋穂へ語りかける。

端から見たら、それはまるで悪魔の囁きのようだったかもしれない。けれど、あたしはあやかし。人ならざる化け物。あながちそれも間違ってはいない。

「幽世に、あの子を気に入ったってあやかしがいる。衣食住の面倒も問題なく見られる。残飯じゃない温かいご飯を毎日食べさせて、寒くない寝床を用意できる。ねえ秋穂……夏織の母親であるアンタはどう思う？」

　敢えて母親という部分を強調して、あたしは一言一言を噛みしめるように訊ねた。

「……それでも、死ぬまでの時間を子どもと過ごしたい？」

　――もしも夏織を秋穂へ返したら。秋穂が死ぬまでの時間は、きっとかけがえのないものになるのだろう。秋穂も心置きなく死ねるかもしれない。

　けれど遺された夏織はどうなる？　あの子にはなにが遺る？

　あの無垢で可愛らしい子の手もとに遺るのは――冷たくなった母親の亡骸だけだ。

　すると、秋穂の肩が僅かに震えているのに気がついた。その震えは徐々に大きくなっていき、仕舞いには笑い声が混ざり始めてギョッとした。

「ふ……ふふ……」

「……秋穂……？」

　とうとう変になってしまったのかと、心配で声をかける。すると次の瞬間、秋穂は勢いよく顔を上げ――まるで疲れ切ったみたいに、緩んだ笑みを浮かべた。

「……猫ちゃん。色々ありがとね……」

「なにお礼を言ってるのよ。馬鹿じゃないの」

　それは、自分から子どもを奪おうとしている相手にする言葉ではない。あまりにもお人好しすぎる秋穂に辟易していると、彼女は部屋の隅にあった本を手に取った。

「私ね、昔から本が大好きだったの」

突然、意味のわからないことを言い出したものだから首を傾げる。

秋穂は本の表面を手で撫でると、それをあたしに見せた。

「この本ね、夏織が大好きな本。あの子、私に似てお話が好きなんだよね。何度も何度も読んであげた……」

それは、子ども向けの絵本だった。野鼠の兄弟が、力を合わせてパンケーキを作るという有名な絵本で、表紙には仲がよさそうな鼠が二匹描かれている。

その本はやたら薄汚れていた。手垢であちこち黒ずみ、カバーは切れてしまっていて、セロファンテープで修復した跡が見て取れる。折り目がついてしまったページも多く、何度も何度も読み込んだのだろうことがわかった。

「……結婚する前、いっぱい想像したな。たくさん物語を読み聞かせてあげようとか、立派な本棚を用意して、眠る前に子どもと一緒に選ぼうとか……」

ぽつり、一粒の涙が本へ落ちる。

秋穂は口もとを震わせると、掠《ひっぱく》れた声で話を続けた。

「なのに、夫が死んで生活が逼迫してからは、本を買う余裕なんてなくなってしまった。私……そこで初めて知ったの。本って贅沢品なんだって。こんな山奥にいたんじゃ図書館にも行けない。読書をすること自体、難しくなってしまった……」

そう言って、ぎゅうと本を強く握りしめる。薬の副作用なのだろう。爪はボロボロで、インクで汚れてしまったみたいに黒ずんでしまっていた。

「同じ本を何度も読んでいると、流石の夏織も飽きちゃったって言うんだ。新しいのが欲しいって。でも、買ってあげられないの。全然……買ってあげられないんだよ」

そしてその場に蹲ると、次の瞬間には涙声で叫んだ。

「ああ。……どうして私ってこんなに駄目なのかなあ……！」

そして苦しげに顔を歪めると、虚空を見つめたまま語り出した。

「亡くなった夫にも言われてたの。君は人を信じすぎるって。でもね、私にだって人を疑う心がない訳じゃない。死亡保険金が入った途端に声をかけてきた親友は、お金を返さないかもしれないと思ったし、なかなか通帳を返してくれない叔父夫婦を、疑わしくも思ってた。でも——」

栗色の瞳が涙で滲んでいく。あっという間に瞳の許容量を超えた涙は、やつれた頬を滑り落ち、服に触れると弾けて消えた。

「みんなの優しいところ、いいところを知ってたから。だから、私を騙そうとしているだなんて思いたくなかった。人間はお金が絡むと変わるんだ。そんなの当たり前のこと、誰に言われなくてもわかってたのに」

その瞬間、秋穂は酷く咳き込んだ。息をするのも辛そうなほどのそれが収まると、秋穂は口を押さえていた手をじっと見つめてぽつりと呟いた。

「ひとりで空回りして、自分で自分の首を絞めて、にっちもさっちも行かない状況になってる。私って本当に馬鹿。いつだって間違った選択をしてしまう。親である以前に、人に向いてないんじゃないかって思っちゃう。ああ……」

秋穂はあたしを見つめると、弱々しい笑みを浮かべた。

「……私も猫に生まれたかったな。陽だまりの下で、好きなだけお昼寝をするの。身体を丸めて――まるで幸せの象徴みたいに眠る。不安なんて欠片もない……」

秋穂の手は鮮やかな血で染まっている。次の瞬間、秋穂は表情を引き締めると、どこか切羽詰まったような様子であたしに訊ねた。

「本当に……本当にあの子は、過不足ない生活を送れるのね？」

あたしは大きく頷いて答えた。

「アイツは変わり者だけれど信用の置ける奴だわ」

確信を持って力強く言う。しかし、秋穂はまるで迷子みたいな顔をした。

「……駄目。なにも信じられない。自分が嫌いになりそう」

そして膝を抱えて蹲ってしまった。噴き出しそうになって、必死に笑いを堪える。

「馬鹿ね。この状況であたしを信じるなんて言い出したら、それこそ救いようがないわ」

「そ、そうだけど」

涙で濡れた瞳でじとりとあたしを見つめた秋穂は、ため息混じりに言った。

「猫ちゃん、君はとっても親切で優しいよ。できることなら信じたい」

「………………なによそれ」

秋穂の言葉に、あたしは思わず視線を彷徨わせると、慌てて秋穂へ背を向けた。

胸の辺りがムズムズする。お腹の辺りから、ぼんやり温かいものが広がっていく感覚がして、頭がクラクラしてきた。

――そういえば、こんなに長い時間を人間と共にしたのは久しぶりかもしれない。

ただの猫であった頃に戻ったみたいで、きゅう、と胸が苦しくなる。

あたしは、いつの間に人間から離れて生きるようになったのだろう。

昔は、世話をしてくれる人間に純粋に好意を抱いていたし、撫でられることを心地よく思っていた。でもあやかしになったあたしは、知らぬ間にそれを忘れ、自分はひとりで生きなければならないと思い込んでいた。

誰かに心を預けたり、預けられたりする感覚。それがあまりにも懐かしくて――。

あたしは、らしくない親切心を起こすと、秋穂に向かって言った。

「仕方ないわね」

ふるりと身体を震わせ、全身に力を漲らせる。すると、ミシミシと軋んだ音がして身体が大きくなっていった。炎を纏い、虎ほどの大きさに変化したあたしは、ぬっと顔を秋穂に近づけると言った。

「なら、信じさせてあげるわ。一緒に来て」

「……猫ちゃん……本当にお化けだったんだ……」

間抜けなことを口走った秋穂に、痺れを切らしたあたしは身体を低くして急かした。

「……あたし、気分屋なの。気が変わらないうちにさっさと乗って」

「で、でも。お風呂掃除……」

「ねえ、お金を使い込むようなクソ野郎に、今更義理立てする必要あるわけ？」

横目で秋穂を睨む。すると、プッと噴き出した秋穂はさもおかしそうに言った。

「……ないね」

そしていそいそとコートを着込むと、首にマフラーを巻きながら興奮気味に言った。

「そういえば私、大きな獣の背に乗るのが夢だったの」

「なら、夢が叶ってよかったわね」

秋穂はムズムズと口を動かすと、まるで子どもみたいに好奇心に目を輝かせ、あたしの背に乗った。身長に比べるとやけに軽い秋穂に、内心ため息を零しつつ、開け放った窓から外へと飛び出す。

「うわっ。飛んだ……!!」

空気を蹴り、冬の空を駆ける。その瞬間、身も凍りそうなほどの冷たい空気が全身を包み、一瞬で温かな部屋が恋しくなった。けれど、そんなことは秋穂には関係ないらしい。

「星の海を泳いでるみたい……」

まるで夢見るような台詞を呟いた秋穂は、なにが面白いのか、夢中になって冬の空を眺めていた。

移動している間、秋穂は常にはしゃいでいた。

灼熱地獄を通り過ぎれば、暑い！　と大騒ぎし、すれ違う地獄の獄卒ひとりひとりに手を振っていた。幽世へ入ったら入ったで、纏わり付いてくる幻光蝶に目を丸くし、古びた町並みに歴史を感じてため息を零している。

「そういえば、最近は旅行すらしてなかったなあ……」

自分が置かれた状況を理解しているのか、いないのか……いまいちよくわからないが、秋穂は旅路を楽しんでいるようだった。

そして——あたしは貸本屋の前にある建物の屋根に着地すると、炎で揺らぎを作り、秋穂ごと姿を隠した。

「……ここ？」

「そうよ、ここに夏織がいる」

秋穂は真剣な顔つきになると、あたしの陰に隠れ、他よりもややボロく見えるその建物を見つめた。そして、入り口にある看板に目を留めるとぽつんと呟いた。

「……貸本……」

そして、ガラス戸の奥の光景に目を凝らす。すると、そこにずらりと本が並んでいるのが見えたのか、秋穂はほうと熱い息を吐いた。——その時だ。

「うわあああああん……」

貸本屋から子どもの泣き声が聞こえてきた。同時に酷く焦ったような男の声。

そしてガタガタと忙しない音が聞こえたかと思うと、大きな半纏を羽織った東雲が店の外に出てきた。

「……夏織！」

すると、東雲の半纏の中に泣いている夏織を見つけて、秋穂は腰を浮かした。

「なにをするつもり？」

すかさず制止すると、秋穂は苦しげに眉を顰めた。渋々腰を下ろして、じっと夏織たちの様子を見守る。

「うああああああん!!」

その間も、夏織は顔を真っ赤にして泣いている。どうやら癇癪《かんしゃく》を起こしているらしい。

「ママあああ！　ママあああ……！」

どうやら母親が恋しくなってしまったようだ。小さな手を伸ばして泣き叫んでいる。

それを見た秋穂は、苦しげにぎゅっと両手を握った。

「駄目よ。あの子、こうなると本当にどうしようもないの。私が抱っこしてあげなくちゃ、いつまでも泣いているんだから。ああ……」

今すぐにでも抱きしめてやりたいのだろう。秋穂はソワソワして落ち着かない。けれど、今この場で出て行ったらすべてが台なしだ。堪えて貰うしかない。

夏織の泣き声が静まりかえった幽世の町に響いている。いつまで経っても泣き止む様子がない夏織に些かじれったさを感じていると、ようやく東雲が動いた。

「……ああ、ちくしょう。悪いな、あやすのが下手くそで」

東雲は半纏の中に入れた夏織を、不器用な手付きで強く抱きしめると、その背中をとんとんと叩き始めた。

「こうだったか？　ええと……」

そして、恐る恐るといった様子で、リズムに合わせてゆっくりと揺れ始めた。

ゆら、ゆら、ゆら。ゆうら、ゆらゆら、ゆうらり。

誰かに子どものあやし方を教わったのだろうか。どこか不規則な揺れ方をした東雲は、夏織の耳もとに口を寄せて優しい声で言った。

「泣くな、泣くなよ、大丈夫だ」

そしてゆっくりと目を瞑り、静かに、そして穏やかに言葉を重ねた。

「なーんも、心配することはねえよ。俺がいる。俺がいるからな……」

しかしすぐに泣き止む訳もなく、東雲は泣きじゃくる夏織に辛抱強く語りかけている。

それが十分ほど続いた頃だろうか。

ようやく泣き止んだ夏織は、泣きはらした真っ赤な目で東雲を見つめた。そのことに心底安堵したのだろう。東雲は目尻にたっぷりと皺を作ると、やけに嬉しそうに笑った。

「いい子だな、夏織はいい子だ」

そして、くるりと貸本屋の入り口へ足を向けると、どこか弾んだ声で提案した。

「本を読もう。布団の中で読んでやる。なにを読む？」

すると夏織はパッと表情を明るくして、元気よく言った。

「ねずみさんのごほん！　カステラをやくの」

「あれか。夏織はあの本が好きだなあ」

「うん！」

そして、お互いに笑顔になって店内に消えて行く。ピシャン、と引き戸が閉まる音がすると、幽世の町にまた静けさが戻ってきた。

ふわり、目の前を幻光蝶が通り過ぎていく。あたしはやたら明るい光を放っている蝶を視線で追うと、静かに肩を震わせている秋穂の傍に寄り添った。すると、秋穂はあたしをぎゅうと強く抱きしめてきた。ぽたぽた落ちた熱い雫が、あたしの毛並みの上を何粒も何粒も滑り落ちていく。あたしは幽世の赤い空を見上げると、まるで独り言みたいに言った。

「……あたしの子どもは、もっと早くに独り立ちしたわ」

するとと、どこか弱々しい声が返ってきた。

「猫と一緒にしないでよ……。人間の独り立ちはもっと先」

あたしは小さく笑うと、また独り言を零す。

「なにも、みんなと同じ必要はないわ。別に構いやしないわよ。確実なのは、秋穂って人間が、あの子をあそこまで立派に育てたってこと。あんた、頑張ったわよ」

「ううっ……」

秋穂はあたしを抱きしめる力を強めると、声を震わせながら言った。

「それでも、私は母親でいたかったよ……。あの子をまだ見守っていたかった」

顔を上げて、現し世とはまったく違う赤い空を見上げる。

「あの子が辛い時、傍にいたかった。上手にできたら褒めてあげたかった。成長を喜びたかった。美味しいご飯を作ってあげたかった。一緒に笑って、泣いて、苦しくても悲しくても、それでも一緒にいたかった!!」

夏織とそっくりな丸い瞳から、ポロポロと涙の雫が落ちる。

「私の人生、間違ってばっかりだ。どうして——死ななくちゃいけないの。可愛い娘を遺して、どうして死ななくちゃ……!」

己の不幸を嘆いた秋穂は、次の瞬間、必死な顔であたしに懇願した。

「猫ちゃん。私の代わりに、あの子の母親になって」

「……秋穂」

「ねえ、お願い。あの子を幸せにしてあげて。あの子を守ってあげて。出会ってから間もないのに、こんなことを頼むなんて馬鹿馬鹿しいかもしれないけど、頼めるのはあなたしかいないの。……ねえ、お願い!!」

あたしは儚く消えて行く涙に視線を奪われながら、小さく首を横に振った。

「無理よ。あたしは猫。あの子は人間。それは変えようがない」

「そんなの気の持ちようよ。どうにでもなるじゃない……っ!!　どうしてなの。死にゆく人間の願いくらい、聞き届けてくれたっていいでしょう!!」

秋穂は、まるで先ほどの夏織のように癇癪を起こしている。あたしはため息をひとつ零すと、その顔をべろりと舐めてやった。

「……っ!!」

猫特有のザラザラした舌、それも特大のに舐められて全身が粟立ったらしい秋穂は、引き攣った顔をして硬直してしまった。あたしはそんな秋穂の額と自分の額をくっつけると、ゆっくりと口を開いた。

「あの子の母親は、他の誰でもない。あんたでしょ」

秋穂はピクリと身を縮めると、小さく震えながら言った。

「じゃあどうすればいいの。あの子になにかしてあげたいのに、なにもできないなんて」

俯いてしまった秋穂に頭を擦りつける。あたしは顔を上げた秋穂の目をまっすぐに見つめると、両の目を細めて言った。

「あたしが……夏織の友だちになってあげるわ」

驚きのあまりに目を見開いた秋穂に、ゆっくりと瞬きをしながら続ける。

「親でも兄妹でもない存在で一番近いのは友だちだもの。あたしがあの子の傍にいる。大丈夫よ、あたしはあやかし。人間と違ってお金に目が眩《くら》んだりしないわ」

言外に秋穂を裏切った人たちのことを匂わすと、秋穂は一瞬キョトンとして、それからすぐにまた泣き顔になった。そして、あたしの体毛に顔を埋めると弱々しい声で言った。

「……本当に?」

「嘘はつかないわ」

「絶対よ、約束して」

「約束する。あたしはあの子が死ぬまで傍にいるわ。不幸にならないように、いつだって陽だまりみたいな笑みを浮かべられるように見ていてあげる。だってあの子は――……」

そして、一瞬だけ言い淀むと、そっぽを向いて言った。

「友だちの大切な子どもだもの」

「……えっ？」

言いたいことを言い終わると、あたしは秋穂の首根っこを咥《くわ》え、自分の背に向かって勢いよく投げた。

「ひ、ひええっ！　な、なに。なんなの！」

あたしの背中に秋穂がしがみついたのを確認すると、問答無用で夜空に舞い上がる。

地面が遠ざかり、星が近づく。秋穂の匂《にんげん》いに誘われ集まって来た光る蝶を引き連れ、どんどん空を駆け上っていく。やがて、幽世の町の家々が米粒みたいに小さくなった頃、あたしはようやく昇るのをやめた。

「猫ちゃん？　ど、どこに行くの！」

「さあね？」

「叔父さんの旅館に戻るの……？」

怯えた声を出した秋穂に、あたしは悪戯っぽく笑って言った。

「あら、帰りたいの？」

すると秋穂は勢いよく首を振って否定した。

「夏織の無事も確認したし、人のお金を勝手に使い込んでいる奴の顔なんて見たくない」

そして、すうと深く息を吸うと、大きな声で叫んだ。

「これ以上、搾取されて堪るか！　私は奴隷じゃないんだ……!!」

「その意気よ」

あたしは笑みを浮かべると、南に進路を取って飛び始めた。

「ねえ秋穂。だったら、あんたも神隠しに遭っちゃいなさいよ」

「へ……？」

間抜けな声を上げた秋穂に、あたしは話を続ける。

「もう長くないのなら、それまであたしが付き合ってあげるわ。旅行、最近行ってないんでしょ。知らない場所、行ってみたくはない？　あたしが連れて行ってあげる。最期を看取ってもあげるわ。それで――」

あたしは一旦言葉を句切ると、少しだけ考えた。けれど、自分はあやかしだからとすぐに話を再開した。

「あんたの亡骸を食べてあげる」

「…………っ！」

秋穂が動揺しているのを知りつつも、あたしはしれっと続けた。

「知ってる？　あやかしが誰かを弔う時の方法はひとつしかない。その死を悲しみ、一緒に過ごした時間を思い返しながら、亡骸を自らの内に取り込むの。骨を、そして肉を喰らって、相手の想いを自身へと刻み込む。だから、食べてあげる。そうすればきっと……あんたの想いも、願いも——夏織の傍にいられる」

——断られるかしら。

一息で言い切って、ほんのり後悔の念を抱く。

この行為が、人間の感覚からすればありえないことくらいは知っている。聞こえのいい言葉を選んでみたものの、生理的に受け付けない可能性の方が高いだろう。そうなったらそうなったで仕方がない。あたしは自嘲気味に笑みを零すと、秋穂の反応を待った。

しかし、秋穂はあたしの予想を見事に裏切った。

忘れていた。そうだ、この女は——「変な女」だったのだ！

「さいっこうだわ！　それ！」

興奮気味に叫んだ秋穂は、あたしの首に力一杯抱きつくと言った。

「あの叔父夫婦には本当に頭に来てたのよ。あの調子じゃ、死亡保険金も搾取するつもりだったろうし。私、失踪《かみかくし》するわ。そうしたら七年間は死亡認定されないのよ、保険金だって下りないわ！　ざまあみろ！」

すると秋穂はあたしの身体をよじ登ってきた。そして頭の上まで来ると、顔に覆い被さるようにぶら下がる。危ないことをするなと文句を言おうと口を開きかけたその時、あたしの視界に入り込んだ秋穂はまるで太陽みたいな笑みを浮かべていた。

「私、このままじゃ誰にも死を悼まれないまま終わるところだった。猫ちゃん。あなたには助けられてばかりね。本当にありがとう――」

そして、また大粒の涙を零した。

冬の冷たい風に吹かれたその涙は、周囲を舞い飛ぶ幻光蝶の光を取り込み、そして幽世の赤い空を写し取って深紅に煌めく。それはまるで紅玉《ルビー》のよう。血と熱と――生命の輝きを内包した涙は、今まで見たどの涙よりも尊く輝き、そして風に乗って流れていった。

――ああ、ああ！　なんて。なんて綺麗なの……！

あたしは、瞬きする間その涙に見蕩れると、次の瞬間には笑みを浮かべた。

「礼には及ばないわ。さあ、行きましょう？　時間がないわ。秋穂の見たことがないものが、この世界には山ほどあるんだから」

「うん！」

ひゅう、と風を切って幽世の空を行く。空気を蹴り、星を、そして月を目指して跳ねる。そのたびに秋穂は笑顔になって、あたしは得意になってまた大きく飛んだ。

秋穂は眼下の光景を、そして自身に纏わり付く蝶をうっとりと眺めている。

「猫ちゃん。世界って綺麗で……とっても素敵ね！　いつか夏織にも見せてあげたい！」

「大丈夫よ、任せておいて。あたしが絶対に見せてあげるから」

すると秋穂は、少し浮かれた様子であたしに訊ねた。

「ねえ、猫ちゃん。そういえば、君の名前は？」

あたしは少しだけ考え込むと、自身の名を告げた。すると――。

「にゃあ！　なんて可愛い名前。短い間だろうけど、よろしく！　にゃあちゃん……！」

秋穂はそう言って、気持ち良さそうに空に浮かぶ月を眺めた。

寒い寒い冬の夜。あたしは猫だから、寒いのはまっぴらごめん。

だけどこの日ばかりは、その冷たさが驚くほどに心地よかった。

かけがえのない友と飛ぶ空は――まだ見ぬ景色に興奮して熱を持ったあたしたちを、ほどよく冷やしてくれたからだ。

＊　＊　＊

――ああ。夏織が泣いている。

母の迎えた結末を知って、あの頃よりは随分と大人しく感じる声で泣いている。

あの時、秋穂はなんて言っていたっけ。そうだ、自分がいないと駄目だとソワソワしていたんだった。今の夏織は、ひとりで泣き止むことができるのだろうか……。

母親が死んでいたことがショックだったのだろう。話を聞き終わると、夏織はおもむろにあたしを抱きしめて泣き始めた。母親についてある程度予感はしていたのだろうが、それでも事実として受け入れるのに時間を要しているようだ。

あたしは自分を包み込む温かな体温を感じながら、淡々と話を続けた。

「それからあたしは、秋穂と旅に出た。あちこち行ったわ。幽世も現し世も。秋穂の体調は決してよくはなかったけれど、限界まで旅はやめなかった」

その間、秋穂は自分のことを語ってくれた。

小さい頃の思い出。学生の頃に学んだこと。今好きなもの。昔好きだったもの。楽しかったこと。初めての恋。亡き夫との出会い。初めて夏織を抱っこした時のこと――。

それは秋穂の人生そのものだった。

温かくて、楽しくて、苦しくて、寂しくて、山あり谷ありの極々普通の人生。

きっとそれは、自分のことを夏織に遺したい一心からくるものだったのだと思う。

秋穂の言葉はすべて、夏織のためのものだ。

あたしは早々にそれに気がつくと、一言だって忘れまいと記憶に刻みつけた。

「秋穂、言ってたわ。いつか……夏織が大人になって、すべてを受け入れられる心の強さを持った時――自分のことを話して欲しいって」

あたしは苦い笑みを零すと、泣き続けている夏織に話しかけた。

「今まで黙っていてごめんなさいね。あたしがあなたから母親を奪ったの」

――よかれと思った。

これが正解なのだと、当時は考えていた。

けれど今になって、自分の判断は間違っていたのではないかとも思う。

夏織が、実の親のことを知らないと悩むなんて想像もしてなかった。

すべてあたしのせいだ。やっぱり、少しの間でも現し世へ戻すべきだった。そうしていれば、夏織の中に少しでも母親の記憶が遺っていたかもしれないのに。

あたしの感覚がもっと人間寄りだったなら、こんな失敗はしなかったのだろう。

やっぱり、どうあがいてもあたしはあやかし。そして夏織は人間だった。

「恨んでくれていいわ。嫌いになってもいいわ。それでも、夏織を見守るのはやめないけれど。悪いわね。友人との約束なのよ」

友との大事な約束。それを破るなんてことはできない。夏織にどう思われたとしても、あたしはこの子を最期まで見守る義務があるのだ。

あたしは夏織の腕から抜け出すと、部屋を出ようとした。あたしたちには時間が必要だと思ったからだ。けれど——すぐに後ろから抱きしめられて、動けなくなってしまった。

「……夏織？」

思わず声をかけると、泣いてばかりで無言だった夏織がようやく口を開いた。

「にゃ……さん。お母さんは……なんて言ってたの？」

「え？」

「お母さんは……最期、私になにか言葉を遺した？」

その瞬間、秋穂の最期の時を思い出して胸が苦しくなった。

秋穂の命はあれから数ヶ月と保《も》たなかった。春を待たずに命を散らした秋穂を、約束通りにあたしは食べたのだ。だから、あたしの中には今も秋穂の想いが眠っている。

あたしはその場に座ると、窓の外――冬空に浮かぶ大きな月を眺め、身体の底で穏やかな海のように揺蕩っている想いを解き放った。

「夏織」

死の間際――親友がなによりも大切な娘の名前を呼んだ時のように。優しく、ひとつひとつの単語に愛情を籠めて。寒々しい冬に春を呼び込む風のように言った。

「夏織……幸せになって」

脳裏には、秋穂の穏やかな死に顔が思い浮かんでいる。

まるで眠るように息を引き取った秋穂。出会った時とは比べものにならないほどに痩せてしまっていたけれど、最後の最後まで彼女は笑っていた。

「……どうか、誰よりも幸せに――」

多くは望まない。どうか満ち足りた人生を送って欲しい。

それは秋穂が最後に抱いた願い。そして――今のあたしの願いだった。

「そっか」

夏織はそれだけ言うと、洟を啜り、あたしを強く抱きしめて頬ずりした。

「ねえ、夏織。怒らないの？」

思わず訊ねると、夏織は一瞬だけ黙り込み、そして笑い混じりに言った。

「怒る必要がどこにあるの？　よくわからないな」

そして夏織は、泣いているような笑っているような複雑な表情を浮かべると、ぽろり、まるで宝石みたいに綺麗な涙を零して――こう言ったのだ。

「今の話でわかったのは、私がたくさんの人に愛されていたってことだけだよ」

その顔が、あまりにも秋穂にそっくりだったものだから。

「……夏織、幸せ？」

あたしは思わずこう訊ねた。すると、夏織は間を開けることなくすぐさま答えた。

「もちろん。間違いなく、幸せだよ」

「……そう」

あたしは尻尾をゆっくりと振ると、あの日秋穂と飛んだ時とそっくりな空を見上げて、なあんと一声鳴いた。

幕間　狐面の男はひとり酔いしれる

「——醜い」

ひゅうひゅうと肌を突き刺すほどの風に煽られながら、男はボソリと呟いた。

男がいるのは幽世の町を見下ろす火の見櫓《やぐら》の上だ。

今どき珍しい木製の櫓。半鐘が括り付けられた屋根の上に立って、男は往来に犇めくあやかしたちを見下ろしている。

その男は、この幽世に於いてはかなり奇妙な恰好をしていた。

身に纏っているのは、英国調のスリーピースのスーツ。細身の身体にぴったりと沿ったシルエットは、男の紳士然とした雰囲気を強調している。白髪が交じった長いくせ毛は、頭の後ろで紐で括られていた。肩に羽織った黒いコートは革製で、和風な建造物が建ち並ぶ幽世ではどこか浮いている。

そしてなによりも奇妙なのはその顔。佇まいから中年の男性なのだろうとは想像できるのだが、なにせ肝心の顔はあるもので覆われていて見ることができない。

——それは狐の面だ。

白地に糸のような目が描かれ、ところどころ朱色で文様が描かれている。面に描かれた狐の顔はまるで笑っているようで、どこかハレの日の雰囲気がある。

「醜い醜い醜い醜い……ああ、なにもかもが醜い。汚らしい。穢《けが》らわしい！」

けれども狐の面の表情とは裏腹に、男は眼下を歩いているだけのあやかしに暴言を投げ続けている。まるで親の敵にでもするように、執拗に、それでいて粘着質な声色であやかしを詰る姿は、男の異常な性質を露わにしているようだった。

「――だが」

しかし、あやかしたちの中にある人物を見つけた途端、男は見る間に上機嫌になった。

胸ポケットからスキレットを取り出し、仮面を僅かにずらして中身を呷る。

しゅう、と満足げに息を吐き出した男は、酒で濡れた口もとを拭い、まるで舞台俳優のように両手を広げて言った。

「醜いものの中だからこそ、美しく映えるものもある」

男の視線の先――そこには、往来に犇めくあやかしたちに揉まれながら進む、ふたりの人物の姿があった。ひとりは女性だ。肩の上に黒猫を乗せて、ゆるゆると頬を緩ませて歩いている。もうひとりは白髪の少年。腕に黒い犬を抱いて、何故か顔がほんのり赤い。

そのふたりは、その場にいるどのあやかしよりも目立っていた。

何故ならば、彼らの周りには眩い光を放つ蝶が集まっていたのだ。それは、彼らが人間であることのなによりの証。けれど、人間を好んで喰らうあやかしも多いこの世界で、誰もそのふたりを襲うことはない。

男からするとそれはどこまでも異様な光景だった。あやかしに理性なんてあるはずはなく、まるで血に飢えた獣のように人の血肉を啜る。高度な文明を持っておらず、いつまでも原始的な環境に身を置く彼らは、男からすれば下等な生物であったからだ。

ならば——どうしてあのふたりは、あやかしに襲われずに済んでいるのか？

「どういうことかな。どういうことだろうねえ。不思議だねえ……」

その場にしゃがみ込み、頬杖を突いた男は、まるで歌うように節をつけて呟いた。

その時、火の見櫓がぐらぐらと揺れた。同時に激しく揉み合うような音と、なにかの悲鳴。揺れのせいで僅かに体勢を崩した男は、身を乗り出して屋根の下を覗き込む。

「……いつまで私を待たせるつもりだ」

冷え切った声で男が告げると、途端に静まりかえった。

「申し訳ございません。ただちに」

すると、男とも女とも判断のつかない嗄《しわが》れた声が男へ返事をした。そして——。

ぐちゅり、ごきん。ごき……ごき、ごきん。ぐちゅり。

ともすれば耳を塞ぎたくなるほどに生々しい音が辺りに響く。しかし、男はなんとも思わないのか、眼下の喧噪も届かぬ上空に響くその音に、黙したまま耳を傾けている。

やがて——火の見櫓の中でなにかが動いた。

黒い粘着質な液体に塗《まみ》れた手が櫓の縁を掴む。力強く身体を持ち上げたそれは、次の瞬間にはたわわに実る乳房を星明かりの下へと曝け出した。

「いかがでしょう？　なかなかよい出来かと思いますが」

それは、上半身裸の女性だった。ぬばたまの髪が月光に艶めき、透き通るほどに白い裸体を彩っている。けれども上半身の艶めかしいほどの美しさとは裏腹に、その下半身は血まみれの着物で覆われていてどこか不気味だ。そしてしばらく俯いていた女は――翁《おきな》の面を着けた顔を男に向け、こてりと首を傾げた。

男はそんな女に一瞥もくれずに、スキレットに再び口をつけると冷たく言い放った。

「どうでもいい。早く行け」

「はっ」

いつものことなのか、あまりにも冷淡な態度に臆することもなく、女性は火の見櫓からその身を投げ出す。次の瞬間、大きな羽音が辺りに響き渡り、女性は一羽の鳥へと変じて空高く舞い上がった。やがて鳥の姿が闇に紛れて見えなくなると、男はぽつりと言った。

「……子はね、親の許しなしに勝手に独り立ちはできないものなんだよ」

そしてクックツと喉の奥で笑うと、蝶を侍《はべ》らせて歩くふたりの人間を、いつまでもいつまでも嬉しそうに目で追っていたのだった。

第四章　安《あ》達《だち》ヶ《が》原《はら》の母子

——にゃあさんから母の話を聞いた後、私はしばらくなにも手に付かなかった。

自分の母のことを知れた喜び。その境遇を可哀想に思う気持ち。育児に奮闘していた東雲さんのこと。にゃあさんが私のためにしてくれたこと。

そしてなによりも——母が抱いていた想い。

『夏織……幸せ？』

今まで、この問いを私は何度にゃあさんからされただろう。ただの口癖だと思っていたにゃあさんの問いかけに、母の想いが籠もっていたとは露ほども知らなかった。

それに——にゃあさんは、母の亡骸を食べたのだという。それがあやかし式の弔い方だとは知っていたけれど、身内がそうされたのだという事実は少し不思議な感じがした。

『……なあ、夏織。お前は自分の親を喰った相手を、赦せるか？』

それは水明と出会って間もない頃、彼に言われた言葉だ。

私が普通の人間だったなら、恐らく水明のように嫌悪感を抱いていたのだろう。けれど、幽世育ちの私は、にゃあさんが母をきちんと弔ってくれたことに感謝の念しか湧かなかった。やはり、私は普通の人間とは感覚がズレているようだ。

――ああ。私は、母に愛されていたんだなあ……。

長いこと胸に抱いていた疑問が晴れて、気が抜けてしまったのだろう。そのせいか、アルバイトに出かけることはあっても、家に引き籠もることが多くなってしまった。

私が長年抱いていた疑問……それは、母に捨てられたのではないかということだった。

東雲さんたちに見守られ、なに不自由なく育ってはきたものの、その疑問は常について回った。それこそ――生まれる前の赤ん坊に嫉妬する程度には。

誰かの誕生を素直に喜べないなんて、こんな寂しいことはない。だから、事実を教えてくれたにゃあさんには感謝している。同時に、親友であるにゃあさんに、ひとりの大人として認められたのだという感じがして嬉しくもあった。

けれど、肉親がもうこの世界にいないのだという事実。それを呑み込むには少々時間が必要だった。最低限のことだけをして、日がな一日庭を眺めてぼんやりする。なんとなくにゃあさんが恋しくて、ぴったりと横にくっついて座る。いつもは必要以上の接触を嫌がるにゃあさんも、私を気遣ってかなにも言わずに傍にいてくれた。

「秋穂は綿雪が好きだって言ってたわ。美味しそうだからって」

「なあに、それ」

時たま、にゃあさんが語る母の思い出に胸を温かくしながら、親友と雪を眺めて過ごす。

それはいつもと同じようで、まるで違う冬だったと思う。

そうこうしているうちに、あっという間に新年がやってきた。

冬の間眠りに落ちていた幽世は、この時ばかりは息を吹き返す。新しい年を祝うために、町に暮らすあやかしたちがささやかな祭りを催すのだ。

笛を吹き、太鼓を打ち鳴らし、甘酒やお菓子、団子を振る舞う。冬籠もりしていた間に見た夢の話をしたり、春が恋しいと笑い合ったり……幽世の新年はとても穏やかだ。

いつもなら、にゃあさんと一緒に祭りへ出かけていた。けれど、今年に限ってはそんな気になれなかったので、家で過ごそうかと思っていたのだけれど……。

「なあ、夏織。俺と出かけないか」

なんと、新年の挨拶にやってきた水明に、町へ繰り出そうと誘われてしまった。

驚きのあまりにすぐに返事ができないでいると、水明は顔を背けたまま話を続ける。

「最近、元気がないみたいじゃないか。気晴らしにどうだ」

「……心配、してくれたんだ？」

「眠りに来るたびに、毎度毎度暗い雰囲気だったから、迷惑しているだけだ」

——素直じゃないなあ。

相変わらずな水明に、思わず笑みを零す。

すると、水明は耳まで真っ赤になって私に背を向けてしまった。

——う。なんだかドキドキしてきた。

そうだ、そうだった。私は水明に恋をしているのだ。

好きな人がしてくれた気遣いが嬉しくて、まるで羽が生えたみたいに身体が軽くなる。なんて現金なのだろう。さっきまでどんより沈んでいた癖に。

その時、ふと母のことを思い出した。

私の父は、にゃあさんが母と出会う前に亡くなっていたらしい。結婚する前——両親がお付き合いをしていた時、母もこういう風にときめいたりしたのだろうか？

——そういう話もしてみたかったな。

途端に気持ちが萎んできて肩を落としていると、突然、水明が私の顔を覗き込んできた。何事かと上目遣いで見つめると、水明はどこかムッツリとした顔で言った。

「俺と出かけるのがそんなに嫌か」

どうやら、なかなか承諾しないことに痺れを切らしたらしい。不満顔の水明に、私は勢いよく首を振って否定した。

「ちっ……違う！　これは違うから！」

「じゃあ、早く支度しろ。外でクロが待ってる」

「うん。ちょっと待ってて」

慌ててコートを取りに行き、ついでに居間の横にある東雲さんの部屋を覗き込む。すると一升瓶を抱えて酔っ払っている養父の姿が見えて、私は堪らずため息を零した。

「これから水明と出かけてくるから！」

「あ!?　ああ……にゃあと一緒に行けよ」

 やや呂律が回っていない東雲さんをジロリと睨みつける。

「飲みすぎたら駄目だからね。玉樹さんが原稿を取りに来るかもって言ってたし」

「……ぶっ！」

途端に咽せてしまった東雲さんに、笑顔と共に「嘘だよ！」と言い残して玄関に向かう。

玄関で靴を履いていると、にゃあさんがひらりと肩に乗ってきた。

「お、寒いのに素直に来てくれるんだ。珍しい」

「抵抗することすら面倒になっただけよ」

笑いながら貸本屋を出ると、賑やかな音が耳に飛び込んできて足を止めた。

陽気な笛の音《ね》、太鼓を叩く音、笑顔で行き交うあやかしたち。秋以来の光景に懐かしさを覚えて――不意にまた胸が苦しくなった。

母がにゃあさんに私を託さなければ、この風景を見ることは叶わなかったのだ。

もしも私が、現し世で暮らすことになっていたら――今、この目に映っている光景は、きっと全然違うものになっていたに違いない。

まだ自分ではなにもできない幼子。その運命は、誰かの手に委ねられている。

一番最初は母、そしてにゃあさんに東雲さん、ナナシ……。

誰かが私の手を離していたら、別の結末に至っていたかもしれないのだ。

成長した私が、今ここ《こと》で幸せに暮らしてること自体、誰も見捨てずにいてくれた結果。

実はそれって、すごい奇跡なんじゃないだろうか――。

「夏織？　どうしたの？」

物思いに耽っていると、にゃあさんが私の顔を覗き込んできた。どこか心配そうな親友に、慌てて滲んだ涙を拭う。

「なんでもないよ。冬はどうも考えすぎて駄目だね。早く春が来ないかな……」

私は小さく笑みを零すと、外で待ってくれていた水明に声をかけた。すると、彼の足もとにいたクロが嬉しそうに尻尾を振った。

「ねえねえ、あっちに屋台が出てた！」

「なんの？」

「焼きそば！」

その瞬間、香ばしいソースの匂いが脳裏に蘇ってきて堪らなくなる。

「いいね、食べに行こう！　私、大盛り。紅ショウガ増しで〜！」

「オイラ、お肉多めがいいなあ！」

「まったく……食い意地だけは立派よね、あんたたち」

「お昼ご飯まだだから。別にいいでしょ？」

「太っても知らないわよ……」

にゃあさんといつもの調子でやり合っていると、水明がじっと私を見つめているのに気がついた。首を傾げると、彼はうっすらと目を細めて言った。

「少しは元気になったみたいだな？」

「うん。水明が誘ってくれたおかげ」

私ひとりだったら、気持ちを切り替えるのにもう少し時間がかかっていたかもしれない。多分……いや、きっとこれからも、ふとした瞬間に母を思い出して気持ちが沈むのだろう。知ってしまった以上は避けられないことだ。母のことを知る前の私にはどうあがいたって戻れない。気持ちを切り替えて早く前へ進むべき。そんなこと、誰にだってわかることで……でも、弱虫な私はその一歩を踏み出すのを躊躇していた。

水明は、そんな私の背を押してくれたのだ。

――ああ、やっぱり好きだな。

閉じ籠もっていた家から出ただけ。端から見たら、きっとたいしたことじゃないだろう。けれど、そういう小さなきっかけをくれる相手というのは、なかなか貴重なもので、それが想いを寄せている相手だというだけで、とても尊いもののように思える。

「……ありがと」

感謝の気持ちを籠めて微笑むと、水明は私に背中を向けてしまった。クロを抱き上げて、片手を差し出す。その手をどうすればいいのかわからず戸惑っていると、背中を向けたままの水明が言った。

「屋台の方はあやかしたちでごった返してた。はぐれたら面倒だ」

つまりは手を繋げ、ということらしい。

「……！」

私は頬が熱くなるのを感じながら、そっと水明の手を掴んだ。水明の後ろを歩きながら、頬が緩むのを止められずニヤける。私は首に巻いたマフラーを口もとまで引き上げると、黙々と歩く水明の後ろ姿を見つめた。

――お母さん。私は元気だよ。楽しいよ。恋もしてる。嬉しいことがいっぱいだよ。お母さんがいないのは寂しいけれど、精一杯生きてるよ。

……だから、見守っていて欲しい。

そんなことを思いながら、私は新年に沸いている幽世の町を歩いて行った。

＊　＊　＊

それから焼きそばを食べて、甘酒を飲んだ。久しぶりに会ったご近所さんと立ち話をしたり、道ばたで演奏しているあやかしたちを眺めたりしていると――ある場所に人だかりができているのを見つけた。

「なんだろう？」

「行ってみるか？」

水明たちと連れ立って、あやかしたちの合間を縫って進む。すると、人混みの中に見慣れた顔を見つけて声をかけた。

「お豊さん！」

「あら、夏織ちゃん。明けましておめでとう」

そこにいたのはお隣に住む鬼女、お豊さんだった。新年らしく松竹梅の着物を着ていて、華やかな出で立ちをしている。そのお腹は前回会った時よりも大きく前にせり出していて、少し動きづらそうだった。

「明けましておめでとうございます！　お豊さん、人混み大丈夫？」

「平気よ、ありがとう。それより、夏織ちゃん。見てみて！」

お豊さんは興奮気味にある場所を指さした。背伸びしてその場所を覗き込む。

そこは人だかりの中心部だった。民家の壁を背に、誰かが座っているのが見える。

――べべん。べんべんべん……。

琵琶《びわ》の音色が聞こえる。演奏しているのは、編み笠を被った縦縞の着物を着た女性だ。隣に竹かごを置き、琵琶の弦を調子よく掻き鳴らしている。旅装のまま演奏しているようで、お世辞にも綺麗とは言えない恰好だが、琵琶の音には目を見張るものがあった。演奏は巧みで、琵琶が醸し出す心地よい低音にうっとりと聞き惚れていると――その人の顔が見えた。編み笠の下にあったのは牛の顔だ。

「牛頭《ごず》……？」

「いいえ、地獄の獄卒じゃなくて牛女《うしおんな》みたいよ。それよりもほら、牛女の隣！」

「ええ……？」

お豊さんは余程興奮しているのか、私の肩を何度も叩いた。何事かと怪訝に思っていると、周囲のあやかしたちが熱心に竹かごを見つめているのに気がついた。どうやら、こんなにもあやかしたちが集まっている理由は、あの竹かごにあるらしい。

腕で抱えられるほどのサイズのそれは、猫ちぐらと呼ばれるものによく似ていた。ドーム状になっていて、中が空洞。ふかふかのクッションが敷かれているのが見える。しかし、その中に入っていたのは猫などではない。小さな小さなあやかしだった。

「……！　あれって、件《くだん》!?」

驚きのあまりに声を上げると、お豊さんが大きく頷いた。

件とは、身体は牛だが顔は人間という面妖な風貌をしたあやかしだ。

中国、四国、九州などに伝わるあやかしで、天変地異や戦争など社会が大きく動く時に姿を現すと言われている。生まれ落ちてすぐ死んでしまうのが特徴で、その際に予言を遺すのだそうだ。そしてその予言は——必ず当たる。

「……不吉だな」

すると、いつの間にか隣に立っていた水明が低い声で言った。その腕に抱かれたクロも、どこか不安そうな顔をしている。確かに、件の遺す予言は不吉なものも多い。かつて現し世では、疫病の流行や世界大戦、終戦をも予言したと言われている。

すると、お豊さんがそんなふたりを見て笑った。

「まあ！　不吉だなんて。現し世に長く住むとそう思うのかもね。でも件は、元々吉兆を予言するあやかしとして知られていたのよ？」

件の絵姿は、天保の大飢饉の頃には魔除けになるといって人気だったらしい。

天保七年の瓦版にも「大豊作を志らす件と云《いう》獣なり（中略）此絵図を張置バ、家内はんしゃうて厄病をうけず、一切の禍《わざわい》をまぬがれ大豊作となり誠にめで度《たき》獣なり」とあった。

そういった風潮は昭和の時代になると廃れ、その後は不吉な予言をする部分だけが強調されていったようだ。だから水明たちは不吉だと思ったのだろう。しかし幽世では、今も件は吉兆だった。なにせ、停滞と緩やかな変化を象徴するような幽世では、滅多に大きな災害や厄災などは起こらない。結果、件が遺す予言は必然的によいものばかり。件の出現は、紛れもなくよい兆しなのだ。

そう説明すると、水明はやや呆れたように肩を竦めた。

「なんだその理由は。今まではそうだったというだけじゃないのか？　これから災害が起こるかもしれないだろうが」

すると、私の肩に乗っていたにゃあさんが鼻で笑った。

「あら、水明って意外と肝が小さいのかしら」

「……甘い考えだと指摘したまでのことだ。それに、すぐに死ぬ生き物をありがたがること自体、俺には理解できない」

「別にいいじゃない。魂は回っている。死んでもそのうち戻ってくるんだから」

にゃあさんと水明は、静かに火花を散らして睨み合っている。

諍いの原因は、人間とあやかしの死生観のようだ。それらは同じようでまるで違う。

人にとって生とは一回きりのもので、死……それすなわち終わりだ。輪廻転生などの考えはあるものの、それはあくまで虚構のことだと思っている。

けれど、あやかしにとっては違う。にゃあさんが言う通りに、魂は回りまわって戻ってくるものだ。死は終わりではなく旅立ち。あやかしは、魂が戻ってくるまで待てるのだ。悠久の時を生きる存在だからこそ、持てる価値観だとも言える。

にゃあさんはクスクスと笑うと、ちろりと水明を横目で見ながら言った。

「やあね、現し世育ちはでりけえとで」

「お前も元々は現し世で生まれたんじゃないのか？」

「そんな昔のこと、忘れちゃったわ」

ふたりのやり取りを聞きながら、竹かごの中で丸くなっている件を見つめる。

件の顔は、生まれたての赤ん坊そのものだった。しかし伝承通りに身体は仔牛だ。今は眠っているらしく、柔らかそうなクッションの上で心地よさそうに寝息を立てている。

件は吉兆であるとは知っていたものの、幽世でも滅多に現れるものではなく、私も初めて見る。なにを予言してくれるのだろう。期待に胸が高鳴る。

「うちの子が生まれるこの年に件が現れるなんて。縁起がいいわね」

お豊さんも私と同じ気持ちらしい。愛おしそうにお腹を摩った。

――べべん！

その瞬間、琵琶が一際大きな音を鳴らした。

しん、と辺りが静まりかえり、集まっていたあやかしたちの注目が竹かごに集まる。

「新年を無事に迎えましたるこのめでたき日。件が幽世へ現れたことはご覧の通り。さてさて件が遺す言葉は吉兆か、はたまた凶兆か――」

――べべん！

「この牛女にもわかりかねます。さあ、生まれ落ちたるばかりの幼子が、その命と引き換えに遺す予言。みなさま、一言も聞き漏らさぬよう……とくとご覧じろ」

牛女はそう言うと、琵琶を置いて頭《こうべ》を垂れた。まるで、舞台の一場面でも見ているような雰囲気に呑まれ、息をするのも忘れて見守る。

すると、竹かごの中で眠っていた件が小さく声を漏らした。

誰も彼もが息を呑んで見守っている。寝ぼけているのか、件はなかなか言葉を発しようとはしない。一言も聞き漏らさぬようにという牛女の言葉のせいか、そこにいる誰もが全神経を件の一挙一動に集中させた――その時だ。

どさり、と大きな音がした。民家の軒先にある松の木から、積もっていた雪が滑り落ちたのだ。その下には、件の様子を見守っていたあやかしがいた。

「ひゃあ！」

なんとも間抜けな声を上げて、背中に雪が入ったのか大騒ぎして飛び跳ねる。直前まで気を張っていたせいか、途端にわっと笑いが沸き起こった。

「ああもう、台なし！」

「俺の緊張を返せよ！」

野次が飛び交う中、雪の直撃を受けたあやかしが照れ笑いを浮かべている。周囲のみんながが顔を綻ばせ、件から意識が逸れた次の瞬間――。

「……幽世の冬は明けない」

件が口を開いた。

――しん、と辺りが静まりかえる。誰もがギョッとしたように顔を引き攣らせ、動きを止めたまま顔だけを件へ向ける。そして件の瞳を見た瞬間、悲鳴を呑み込んだ。

生まれたばかりの赤ん坊の顔、その両の瞳の中には宇宙が広がっていた。

白目どころか眼球すらない。眼窩《がんか》の向こうには数多の星々が煌めく無限の空間。件は瞳を三日月形に歪めると、まだ乳を吸うことしか知らなそうな口を滑らかに動かした。

「どんなに時が経とうとも、暖かな風は吹かない。麗らかな季節を焦がれても、蕾《つぼみ》は堅く締まったまま。水は凍りつき、流れることはない。幼子は死に、母の目から零れるは血の涙。赤い涙は心を忘れさせ、寒さに耐えかねたあやかし共は現し世へ溢れ出す」

そしてぐるん、とその首を巡らせる。底が知れないその瞳。それとばっちり目が合った気がして、あまりの恐ろしさに悲鳴を上げそうになった。

「春が欲しくば、子を産むことだ。子は世界を言祝《ことほ》ぎ、幽世へ暖かな風を呼び込む。混ざり物の咎を祓うは幽世へ落ちた子ら。子はたやすくは生まれぬ。憎き母を赦し、子を慈しみ、子のために助け合わねば――」

すると、件は幼い身体を竹かごから乗り出した。のそり、のそりと緩慢な動きで、踏み固められた雪の上を歩き、集まった群衆をぐるりと見回して言った。

「——子は死に、亡骸は幽世へ冬を留め置く。春を呼び込めあやかし共。さもなくば、幽世の終わりは近い」

そして——それだけを言い遺すと、ゆっくりとその場に横たわった。規則的に上下に動いていた腹部は徐々にその動きを緩慢にしていき、やがて止まる。件の命が尽きたのだ。

「……ああ……」

すると、お豊さんは苦しげな声を上げた。そして、息絶えた件から目を逸らすと——大きなお腹を抱きしめて、さめざめと泣き始めたのだった。

＊　＊　＊

件の予言が終わると、集まっていたあやかしたちは、まるで蜘蛛の子を散らすように去って行った。そんな中、私たちは泣いているお豊さんを連れて貸本屋へと戻った。

「この人の旦那さんは?」

「今、仕事中らしいの。にゃあさんに報せに行って貰った」

居間の火鉢の傍へお豊さんを座らせ、水明と小声で話し合う。

先ほどまで酔っ払っていた東雲さんも、件の予言の話を聞かせると、途端に酔いが醒めたらしく、どこか神妙な顔をしていた。

「聞いたわよ！　とんでもない予言がされたって」

するとそこに、ナナシがやってきた。毛皮のコートをそこら辺に放り投げ、俯いている
お豊さんへ寄り添ってやる。

「大丈夫よ。解決策も提示されたらしいじゃない」

「でも……でも……」

「落ち着いて。お母さんが泣いていたら、お腹の子も哀しくなっちゃうわ？」

「はい……」

ナナシが優しく背中を撫でてあげると、お豊さんは不安を堪えるように口を引き結んだ。

目もとを和らげたナナシは、けれど少し困った様子で私たちに言った。

「春を呼び込むには子を産め、って件は言っていたらしいわね？　幽世で、この冬に出産
予定のあやかしって、今どれくらいいるのかしら……」

「ホッホ、それほど多くはないのう」

すると突然、嗄れた老人の声が割り込んできた。

驚いて声がした方へ視線を遣ると、いつの間にか銀髪の美少女がお茶を飲んでいた。辺
りにふわふわと半透明の海月《くらげ》を侍らせ、レースの付いたゴシックなドレスを身に纏った少
女は、驚いている私に気がつくと「邪魔をしている」と笑みを浮かべた。

「ぬらりひょんか」

驚いている私を余所に、東雲さんは冷静に相手の正体を看破した。私はその美少女の正体に思い至ると、ホッと胸を撫で下ろした。

「いつも唐突なんですから……今日は美少女ですか。びっくりさせないでくださいよ」

「すまぬ、すまぬ。驚いた顔を見るのが好きでなあ」

「悪趣味ですってば……」

私ががっくりと肩を落とすと、ぬらりひょんは呵々《かか》と笑った。

ぬらりひょんの姿は、鳥山石燕の『画図百鬼夜行』にも描かれている。後頭部が長く、高価そうな着物を纏い、駕籠《かご》から降りてどこぞの家に上がり込もうとしている絵だ。他にも『化物づくし』や『百怪図巻』などにも描かれているが、そのどれにも解説は載っておらず、詳しくは語られていない謎多きあやかし、それがぬらりひょん。

私が知るぬらりひょんは、あやかしの総大将。会うたびに姿が変わる不思議なあやかしで、うちの店の常連客だ。気がつくと、さも当たり前のようにみんなに交じって談笑していることが多く、誰からも慕われ、誰よりも物知りなあやかしだったりする。

「話は戻るが……そもそも、巣ごもりをするようなあやかしは、既に子を産んでいるものが大半でのう。今から産もうなどと考えているのは、町に棲むあやかしくらいなもの。あやかし長屋にふたり、大通りにふたり。ま、これくらいじゃろう」

音を立ててお茶を啜ったぬらりひょんは、ほうと長く息を吐いた。

「幸いなことに、犬やら猫やら安産で多産なあやかしが多い。遠近に、現し世の医師の手配を頼んである。子を産むのは決して容易なことではない……が、万全を期せば哀しい結末は避けられるじゃろう。こればかりは、現し世の医療の進化に感謝じゃな」

朗らかに笑うぬらりひょんに、僅かに眉を顰めた水明が訊ねた。

「あやかしだぞ？　それを人間の医師に診せるってのか……？」

「坊主、心配はいらぬよ。お主が思っている以上に、現し世と幽世は近いのだ。医師になったあやかしもいれば、あやかしに好意的な人間の医師もいる。なあに、任せておけ。人とあやかしを繋ぐのも、総大将の役目よ」

ぬらりひょんは、とんと薄い胸を拳で叩くと、炬燵の上にあったみかんに手を付けた。のんびりとした様子のぬらりひょんに安堵の息を漏らす。総大将がこういう態度でいる以上は、状況はあまり悪くないのではないかと思ったのだ。

しかしそんな私の甘い考えは、すぐさま本人が打ち破った。

「問題はお主じゃな、お豊。母親とはまだ疎遠のままか」

「…………」

ぬらりひょんの言葉に、お豊さんは黙りこくったままだ。

『憎き母を赦し、子を慈しみ、子のために助け合わねば――子は死に、亡骸は幽世へ冬を留め置く』

件の言葉を思い出してゾッとする。

あの言葉はお豊さんの子のことだったのだろうか？　お豊さんはぐっと拳を握りしめる

と、のんびりとみかんの筋を取っているぬらりひょんを睨みつけた。

「――赦せると思いますか。膨らんだ私の腹から、わが子を引きずり出した実母を」

「簡単には無理じゃろうなあ」

衝撃的なお豊さんの言葉に、ぬらりひょんはクックツと笑うと――どこか達観したような表情で告げた。

「しかし、あれからどれほど時間が経っていると思っている。赦せぬ気持ちは理解できるが、足踏みばかりしているのは疲れるじゃろう？」

そしてみかんを口に放り投げると、きゅっと顔を顰めた。

「おお、酸っぱい。お豊よ。子が生まれるまで、まだしばしある。それまで考えるといい。ひとりで抱え込むなよ。件の予言にあった子とは、他の誰かの子の可能性もあるのだ」

そして私たちを指さすと、まるで本物の美少女のように綺麗な笑みを浮かべて言った。

「静かな冬は、誰かと語るのに最も適しておる。不安な心は出産にも差し障るだろう。幸い、幽世はお人好しに事欠かない。誰かと共に穏やかに過ごせ。それが儂《わし》の願いだ」


「妻がお世話になりました」

「なにかあったら、すぐに言ってください」

「はい。いつもありがとうございます」

迎えに来た旦那さんにお豊さんを預け、私たちは居間へと戻った。無事に役目を果たし戻ってきたにゃあさんを労いつつ、お茶を用意する。

「……お豊さんが、そんな事情を抱えているだなんて知らなかった」

思わずぽつりと零すと、ナナシと東雲さんは酷く苦そうな表情を浮かべた。

「人間からあやかしに堕ちたもんは、なにかしら抱えてるもんさ」

「アタシは知ってたけどね。でも……もうとっくに解決したものだと思ってたわ。だから子どもが生まれるって聞いた時、もう大丈夫なのねって安心したのに」

ため息を零しているナナシに、私は恐る恐る訊ねた。

「ナナシ、お豊さんの事情って……聞いてもいい？」

私の言葉に、ナナシは一瞬だけ目を泳がせ、助けを求めるようにぬらりひょんへ視線を向ける。すると、ぬらりひょんは三個目のみかんに手を付けながら「別によかろう」と大様に頷いた。

「……わかったわ。有名な話だもの。そのうち耳にも入るでしょうし」

深く息を吐いたナナシは、瞼を伏せると、静かな口調で語り始めた。

それはあまりにも哀しい物語。鬼になってしまった母と、殺されてしまった娘の——誰も救われない話だ。

「昔、京都《きょうと》のとある公家屋敷に、岩手《いわて》という女性が奉公していたそうよ」

岩手は環《たまき》の宮という姫の乳母をしていた。しかし、その姫は不治の病を患っていて、たいそう心を痛めていたそうだ。ある日、どんな医者に診せてもよくならない姫の病を治そうと、岩手は治療薬を求めて旅立った。幼いわが子を残し、西へ東へ。すると……姫の病には胎児の生き肝が効くという噂が耳に入った。岩手は、それを手に入れるために、安達ヶ原の岩屋に住み着き、妊婦の旅人が通るのを待った。

「……とんでもない噂を信じたものだな。そんなもの効く訳がない」

ため息を零した水明に、ナナシはゆっくりと首を横に振った。

「平安時代の歌人、平兼盛《たいらのかねもり》が『みちのくの　安達ヶ原の黒塚に　鬼こもれりと　きくはまことか』って詠っているくらいだから、それより前のことよ。今みたいに医療も発達していなかったでしょうし、胎児の肝なんて滅多に手に入らないものじゃないと、不治の病には効かないと信じてしまったのかもしれないわね」

──どれだけ追い詰められたら、胎児の肝を手に入れようと思うのだろう。

不治の病の姫を助けるためとは言え、岩手という女性は、鬼へ堕ちてしまう前に、既に心は人ならざるものへと変わり果てていたのかもしれない。

「岩手は妊婦が通るのをずっと待っていた。すると──ある日のこと。一組の夫婦が岩屋へ一晩の宿を借りにやってきたの。奥さんは妊娠していた。岩手は喜んで夫婦を泊めたわ。それで──夫が席を外した隙に奥さんを吊して……腹を裂いたの」

「……う……」

あまりのことに吐き気を覚える。すると、水明が私の背中を摩ってくれた。

ナナシは視線を床に落とすと、青ざめた顔で話を進めた。

「胎児を引きずり出し、肝を抜いた時に、岩手はあることに気がついたわ。殺した奥さんの荷物に……旅立つ前に、わが子に授けたお守りが入っていたことに。その女性は、岩手が京都に置いてきた娘だったのよ」

娘を殺し、孫をも殺した。その事実に気がついた岩手は気が触れてしまった。

「岩手はそれをきっかけに鬼に成り果てた。旅人を次々に手にかけて、生き肝を喰らう鬼婆になってしまった。最期は旅の僧に討たれて死んでしまったとか、罪を悔いて自身も出家して高僧になったとか……色々言われているけれどね」

そこまで話し終わると、ナナシは黙り込んでしまった。

恐らく、その殺された娘がお豊さんなのだ。お豊さんは、実の母親に腹の子共々殺されたことが無念でならなかった。そのせいで、鬼となってしまったのだろう。

「ねえ、ナナシ」

すると、今まで水明の傍で黙って話を聞いていたクロが声を上げた。いつもよりも潤んでいるように見える瞳で、じっとナナシを見上げている。

「病気だったお姫様はどうなったの？」

クロの問いかけに、ナナシはゆっくりと首を横に振った。

「伝承に残っている以上のことは知らないわ。でも……岩手が、姫のもとへ薬を持ち帰ることは叶わなかった。それは確かよ」

結局は……誰も幸せになれなかった。そういうことなのだろう。

「哀しすぎるよ……なんでこうなっちゃったの。どうして」

クロはポロポロと大粒の涙を零した。尖った耳はぺたんと下がり、尻尾は不安そうにゆらゆら揺れている。水明はクロを抱き上げ、背中を撫でてやりながら言った。

「すべては善意から始まったんだ。なのに胎児の生き肝なんて、そんな噂を信じたばっかりに……救われないな」

——大切な姫のために娘と孫を殺した岩手。実の母にすべてを奪われたお豊さん。

このふたりが仲直りする可能性なんてあるのだろうか……？

胸が痛い。思わず眉を顰めていると、東雲さんがボソリと言った。

「なにはともあれ俺たちにできることは、子が生まれるまで支えてやることだけだ。これぱっかりは、自分の中で決着をつけるしかねえ」

「そうだね」

ふと窓の外へ視線を向ける。するとそこに見えた景色に、ため息をひとつ零した。

あれからまた雪が降り始めている。空から絶え間なく降り続ける雪は、すべてを白く染め、新年に浮かれていた幽世へまた静けさを呼び戻す。

『幽世の冬は明けない』

件が告げた不気味な予言。件の予言は必ず当たるという。

私は両腕で自分を抱きしめると——麗らかな春の日を心から恋しく思った。

＊　＊　＊

冬は明けない。まるでその予言を証明するかのように、連日綿々と雪が降り続けた。放っておくと、家の窓が雪で埋まってしまいそうになるほどだ。いつもならダラダラと日がな一日過ごす東雲さんも、この時期ばかりは雪かきに精を出していた。

臨月を控えたお豊さんのお腹は、日に日に大きくなっていった。

隣家には、毎日誰かしらが訪問していた。菓子屋ののっぺらぼうの奥さんなんかは、精がつくようにと色々と差し入れしていたようだ。時折、貰いすぎたのだとお豊さんはうちへお裾分けに来てくれた。

私もナナシと一緒に、お豊さんの家に度々お邪魔させて貰った。おしめやおくるみ、靴下なんかを一緒に作るためだ。先生役はもちろんナナシ。薬屋として普段からいろんなあやかしと接している彼は、赤ちゃんの世話も一流なのだという。

「おしめはいくらあっても足りないいくらいだわ。たくさん作っておきましょうね。きっと春頃には、庭におしめのカーテンができるわよ」

「本当に!?　た、大変だわ……」

「大丈夫よ。アタシも手伝うし、近所の奥さん方も、可愛い赤ちゃんの面倒を見たくて、手ぐすね引いて待ってるのよ?」

話をしながら、ナナシは手を止めることなくおしめを縫っている。その手付きは見事で、みるみるうちにおしめが一枚完成した。それに比べ、私のおしめになるはずだった布の出来は悲惨の一言だった。ああ、不器用な自分が恨めしい……。

するすると、私と同じようにおしめに苦戦していたお豊さんが呟いた。

「なんというか……ありがたいけれど、本当にいいのかしら？」

「お互い様でしょう？　今度、どこかで赤ん坊が生まれた時に、お豊ちゃんが助けてあげたらいいんだわ。今までみんな、そうやってきたんだもの。心配しなくても平気よ」

お豊さんは、どこかソワソワした様子でお腹を撫でると、はにかみ笑いを浮かべた。

「そうね。そうよね。なにも心配することなんてないんだわ……」

一見すると、お豊さんは件の予言に関して特に気にしていないように見えた。

遠近さんの手配してくれた医師にも診て貰ったらしい。医師によると、産んでみなければわからないことも多いが、今のところ胎内の子に異常は見つけられなかったそうだ。

それは大変喜ばしいことだ。けれど――。

「母のことなんて関係ない。私はひとりでも子どもを産めるもの」

ふとした瞬間に零すお豊さんの言葉に、私は胸がざわついて仕方がなかった。

万が一にでも、お豊さんの子が予言の子だったら――。

しかし、私たちにできることはあまりにも少ない。傍にいることしかできない自分をもどかしく思いながらも、出産に向けて着実に準備を進めていった。

それからの二ヶ月はあっという間だった。気がつけば臨月だ。

——お母さんとのことは、どうなったのだろう？

疑問を抱きつつも、私は直接事情を聞くことができずにいた。

他人の事情に土足で踏み込むのは、とても失礼なことだ。お豊さんとは、今まで仲良くしてきたつもりだったけれど、それはあくまで隣人として。気の置けない友人ならばともかく、私なんかが口を出していいものかわからない。

そうしている間にも、お豊さん以外のあやかしの妊婦たちは続々と出産を終えた。

冬の幽世がほんの少しだけ賑やかになり——しかし三月に入ってもなお、ちっとも春の気配がしないことに、誰もが不安な心を抱えていた……そんなある日のこと。

強風に家が煽られ、カタカタとガラス戸が震える音がする。落雪でガラスが割れないようにと板で窓を覆ってはいるものの、隙間から吹き込んでくる風で盛大に揺れて、どこか不安が募るような……そんな夜。誰かが、わが家の玄関の戸を叩いた。

「お裾分けに来たのだけれど」

猛吹雪の中、お豊さんがやってきたのだ。

急いで家の中へ招き入れる。こんな日に、臨月の妊婦が出歩くなんて危険すぎる。

「どうしたの？　なにかあったの？　顔色が……」

「体調が悪い訳じゃないのよ。心配しないで。またたくさん頂いちゃって」

お豊さんが差し出したのは、お肉が入った包みだ。お裾分けを貰えるのはありがたかったが、それよりもお豊さんの思い詰めたような表情が気になった。

「旦那さんはお家にいるの？」

「今日は夜勤なのよ。明日のお昼には帰ってくるわ」

その瞬間、一際強く風が吹いた。ガタン！　と大きな音がして家が震える。すると、お豊さんは私にしがみついてきた。小さく震え、俯いて堅く目を瞑っている。

風の唸る音が、まるで怨霊の声のようだ。こんな日にひとりでいるのは不安なのだろう。

私はお豊さんの背中に手を回すと、優しく撫でてやりながら言った。

「びっくりしちゃったね。お豊さん、よかったら今晩はうちに泊まらない？」

すると、お豊さんはハッとしたように顔を上げると、涙で濡れた顔でコクコクと頷いた。

「……頼ってくれてありがとう」

私が笑顔で言うと、お豊さんはふるりと大きく震え――小さく洟を啜った。


外の猛吹雪は一向に止む気配を見せない。そんな中、お豊さんと夕食を一緒に作って食べ、お風呂も入った。私の部屋に布団を二組敷いて並んで眠る。

「お豊さん、寒くない？　お布団、もう一枚いる？」

「大丈夫よ、ありがとう。夏織ちゃん」

「寒かったらにゃあさんを貸すからね。湯たんぽ代わりに」

「ちょっと。あたしの扱いが雑すぎないかしら」

クスクス笑いながら、眠るまでの束の間の時間を過ごす。相変わらず外は大荒れで、ガラスが震える音に驚きはするけれども、三人でいるせいかちっとも怖くない。

「本当に助かったわ、夏織ちゃん。すごくすごく不安だったの。こんな日に、万が一にでも産気づいたらって……。ただでさえ、件の予言があったでしょう？」

「そうだよね。確かに不安になるよね……」

「──それに、最近誰かに見られている感じがして……怖かったの」

「……え？」

思わず起き上がると、お豊さんは少し困ったような顔をして笑った。

「出産を控えて神経質になっているだけだと思うわ。視線を感じても、すぐに消えちゃうの。だからきっと私の思い違い」

「なら、いいんだけど……」

脱力して、そのまま横になる。私のお腹の横で丸くなっているにゃあさんを撫でながら、じっとお豊さんを見つめる。

「不安なことがあったら、すぐに言ってね？　なにがあるかわからないじゃない？」

「ありがとう。そう言ってくれると心強い」

すると突然、お豊さんはまっすぐに私を見つめた。薄闇の中で目が合うと少しドキドキする。思わず視線を泳がせると、おもむろにお豊さんが口を開いた。

「……ねえ、夏織ちゃん。すごく訊きづらいことを聞いてもいいかしら」

「え？　なに……？」

「あなたって、まったくお母さんのこと覚えていないのよね？」

あまりにも突然の問いかけに戸惑う。布団の中でにゃあさんがモゾモゾ動いている。私は彼女の背をゆっくりと撫でながら、ひとつひとつ言葉を選びながら言った。

「うん、そうだよ。私には幽世で過ごした記憶しかない」

母と過ごした時間も、母から感じた温もりも私の中にあったはずなのに、なにひとつ覚えていない。にゃあさんから話を聞くことはできても実感が湧かないのだ。

――私にも母はいた。そういう人がかつて存在していた。私の中の母は、ただの情報でしかない。その笑顔も、柔らかさも、温もりも、優しさも私には残っていない。

そう思うと途端に胸が苦しくなる。注いで貰った愛情を、まるで手のひらから零してしまったような。ぽろりぽろりぽろぽろ、なくしてしまったものが戻ってくることは二度とない。

……まあ、それは仕方のないことだ。当時の私は幼すぎた。

そう理解しているが、人の感情というものは本当にままならないもので……。

このことは、いつまで経っても心の中にしこりのように残っている。

「……それで、どうしたの？」

気を取り直してお豊さんに訊ねる。すると彼女は、少しだけ沈黙した後に続けた。

「もし……もしよ？　今、死んだお母さんと再会したら、すぐにその人が自分の母親だってわかる自信がある？」

「……ええと？」

すぐに質問の意図を汲み取れずに言い淀む。そしてお豊さんが言ったような状況を想像して、思わず首を捻ってしまった。

「絶対にわからない自信がある……」

「……ぷっ……」

するとと、布団の中でにゃあさんが盛大に噴き出したのがわかった。ムッとしてわざと強めに撫でてやる。するとにゃあさんは布団から顔を出すと、どこか楽しげに言った。

「秋穂とは全然違うわね。あの子……夏織が行方不明だった時、親子だからわかるの、だから生きてる！　って自信満々だった」

「私、そういうのは嫌なの。万が一にでも違ったら、後々死ぬほど後悔しそうだもの」

「顔は似ているから、わかるかもしれないわよ？」

「ええ？　自分の顔に似てるかどうかなんてわかんないよ。瓜ふたつならともかく」

思わず唇を尖らせると、にゃあさんはクスクス笑った。

「きっと秋穂、泣いちゃうわね……」

「そしたらごめんって謝る。親子だって、わからないものはわからない！」

私が自棄気味に言うと、ふとお豊さんと目が合った。するとお豊さんの瞳が濡れているのに気がついて、慌てて起き上がる。

「……お、お豊さん!?　私、変なこと言っちゃった……!?」

「ご、ごめん。そうじゃなくて……」

お豊さんは浮かんだ涙を手で拭うと、少し困ったみたいな笑みを浮かべた。

「ああ……私、馬鹿だなって思って」

そして、お豊さんは身体を起こすと、膨らんだお腹をゆっくりと撫でながら言った。

「私と母のこと、夏織ちゃんは知っている？」

私が頷くと、お豊さんはカーテンの隙間から見える幽世の赤い空を見ながら言った。

「……私の母は乳母だった。いつも他の子に構ってばかりいて、私になんて見向きもしなかったの。覚えているのは母の背中ばかり。寂しくて寂しくて、小さい頃は母の後を追って困らせてばかりいたらしいわ」

──そのくらいの年の頃のことは、はっきりとは覚えていないのだけれど。

お豊さんは、苦しげに顔を歪めると、俯き加減になって話を続けた。

「……仕舞いには、母は薬を求めて旅に出てしまった。私や家、なにもかもを置いて。そしてあんなことになった。恨んだわ、母のこと。鬼になってしまうくらいには」

「それは……」

「──でも！」

私の言葉を遮ったお豊さんは勢いよく顔を上げると、泣き笑いを浮かべた。

「本当はわかっているの。これは、全部私の我が儘。乳母は母の仕事で、母は自分の役目をこなすために懸命になっていただけ。母は姫様の兄君の乳母でもあった。私の兄が立派な役職に就けたのは、母の尽力があったから。姫様の病気が治れば、私も姫様の友人としていい縁談が来るはずだったの」

そしてポロポロと大粒の涙を零すと、掠れた声で言った。

「結局、母は私のために頑張っていた。私が大人しく母を待っていればあんなことにならなかった。私が岩屋で会った母の顔を見分けられていれば――……」

――ああ、だから私にあんな質問をしたのか。

お豊さんの質問の意図をようやく理解する。幼い頃に別れたきりの母。きっと、朧気にしか覚えてなかったのだろう。幼かった子どもが、伴侶を得て妊娠するほどに時が経過していたのだ。京都で乳母をしていた頃と違い、長い旅路の末に福島《ふくしま》にたどり着いた岩手だって、容貌が変化していたに違いない。

くしゃくしゃに顔を歪めたお豊さんは、お腹のわが子に語りかけるように言った。

「でも……私、生まれてくるわが子を母に見せたかったの。孫を抱いて欲しかった。可愛いわねって褒めて欲しかった。いつも背を向けていた母に、私を見て欲しかった」

それは、子として極々当たり前の願い。

それなのにこの親子は……どうしようもなくすれ違ってしまった。

子のためにと旅に出て、顔を忘れられてしまった母。

母を追って旅立った時には、実母の顔を忘れてしまっていた娘。

誰も悪くない。お互いをただ想い合っていただけなのに、どうしてこんなにも哀しい結末を迎えてしまったのだろう。

「そんなのお豊さんのせいじゃない。誰のせいでもないよ……！」

私がそう言うと、お豊さんは次々と零れ落ちてくる涙を袖で拭いながら言った。

「うん……だからね、さっきの夏織ちゃんの言葉に救われたの」

「え？」

意外な言葉にキョトンとする。お豊さんはクスクス笑うと続けた。

「親子だってわからないものはわからない。すごくしっくりきた。私……ずっと、自分を責めていたの。娘なのに、母への愛情が足りなかったんじゃないかって」

親子なのだから、通じ合っていて当たり前。すぐに見分けがつくべき。もしかしたら、お豊さんはそんな風に自分に呪いをかけていたのかもしれない。

「……絶対にそんなことないよ。神様じゃあるまいし、気づかないことだってあるよ」

「うん。そうね。本当にそう思ったわ。ありがとう……夏織ちゃん」

どこかさっぱりした顔で穏やかに微笑んでいるお豊さんに、私は少し迷ってから訊ねた。

「あの……お豊さん。お母さんを赦せそう……？」

すると、お豊さんは一瞬だけ視線を彷徨わせると――。

ゆっくりと首を横に振った。

「あの人が、私と子どもを殺したのは事実よ。簡単に赦せたらこんなに悩んでないわ」

「……そっか」

私が相槌を打つと、お豊さんはぽすんと勢いよく横になり、天井を見上げて言った。

「心ってどうしてこう面倒くさいのかしら。もっともっと心が単純にできていたなら——今頃は母に助けられながら、子どもが生まれるのを待っていたのかもしれないのに」

そしてゆっくりと目を瞑った。ぽろり、一粒の涙が、窓から漏れる星明かりを反射しながら、お豊さんの頬を滑り落ちて行った。

＊＊＊

お豊さんと一緒に夜を過ごした数日後。とうとうお豊さんに陣痛がきた。ナナシや近所の女性たちは大わらわで出産の準備に走り回っている。水明やクロ、私や東雲さん……それにぬらりひょんは、お豊さんのことを話し合うために貸本屋に集まって来ていた。

「——駄目だったか」

お豊さんは未だに母親と和解していないようだと伝えると、ぬらりひょんは渋茶を啜りながら瞼を伏せた。今日のぬらりひょんは、目もとが涼しげな美青年だった。詰め襟の学生服に制帽を被っていて、明治期辺りの学生風な雰囲気を醸し出している。

「簡単にはいかぬとは思っていたがのう。ややこしいことになりおった」

「で、どうすんだよ。他の妊婦は無事に子を産んだんだろ？　つまり——あの予言はお豊のことに間違いねえ。お豊が母親を赦さなきゃ、子は死に、幽世に春はこねえ」

苛立ったような東雲さんの発言に、ぬらりひょんは宙に浮いている海月を見つめ、どこか飄々《ひょうひょう》とした様子で言った。

「儂もただ子が生まれるのを待っていた訳ではない。手は打ってある」

「もったいぶってねえで、具体的にどうするかを言えよ、ぬらりひょん。お前のことは信頼しているが、もうすぐ子が生まれるんだぞ。のんびりしている場合か！」

「まあ待て。急いては事をし損じると言うじゃろう？」

「だけどよ……！」

焦った様子の東雲さんに、ぬらりひょんは「待てばわかる」と言うばかりだ。東雲さんの眉間の皺はみるみるうちに深くなり、どうにも嫌な雰囲気が居間に流れた時、やけに表が賑やかなことに気がついた。

「な、なに……？」

不思議に思っていると、激しい足音がして誰かが入ってきたのがわかった。そして勢いよく引き戸が開いた瞬間、場の雰囲気にまったくそぐわない面々が顔を出した。

「おう！　邪魔するぜー！」

「こんにちは〜。捕まえてきたよ！」

「ウワハハハハ。なんだボロいな！　想像していたよりもボロい！　文車妖妃に相応しい場だとは思えないが、彼女の不愉快さを押し隠す顔もいい……！」

「ああん、本がいっぱいありんす！　この中にわっちの知らない恋物語はどれくらいありんしょう？　髪鬼、あっちに連れて行っておくんなまし」

現れたのは金目銀目、そして髪鬼にお姫様抱っこされた文車妖妃。そして――。

「……なんの冗談だ……これは……」

首根っこを掴まれ、無理矢理連れてこられたらしい玉樹さんだった。


一気に人数が増え、貸本屋の居間はぎゅうぎゅう詰めになってしまった。かなり狭苦しく感じる室内で、ぬらりひょんは金目銀目から報告を聞いていた。

「福島まで行ってきたけどよ。特になにもなかったぜ」

「ま、お寺になってたからね～。鬼婆がいつまでもそこにいるとは思えなかったけど」

ぬらりひょんは、予めふたりへ調査を依頼していたらしい。彼らが様子を確認してきたのは、岩手ゆかりの地だ。

福島県の安達ヶ原には観世寺《かんぜじ》という寺がある。そこには岩手が住み着いた岩屋の跡だと言われている笠石や、出刃包丁を洗ったと言われている血の池などが遺っているのだそうだ。しかし、その近くにある黒塚《くろづか》と呼ばれる岩手が埋葬されたと謂われている場所にも、遺っている岩屋にも岩手の姿はなかったのだという。

「気配すら残っておらなんだか？」

「まったくこれっぽっちもね。断言するよ、あそこには長いことあやかしは棲んでない」

「幽世中も捜し回ったけどな。岩手を見たってあやかしはどこにもいなかったぜ」

「ふむ……。一体、どこにおるのやら」

双子の言葉にぬらりひょんは思案顔で瞼を伏せた。するとその時、黄色い声が上がった。

「ああん、素敵な旦那様。わっち、文車妖妃と申しんす。どうぞご贔屓に」

「お？　なんだ、別嬪な姉ちゃんだなあ」

いつの間にやら東雲さんにしなだれ掛かっていた文車妖妃は、指先で東雲さんの胸を戯れに弄くっている。養父も、まんざらでもない様子でヘラヘラ笑っているではないか。

「東雲さん……今、そんな状況じゃないでしょ!?」

思わず低い声を出すと、東雲さんは途端に慌てた様子で目を逸らした。

「うおっ！　ええと。夏織、これはだなあ……」

「あら、よしなんし。女の嫉妬は見苦しいでありんすよ？」

「父親に嫉妬なんてしてませんけど!?」

堪らず声を荒らげると「冗談だんす」と文車妖妃はクスクス笑った。何故か東雲さんはショックを受けたような顔をしている。

——調子狂うなあ……。

さっきまでのシリアスな雰囲気が、あっという間にどこかへ行ってしまった。

東雲さんは気がついていないけれど、髪鬼が血走った目で睨んでいるし……。

「……滾《たぎ》る……！」

——怖っ……。

私は見て見ぬ振りを決め込むと、ぬらりひょんに問いかけた。

「ぬらりひょん。この三人を呼んだのはどうしてですか？」

「俺は無理矢理連れて来られたんだ！　処刑台に送られる死刑囚のようにな！」

「俺が捕まえたんだぜ！　すげえだろ」

心底悔しそうな玉樹さんに、得意げな銀目。とうとう混乱極まってきたと思っていると、ぬらりひょんは呵々と豪快に笑って言った。

「いやなに、岩手を捜すのにこいつらは最適でな。特に玉樹は便利じゃぞ？」

「人を道具のように言うんじゃない。総大将」

「ホッホ。数々の妖怪画を手がけた天才絵師を道具などと。畏れ多い」

するとぬらりひょんは懐から一冊の本を取り出した。それは古い和綴じの本だ。

表紙には――『画図百鬼夜行　前篇陽』とある。それは言わずもがな鳥山石燕の画集で、私も何度も読んだことがあった。

「それがどうしたんです？」

「ここにな……ほうれ、あった」

するとぬらりひょんは、あるページを開いて見せてきた。そこには「黒塚」という題名と共に「奥州安達原にありし鬼　古歌にもきこゆ」と説明書きがある。生首やら千切れた足やらが入った竹かごを前に、老婆が不気味な笑みを浮かべている絵だ。

――まさか、これは！

「岩手の絵……？」

「そうじゃ。そしてそこの男は、己が描いたあやかしと通じることができるのだよ。そうじゃろう？　玉樹……いや、石燕」

「…………」

玉樹さんは沈黙したまま、けれどもあからさまに顔を顰めている。

私はというと、あまりの驚きにポカンと口を開けたまま固まってしまった。

——玉樹さんが、鳥山石燕……？

鳥山石燕と言えば、妖怪画の大家だ。現代で言うと、あやかしと言えば水木《みずき》しげるというイメージがある。実際、彼が現代における妖怪像に多大なる影響を与えたのは間違いない。しかし水木しげるが遺した妖怪画の多くは、鳥山石燕の絵をもとに取材したものも多く、それを鑑みると、日本におけるあやかし像を作り上げた第一人者が鳥山石燕と言えるのだ。

そんな人が身近にいただなんて。驚きのあまり玉樹さんを見つめる。

「……やめろ。本当にやめてくれ。今の俺は、あの頃の俺とは違う」

すると、玉樹さんは大きく頭《かぶり》を振ると、忌々しげに視線を床に落とした。

「今の俺は、石燕だった頃の残り滓《かす》のようなものだ。俺は玉樹で、石燕はもう表舞台から降りた。だから、放って置いてくれ……」

私の記憶が確かならば、鳥山石燕は人間としての生をきちんと終えているはずだった。なのに、玉樹さんの姿はどう高く見積もったとしても四十代にしか見えない。一度死んだ人間が、若々しい姿になってあやかしへと変ずる……そんなことがあるのだろうか？

するとと、見かねた東雲さんが口を挟んだ。

「ぬらりひょん。コイツ、元の名に触れられるのは嫌いなんだ。別にその話は今はいらねえだろ？　話を進めようぜ」

「そうじゃの。悪いことをした」

ぬらりひょんはもうひとくち渋茶を啜ると、とんと『画図百鬼夜行』を指さした。

「すまぬがのう、この岩手の絵を描いて貰いたい。さすれば、行方知れずの岩手へと一瞬でも繋がるはずじゃ。玉樹、やってくれるな？」

「チッ……」

玉樹さんは不満げに顔を逸らしたものの、拒否するつもりはないらしい。今が緊急事態だとは理解しているようで、協力はするつもりのようだ。

「ホッホッホ。よきかな。万が一にでもやらぬと宣《のたま》ったら、あやかしの総大将として無理矢理にでも従わせるところじゃった」

「だから玉樹を虐めるなって、ぬらりひょん。コイツこう見えても繊細なんだぜ？」

「……東雲、黙れ……」

玉樹さんは、まるで地獄の亡者のような目つきで東雲さんを睨みつけている。当の本人にはまったく通じていないようで、友人を守った満足感でニコニコしているのだけれども。

「そ、それで。その後はどうするんですか？」

ちぐはぐなふたりから目を逸らして、ぬらりひょんへ説明を求める。すると、ぬらりひょんは文車妖妃と髪鬼に視線を向けた。

「後は文車妖妃がなんとかしてくれる。そうじゃろう？」

すると、話を振られた文車妖妃はどこか自慢げに言った。

「そうざんす。紙に遺った想い……それはわっちの得意分野でありんす。喚び出された岩手の想いを辿り、その場所へと送ってやるざんす。ねえ、髪鬼？」

艶やかな笑みを浮かべた文車妖妃に、髪鬼はうっとりと見蕩れながら言った。

「ああ、そうだな。どんなに悪意に満ちた者がその先にいようとも、文車妖妃の案内で行く以上は、確実な成果が残せるに違いない！　有り難く思うがいい。ワハハハハハ！」

「駕籠代わりについてきただけの癖に、どうしてそんなに偉そうなんでありんす……？」

大笑いしている髪鬼を、文車妖妃は呆れかえって見つめている。

そんな彼らを余所に、私は先ほどの髪鬼の発言に眉を顰めていた。

「……悪意？」

思わず首を傾げると、ぬらりひょんはどこか無邪気に笑った。

「お主、気がついておらなんだか。今回の件、悪意のある第三者が関与していることは間違いない。戦えるものは漏れなく準備を忘れぬように。ああ、夏織も来るんじゃぞ？」

「――へ？　私も？　あの、東雲さん。どういうこと……？」

説明になっていない説明に、東雲さんを見上げる。すると、東雲さんは青ざめた顔をしてぬらりひょんを見つめていた。

「嘘だろ？　……もしかして」

「そういうことだ、東雲。それに件が言った『混ざり物の咎を祓うは幽世へ落ちた子ら』という言葉。そこな小僧と夏織のことじゃろうな。ふたりには来て貰わねば」

「……ぐう……」

するとと東雲さんは、苦虫をかみつぶしたような顔をして黙り込んでしまった。訳もわからず混乱していると、水明がニコニコしているぬらりひょんへ詰め寄った。

「くそ。どうしてあやかし共は誰も彼も話が適当なんだ。わかるように説明しろ！」

するとぬらりひょんは、海月に似た銀色の瞳に冷たい光を宿して言った。

「冷静に考えてもみよ。今まで、この幽世では数多の死産があった。けれども春が訪れなくなるなんてことはなかったのだ」

「……そうなのか？」

すると水明は僅かに眉を顰めると、動揺したように視線を彷徨わせた。

「死んだ子どもの身体を媒体に、死産した母親の負の感情を引き金にして、幽世へ変化をもたらすなにがしかの仕掛けがあるのだと思っていたんだが……。てっきり、ここでは当たり前のことなのかと」

するとぬらりひょんは、呵々と笑った。

「いやいや、実に祓い屋らしい考えじゃのう。儂らにはとんと思いつかぬ」

「…………まさか」

するとなにかに気がついたらしい水明は、更に顔を険しくした。ぬらりひょんは制帽を脱ぐと、そっと胸に当て――どこか気取った様子で皆に向かって言った。

「このたびの騒動――恐らく、幽世へ悪意を持った者の攻撃じゃ。どうも幽世へ春を来させたくない輩がいるらしい。新しい命を産み落とすは、命懸けの大勝負。野暮な横入りをしてきた奴を――成敗しに参ろうではないか」

そして制帽を被り直すと、ニッと白い歯を見せて笑った。


居間を片付けて、そこに大きな和紙を広げる。二畳ほどの紙だ。その前には、派手な羽織を脱いだ玉樹さんが座っている。正座して、紙を見つめている玉樹さんの右手は、力なくだらりと垂れ下がっていた。白い開襟シャツから覗く手は爛《ただ》れてしまっていて、どうやら上手く動かないらしい。先日、クリスマスパーティの時に「利き手ではない」と言ったことと、普段から右手を羽織りの中に仕舞い込んでいる理由がわかって眉を顰める。

「ちえ。俺も行きたかったなあ」

「お土産よろしく〜」

それぞれが岩手のもとへ赴く準備を整えると、烏天狗の双子を隣家の手伝いに向かわせた。いよいよ出産が近くなったので男手が必要なのだという。不満顔の銀目に苦笑しつつも、眠いと大あくびをしているにゃあさんを肩に乗せる。水明も護符などを補充してきたようだ。クロと一緒に、どこか緊張した面持ちで玉樹さんを見つめていた。

するると、玉樹さんは左手で筆を持つと、ぽつりと言った。

「残り滓のすることだ。……出来は保証しかねる」

そう言って、筆を持つ手に力を籠めた。

――その瞬間、じわりと穂先に墨が滲み出てくる。玉樹さんは筆を大きく振るうと、白い紙に穂先を落とした。

スルスルと、まるで予めインプットでもされていたかのように、迷いなく筆が紙面で躍る。黒々とした柱、軸が見えてしまっているあばら屋の壁。解体された女の顔が覗く桶。現れたのは、妖しい笑みを湛え、着物がはだけているのも気にせずに人を喰らう鬼婆だ。

「懐かしいのう。あの頃……あやかしは、こぞってお主のもとへと姿絵を描いて欲しいと集まったものだ。玉樹、お主も寝る間を惜しんであやかしを描いていたな」

「…………」

しみじみと語るぬらりひょんの言葉は、どうやら玉樹さんの耳に届いていないようだ。彼は一心不乱に筆を動かすと、最後にこう綴った。

『奥州安達原にありし鬼　古歌にもきこゆ』

すると、不思議なことにその文字だけは紙に吸い込まれていき、まるでなにもなかったかのように消えてしまった。

玉樹さんは長く息を吐くと、その場に正座した。そして完成した絵を見つめ――。

「黒塚」

と、呼んだ。

その瞬間、絵の中にいた鬼婆の顔には変化が表れた。

妖しげな微笑みを浮かべた顔には、いつの間にか般若の面が装着されている。その手に

は血が滴る出刃包丁。更には、身体のあちこちに返り血を浴びている。

それは一瞬だけ身体を震わせると、天を仰ぎ……そして絶叫した。

『ああああっ……。ああああああああああ!!』

そして、次の瞬間にはまるで溶けるようにその姿を消してしまった。

「な……なに……?」

状況がわからずに戸惑う。東雲さんや水明、ぬらりひょんも動けないでいるようだ。

すると──私たちの中でたったひとり、笑みを浮かべた者がいた。

「さあて、皆様。花魁道中ならぬ、あやかし道中と参りんしょう」

それは文車妖妃だ。彼女は艶やかに微笑むとそこにいる全員を見回した。

その瞬間、甘い匂いが鼻を擽った。甘すぎず、どこか上品な感じがする香りだ。

──ああ……藤の花の匂いだ。

つい最近も嗅いだことのある匂いに、思わず花を探して辺りを見回す。けれども、美し

い青紫色の花はどこにも見当たらず、あるのは見事に咲き誇るひとりの遊女だけだ。

「さあさ、皆々様。わっちにもっと寄っておくれなんし。本来、馴染みでもないお人を寄

せるのは野暮なことでありんすが、今回は特別。紙に刻まれた哀しい想い、その行く先をわっちが案内いたしんす」

うっとりと頬を染めた文車妖妃は、長い睫毛に縁取られた瞳を伏せる。視線を紙面に落とすと、どこか哀しげに言った。

「わっちは文に綴られ、けれど想いが叶わなかった人の心の化身でありんす。なにも、紙に託す想いは、恋心ばかりじゃありんせん。友への気遣い、両親への想い、会いたい気持ち、感謝……人は本当に色々な想いを紙に託しおうす」

すると髪鬼は文車妖妃の言葉に続いた。

「そして人は呪いをも紙に託す。呪詛、怨念、殺意——目を背けたくなるような、薄汚れた感情も紙に乗せるのだ」

文車妖妃は髪鬼を優しく見つめると、ぽろりと一粒の涙を零して言った。

「紙はすべてを繋ぐ媒体。夢も、想いも、物語も、すべてを真っ白な身体に全部受け止めて、相手に伝えてくれるでありんす。——ああ」

文車妖妃は堅く目を瞑ると、涙を拭ってまるで詠うように言った。

「母というものはなんて哀しい生き物でありんしょう。母であるが故に妥協は許されず、ひとつの過ちですべてを失う。子の幸せ、不幸せ。すべてを背負わされて、けれども愛故に諦めることも敵わない。ああ……ほうら、子殺しの鬼は……すぐそこに」

そして、ぱんと手を打った。その瞬間、目も眩むような藤の花の嵐が巻き起こる。

「……えっ、ちょっ……」

視界が青紫色に染まり、思わず目を瞑る。ひゅうひゅうと風の唸る音が収まるまで、やや時間がかかった。ようやく辺りに静けさが戻ってきた頃、恐る恐る目を開ける。

――そして、驚きのあまりに目を見張った。

そこはまるで、水墨画の中のようだった。

辺り一面、色がない。墨の濃淡で表現されたモノクロな世界。空だけがまるで血のように鮮やかな赤色をしている。けれども、見覚えがある風景だ。何故ならばそれは、私には馴染み深いわが家の前の通りだったのだから。

「おい、夏織！　大丈夫か」

するとそこに水明が駆けてきた。足もとにはクロも一緒にいる。

周囲を確認すると、他のみんなも一緒にこの場所へ飛ばされたようだ。文車妖妃と髪鬼、玉樹さん以外は全員揃っている。ひらりと私の肩から降りたにゃあさんは、警戒するように辺りを見回すと、ある一点を見つめて鋭い声を上げた。

「……あそこ！」

にゃあさんの視線の先を追う。そして、そこに広がっていた光景を目にした途端、全身が粟立った。

――鳥だ。大きな鳥が、通りに面している軒先にずらりと並んでいる。

大鷲よりも大きな身体を持つその鳥は、漆黒の羽を持ち、尾羽は血のように赤かった。

それだけならば現し世の鳥と変わりない。しかしそれは、決定的に普通の鳥とは違う部分があった。本来ならば鳥の胸から頭に当たる部分……そこが裸の女性の上半身となっていたのだ。たわわな胸、ふっくらした下腹部、くびれた腰。普通ならば性的な印象を受けるかもしれないが、それらはすべて死体のように土気色で、どこか穢らわしく悍ましい。

「姑獲鳥《こかくちょう》……」

ウバメドリとも呼ばれるその鳥は、中国から伝来したと謂われている。

中国の荊州《けいしゅう》に多く生息し、毛を着ると鳥に変身し、毛を脱ぐと女性の姿になるという。『慶長見聞集』や『本草啓蒙』『本草記聞』『本草綱目』といった古書には、鬼神の一種でよく人の命を奪うとある。そしてこのあやかしは、子に害を為すことで知られていた。

「おぎゃあ……おぎゃあ……」

まるで赤ん坊のような不気味な鳴き声を上げ、姑獲鳥は軒先からある場所をじっと見つめていた。その視線の先にあるのは、貸本屋の隣家——……お豊さんの家だ。

どうやらこれから生まれる子を奪おうと待ち構えているらしい。身を寄せ合った姑獲鳥たちは、中の様子を窺うためか、気まぐれにお豊さんの家に近づく。

けれども、それは悉《ことごと》くが防がれていた。ある人物が、家に近づくものをすべて打ち払っていたからだ。

「岩手さん……!?」

「……はあっ……はあっ……はあっ……」

そこにいたのは、お豊さんの実の母、岩手だった。肩で息をしていて、余裕がないのか声をかけても反応がない。

玉樹さんの絵にあったように、顔には般若の面。身に纏った襤褸の着物は、返り血で真っ赤に染まり、はだけた肌には玉の汗が浮かんでいる。その手に握るは出刃包丁――姑獲鳥が家に近づくたび、刃は異形の鳥を容赦なく切り捨て、血だまりに沈めている。

一体、どれほどの時間ここで戦い続けているのだろう。白黒の世界で、空の赤さと姑獲鳥が流す血の色だけがやけに色鮮やかだ。

「……ここにおったのか、岩手」

すると、その様子を見ていたぬらりひょんがどこか苦々しく呟いた。

「ぬらりひょん、あの……ここはどこなんですか？」

白黒な世界、群れる姑獲鳥、血まみれになって戦い続けている岩手。状況が理解できなくて困惑していると、ぬらりひょんはふむと髭のない顎を撫でて言った。

「誰かしらが意図的に作った次元の狭間じゃろうなあ。裏の世界とでも言おうか」

「なんでそんな場所に岩手さんが……？」

「わが子とその孫を害そうとする存在に気づき、ここで守っておったのだろう。裏の世界は表の世界とは違うが、限りなく近いものだ。生まれる前の子を害されれば、ひとたまりもない。子が今日まで無事だったのは、岩手の助けがあったからじゃろうな」

――最近、誰かの視線を感じるの。

お豊さんの言葉を思い出す。そしてその視線は、すぐに消えてしまうのだとも言っていた。お豊さんの感じていた視線が、岩手のものだったのか、それとも子どもを狙う姑獲鳥のものだったのかはわからないが、少なくとも岩手はずっとお豊さんの近くにいたということになる。

「ここで……たったひとりで……？」

ぬらりひょんと話している間にも、岩手は何羽もの姑獲鳥を屠《ほふ》っていた。もう出刃包丁の刃はボロボロで、斬るというよりかは力任せに薙ぐといった方が正しいかもしれない。見るからに満身創痍だが、岩手はお豊さんの家の前から離れようとはしなかった。背後にあるものがなによりも大切なのだと、その姿が語っているようだ。

それはまさに、子のために命を賭して戦う母の姿。

しかし、たった一度の――それも決定的な過ちが親子の間に深い溝を作りだし、母子が互いに赦し合うことはない。

どうにもやるせなくなり立ち尽くす。

するとそこに、どこか場違いな声が届いた。

「ああ……面倒そうなものが来ましたね。やだなあ、主に怒られてしまいます」

それは、やたら気怠げな声だった。あくびを噛み殺したような、死骸がゴロゴロ転がっている凄惨なこの場所にはまったくそぐわない声。声の主は、死んだ姑獲鳥をまるで気にする様子もなく踏みつけると、ノロノロとした足取りで近づいてきた。

「簡単な仕事だと思ったのに。どうしてこうも上手くいかないんでしょうか……」

それは、人型のあやかしだった。

血の通っていない青白い肌、ほつれた黒髪は脂っぽく、べったりと肌にくっついている。腰から下は血で塗れた着物で覆われ、深く隈が刻まれた顔にはまるで生気がない。まるで死者のような顔は、生理的嫌悪感を抱かせるような雰囲気があった。

「あ、でも……こんな可愛い子に会えたのはよかったかもしれませんねえ。うん、この仕事も捨てたものじゃない」

そのあやかしはニッコリ笑うと、私に向かってひらひらと手を振った。

「夏織、下がれ」

「あたしの後ろに」

「ぐるるるる……！」

すると、水明とにゃあさん、クロが私の前に進み出てくれた。気がつくと隣に東雲さんがいて、得体のしれないあやかしに恐怖を覚えていた私はホッと胸を撫で下ろす。

「まるでお姫様みたいですねえ、皆に大切にされて……羨ましいことです」

そのあやかしは、クックッと喉の奥で笑うと、岩手に向かって歩き出した。

「さあて、そろそろお終いにしましょうか。ちょっとのんびりしすぎましたね」

そして片手を上げると、ひょいとその手を岩手に向けて、これからピクニックでもするかのような軽い口調で言った。

「——みなさーん。殺しちゃってください」

その瞬間、家々の軒先に並んでいた姑獲鳥が一斉に飛び立つ。そして、おぎゃあと赤ん坊によく似た声を上げて、ひとり奮闘していた岩手へと殺到した。

「……岩手さん!!」

「くそっ！　おい、行くぞお前ら！」

「言われなくとも！」

慌てて、東雲さんや水明が走り出した。水明の護符が飛び、クロが姑獲鳥へ噛みつく。東雲さんも果敢に飛びかかっていくが、外側の姑獲鳥を引き剥がすだけで精一杯だ。岩手に群がる姑獲鳥を追い払うことができずに、ただただ時間だけが過ぎていく。

「岩手さん！」

——お豊さんのお母さんが死んでしまう！

数え切れないほどの姑獲鳥に群がられている岩手に、時間が経てば経つほど絶望感が増していく。どうすればいいかわからず、駆け出したい気持ちを必死に堪える。それがわかったのか、すかさずにゃあさんが私を制止した。

「夏織、駄目よ。あんたはここにいて！」

「わかってる……！　でも」

——ああ。なんで私はなにもできないの！

それがあまりにも悔しくて。それでも、なにかしたくて叫んだ。

「岩手さん！　もうすぐ赤ちゃんが生まれるんです！　今度は……今度こそは、お孫さんを抱いてあげてください……！　可愛いって、褒めてあげてください……！」

それは精一杯の想いを籠めた叫びだ。届かなくてもいい。聞こえなくてもいい。でも、少しでも岩手の支えになれれば……そんな想いで、喉が嗄れそうになるほどに大声で叫ぶ。

するとその時、姑獲鳥たちに異変が起きた。

「ぎゃあああああ！」

断末魔の叫びと共に、岩手へ殺到していた姑獲鳥が弾き飛ばされていく。まるで雨のように姑獲鳥がボタボタと落ちてくる中、朗らかな笑い声が辺りに響き渡った。

「ホッホ。まったく夏織の言う通り。子が生まれるのはめでたきことなのに、それを一番に喜ぶべき祖母がこの調子では、先が思いやられる」

「ぬらりひょん！」

それはあやかしの総大将だった。いつの間にやら、岩手の傍へと移動していたらしい。自身の身体の倍ほどもある大きな海月を出現させ、姑獲鳥の攻撃を悉く防いでいる。

「嘆かわしい。姑獲鳥は人の子を奪うものだが、なにもお豊の子でなくともいいだろうに。のう、そこな産女《うぶめ》。……いや、産女らしきなにか」

すると顔を引き攣らせた産女と呼ばれたそれは、生気のない顔に怒気を孕ませて言った。

「なっ……なにをいうのですかね。僕はあやかしとして当然のことをしたまでですよ。子がいれば襲う。それは姑獲鳥としては極々当たり前のことですから」

「……どこの理屈だ、それは。馬鹿らしい」

　すると深く嘆息したぬらりひょんは、海月に青白い電撃を纏わせながら言った。

「──なにを勘違いしているのか知らぬが、あやかしが無差別に子を襲う訳があるまい。人を喰らう鬼も、夜道で人を脅かすだけの者も、子を求める姑獲鳥だって──それぞれ理由があってそれを為すのだ。あやかしは理性のない化け物ではない！」

　そして、溜め込んでいた電撃を辺りへ放つ。青白い光を放ちながら空を駆けた稲光は、再び岩手を狙い集まって来た姑獲鳥に直撃した。断末魔の叫びを上げ、姑獲鳥がボタボタと地面へ落ちていくと、産女と呼ばれたあやかしの顔から血の気が引いていく。

「実に人間らしい考え方じゃのう。その産女の皮はどこで被ってきた？」

「……チッ！」

　ぬらりひょんが冷たい視線を向けると、産女は勢いよく後方へと飛んだ。

「ハハッ。流石にあやかしの総大将相手には分が悪いですね……」

　そしてくるりと踵を返すと、脱兎《だっと》の如く逃げ出した。

「あっ……！」

「待て、この野郎！」

　しかし、産女はすぐに足を止めた。その前に水明が立ちはだかったからだ。

「逃げるな」

「こんにちは。よかったら、そこを通していただけませんかね……」

「馬鹿を言うな。お前には聞きたいことがある」

水明は護符を構えると、鋭い目つきで産女を睨みつけて言った。

「どこの祓い屋の差し金だ。こんなことをして、一体なんの意味がある」

すると、産女はポリポリと頬を指で掻くと、小さく肩を竦めた。

「さてね。あなたに正直に話す理由もありませんし」

「……そうか。ならば無理矢理にでも聞くまでだ……クロ！」

「はーい！　オイラに任せておいて！」

水明の掛け声と共に、まるで弾丸のようにクロが飛び出していく。クロは一瞬の間に産女の足もとへと肉薄すると、長い尾を一振りした。産女はひらりとそれを避けるも、時間差で発生した衝撃波を受けて、全身に細かい傷ができてしまった。

赤い血が飛び散り、痛みで産女が目を瞑ると、クロはすかさずもう一撃を繰り出す。すると、クロの尾が産女の顔面に命中して、堪らず顔を押さえて蹲った。

水明は蹲ってしまった産女に近づくと、冷たい目で見下ろして言った。

「死にたくなければ正直に言うんだな。どうしてあやかしを狙った。幽世へ冬を留め置こうとする理由はなんだ。これ以上、あやかしを害するなら容赦しないぞ」

水明の問いかけに、産女は黙ったままだ。

「おい……」

しかし、再び水明が声をかけようとした瞬間、突然産女が笑い出した。

「ハ……ハハハ……なんだそれは。あやかしを害するなら容赦しない？　ハハ……」

　ギョッとして水明が僅かに後退る。クロが警戒したように唸ると、産女はゆっくりと顔を上げて言った。

「君がそれを言うんですか？　──今まで散々あやかしを狩ってきた癖に。あやかしの血を嫌ってほど浴びた癖に、あやかしを数え切れないほど殺した癖に。なにも知らないみたいな顔でそれを言うんですか!!」

　悲痛な叫びを上げた産女の顔は、無残にも裂けてしまっていた。べろりと肌色の皮が剥け、内部が見えてしまっている。一瞬、痛々しい光景を想像して目を逸らしかけるも、肌の下に露わになったものがあまりにも意外すぎて、目が離せなくなってしまった。

　産女の皮の下──そこから露わになったのは、真っ赤な瞳を持ち、黒々とした毛を持った獣の顔だったのだ。

　驚きのあまりに硬直していると、その隙に産女は水明の横をすり抜けて走り出した。

「くそっ……待て！」

　水明は慌てて追いかけようとするも、後方から聞こえてきた悲鳴に足を止める。

「あああっ……うう……っ！」

「ぬらりひょん……！」

　悲鳴の主はぬらりひょんだった。痛みに顔を歪め、その場に蹲っている。どうやら背中から斬られたらしい。一体誰が──そう思ってぬらりひょんの背後を見ると、そこにいたのはあまりにも意外な人物だった。

「……ひゅう……ひゅう……ひゅう……」

肩を揺らし、血で濡れた出刃包丁を手に佇んでいるのは岩手だ。

彼女は般若の面に表情を隠したまま、倒れているぬらりひょんを見下ろし、なにも言わずにそこに立っていた。

「岩手さん!? ど、どうして……」

「ハハッ……！　ざまあみろ！」

すると癪に障る声が聞こえてきて振り返る。声の主は産女だ。産女は私たちから充分な距離を取ると、まるで負け犬の遠吠えみたいに言った。

「計画ではね、その鬼婆に娘を襲わせるはずだったんですよ！　実母に二度も子を殺されれば沸き起こる負の感情は計り知れない！　だから面を着けたのに……そいつ鋼の意思で逆らいやがりまして。あの家に近づくものを、無差別に襲うようになってしまいました」

そして半分破れた顔に笑みを浮かべると、ひらひらと手を振って言った。

「ま、せいぜい頑張ってください。今日この時まで突破できないくらいには、ソイツに苦労させられたんです」

「……な、なに言ってるの……？　どうしてそんな残酷なことができるの」

あまりにも自分勝手な酷い計画に、呆然と立ち尽くす。

水明の言う通り、この産女が祓い屋の手先だったのであれば、この計画の主導権は人間が握っていたということになる。

──人間って、こうも簡単に、無慈悲に誰かを傷つけるものなの？

嫌だ。信じたくない。

「夏織!!　ぼうっとしてんじゃねえ！」

するとその時、東雲さんの怒声が聞こえて正気に戻った。

慌てて状況を確認すると、誰かがこちらに向かって走ってくるのが見える。

白と黒の世界《モノクロ》を、真っ赤に染まった刃を煌めかせて駆けるのは──岩手だ。

「夏織、逃げろ！　おい、お前ら夏織を守れ！」

酷く慌てた様子で、東雲さんが叫ぶ。どうやら岩手にやられたらしく、腕から出血しているようだ。すると、すかさず私を背後に庇ったにゃあさんが叫んだ。

「東雲、アンタ油断してんじゃないわよ！」

「うっせえな、仕方ねえだろ!?　傷つける訳には……ああ、ちくしょう！」

そんなやり取りをしている間にも、岩手はどんどんと近づいてくる。

「止まりなさいってば！」

巨大化したにゃあさんが岩手を押さえつけようと飛びかかるも、素早い身のこなしで躱されてしまった。体勢を低くした岩手は、益々スピードを上げて私へ向かってきた。

「ま、待って岩手さん！」

「くそっ……夏織！」

水明が岩手へ向かって護符を投げる。けれども、それが岩手に到達するよりも先に、血で濡れた出刃包丁が私の眼前に迫った。

――死ぬ……！

ギュッと目を瞑る。まさかこんなことで命を落とすなんてと、後悔の念ばかりが募る。

「……？」

しかし、いつまで経っても痛みが襲ってこない。

なにかあったのかと、恐る恐る目を開けると――そこには、今まさに私に襲いかかろうとしている体勢のまま、顔だけ背後へ向けて固まっている岩手の姿があった。

「な、なに……？」

あまりのことにその場にへたり込みそうになるのを必死に堪え、岩手の視線の先を追う。そこにはお豊さんの家があった。――そして。

「ほああ……ほああ……ほああ……」

聞こえてきたのは、小さな小さな泣き声。姑獲鳥の鳴き声とはまるで違う、初めて触れた世界への驚きを、精一杯の声で表現している可愛らしい声だ。

「生まれた……？」

思わず呟くと、その瞬間、カランと乾いた音がしてなにかが落ちた。それは、岩手が握っていた出刃包丁だ。刃がこぼれ、脂と血に濡れたそれは、地面に落下すると僅かに震えてそのまま止まった。

──ああ。

私は胸の奥から温かいものが溢れてくるのを感じながら、そっと岩手に近づいた。

そしておもむろに般若の面に手を伸ばすと──それを外して言った。

「おめでとうございます。お孫さん、とっても元気な泣き声ですね」

般若の面の下から現れたのは、鬼の形相でもなんでもない。総白髪の……お豊さんと似た面差しの老婆だった。岩手はお豊さんの家の方向をじっと見つめていたかと思うと、小さく唇を震わせた。

「……やっと」

そして──ゆっくりと瞼を伏せる。

すう、と零れた涙は、限りなく透明に近い色をしていた。

＊　＊　＊

私たちは、岩手を連れて元の世界へと戻ってきた。

怪我をしてしまった東雲さん、ぬらりひょんを水明たちに任せて、岩手と共にお豊さんの家へ向かうことにする。

「私は……帰ります」

しかし、岩手はお豊さんの家に行くのを頑なに固辞した。自分の役目はこれで終わりなのだと、どこかへ去ろうとする。

「駄目です。お孫さんの顔を見てあげてください」

「でも……」

私は容赦なく岩手の腕を掴むと、ぐいぐいと隣家へと連れて行った。

「ねえ、お婆ちゃん。お孫さんの顔、見てみたくないですか？」

「おばあ……」

「お孫さんだって、お婆ちゃんの顔を見たいと思いますよ」

そう言うと、岩手は黙り込んでしまった。本心では、孫と娘に会いたいのかもしれない。

お豊さんの家に着くと、ナナシが出迎えてくれた。

「まったくもう。そんな汚れた姿で赤ん坊に会うつもり？」

「――あ」

そういえば、私も岩手も血やら埃やらでドロドロだ。

お湯で濡らした手ぬぐいを借りて、玄関前の衝立に隠れて身体を拭う。その間にも、赤ん坊の元気な泣き声が聞こえてきて、自然と顔が緩む。

支度が終わった私たちは、足音を立てないようにソロソロとお豊さんの家の奥へと向かった。どうやら居間に布団を敷いて出産したらしい。障子戸の向こうがやけに賑やかだ。

可愛い赤ん坊の姿を想像して、ワクワクしながら障子戸へ手を掛ける。

するとその手を、岩手に掴まれてしまった。

「…………待って」

岩手は震えていた。青白い顔をして俯いてしまっている。

これから会うことになるお豊さんの反応が怖いのかもしれない。それは仕方のないことだろう。実の娘を殺し、孫をも殺したのは岩手自身なのだから。

するとその時、部屋の中から声が聞こえてきた。

「それにしてもお豊ちゃん。無事に生まれてよかったわねえ。旦那さんと結婚してから、二百年も経っているでしょう？　赤ん坊を作るつもりがないのかと思っていたわ」

それは近所の奥さんの声だった。心配そうな声色で、けれどどこか興味津々の様子だ。

――ズケズケ言いすぎじゃないかなあ……。

あまりにも不躾《ぶしつけ》な質問に眉を顰めていると、意外にもお豊さんは楽しげに笑って答えた。

「最初から子どもは作るつもりだったのよ。でも、私は待たないといけなかったから」

「……待つ？　なにを？」

「――決まってるわ。死んだ子どもが戻ってくるのを、よ」

そしてお豊さんは語り始めた。

魂は回っている。それはあやかしにとっては当たり前の常識だった。たとえ死んでしまっても、巡り巡ってこの世界に戻ってくる。だから死はそれほど厭うものではない。あやかしたちが、死という存在に寛容な理由がこれだ。

「私の夫は地獄の獄卒だから、閻魔様へ特別にお願いしていたの。死んだあの子が、私のもとへ戻ってくるようにって……」

「それじゃあ、まさか」

「そう。この子はあの時の子なのよ。二百年もかかってしまった。でも、ようやく私のもとへ戻ってきてくれたわ」

その時、ふにゃあと小さな声がした。すかさず、優しい声でお豊さんがあやし始める。

「いい子。いい子ね……今度こそ、幸せにしてあげるから」

するとすぐに、赤ん坊が泣き止んだ。

お豊さんはほうと息を漏らすと、クスクス笑って話を続けた。

「これぱっかりは鬼になれてよかったと思うわ。人間のままではこうはいかないもの。これで……いいの。これで、改めて始められる」

そしてお豊さんは小さく洟を啜ると、しみじみと言った。

「これで全部元通り。私はこうやって生きているし、この子も私のもとへ生まれてきてくれた。私が母を恨む理由はなくなったのよ。やっと……母を赦せる」

「……っ！」

それを聞いた瞬間、岩手が息を呑んだのがわかった。信じられないという顔で、障子戸をじっと凝視している。固く拳を握りしめ、小刻みに首を振った岩手は、すぐにはお豊さんの言葉を呑み込めないようで、混乱しているようだった。

私はひとつ息を吐くと、障子戸へ手をかけた。そして静かな声で中へ話しかける。

「お豊さん？　入ってもいい？」

「夏織ちゃん？　来てくれたのね。どうぞ」

障子戸を明けると、そこには布団の上に赤ん坊を抱っこして座っているお豊さんがいた。

「おめでとう。赤ちゃん、見せて貰ってもいいかなあ？」

「もちろんよ！　抱っこしてあげて」

「ありがとう！　それと……」

私はちらりと後ろに視線を投げると、身体を横にずらして座った。

「この人もいい？」

「──!!」

お豊さんの瞳が驚愕に見開かれる。焦げ茶の瞳に映っているのは、お豊さんに面差しがよく似た老婆だ。けれども、その瞳はすぐに涙で濡れてしまったから、老婆の姿は見えなくなってしまった。

「……もちろん。もちろんよ、ありがとう夏織ちゃん……」

すると、産後で弱りきっているだろうに、お豊さんは赤ん坊を片手に立ち上がった。

「お母さん。見て、私の子よ……可愛いでしょう……私、頑張ったのよ。あっ……」

けれども、すぐに体勢を崩してしまった。

よろめいたお豊さんを、すかさず岩手が支える。

「無理したら駄目よ！　馬鹿ね。産後を甘く見ないの」

そして優しく背中を摩ってやる。するとお豊さんは、まるで少女のように頬を赤く染めて、目をキラキラ輝かせて岩手を見つめた。

「うん。うん……ごめん、お母さん。どうしても早く抱っこして欲しくて」

「もう、まったくもう。あなた、昔からせっかちだったわね。母親になってからも変わらないんだから」

「フフ……ごめん。駄目ね、もっと母親らしくならなくちゃいけないのに」

クスクス笑ったお豊さんは、抱いていた赤ん坊を岩手へ見せてやる。すると、岩手は皺くちゃな指先で、ふっくらした頬を指で突《つつ》き——そして、ゆるゆると顔を緩ませた。

「……可愛い。なんて可愛いの」

そう言って、ぎこちない手付きでお豊さんごと赤ん坊を抱きしめ——そして、震える声で言った。

「——ごめんなさい。本当にごめんなさい。必死だったの、早くあなたのもとへ帰りたくて。姫様の薬を手に入れなくちゃって……本当にごめんなさい」

岩手はお豊さんの頭に頬ずりをした。そして、酷く掠れた声で言った。

「気づかなくて……可愛いお豊が、立派な娘さんになっていたのに全然気づかなくて、ごめんなさい……こんな母親でごめんなさい……！」

それはお豊さんも抱いていた罪悪感。

お互いの顔が、わからなくなってしまうほどに離れてしまった母子の悲劇。

ふたりは同じ想い胸に抱き、そして今日この日まですれ違っていたのだ。

「いいの。いいのよ……お母さん、会いたかった。お母さん、お母さん……っ！」

お豊さんは大きな声で何度も岩手を呼ぶと、母に縋りつき——まるで、生まれたての赤ん坊のように泣き続けたのだった。

終章　雪解けの日に

「おう、お帰り……うおっ？」

　隣家に岩手だけを残し、ひとりで貸本屋へ戻る。からりと居間の引き戸を開けた途端、水明に手当を受けていた東雲さんが素っ頓狂な声を上げた。

「……なんでお前が泣いてんだ」

「うるさいよ」

　私はぐっと涙を拭うと、グスグス鼻を鳴らしながら窓際に座り込んだ。すかさず、近くにいたにゃあさんを抱きしめる。にゃあさんは一瞬だけ迷惑そうな顔をしたものの、すぐにため息を零して私に身体を預けた。

「みんなお疲れ様。大変だったでしょう」

　するとそこに、ナナシがやってきた。手にしたお盆には、いくつか湯呑みが載っている。ナナシは私の隣に座ると、その中のひとつを渡してきた。

「酒粕《さけかす》が余っていたから勝手に作っちゃった。甘酒、飲むでしょう？」

「ありがと……」

ほわほわと白い湯気を上げている湯呑みを受け取って、ふうふうと息を吹きかける。恐る恐る口をつけるも、そのあまりの熱さに慌てて口を離した。

「……うう」

「あらあら。今日の夏織は駄目ねえ」

涙目の私に、ナナシは朗らかに笑いながら頭を優しく撫でてくれた。

「疲れているんだわ。今日はアタシがご飯を作るからゆっくりしていて」

「うん。ナナシも大変だったのに、ごめん」

「いいのよ。アタシがしたくてしてるんだから」

夕飯の支度をしてくるわ、と席を立ったナナシを見送り、またため息を零す。すると、すぐさま足を止めたナナシは「そうだった！」と明るい声を上げた。

「今の夏織に必要なのは、こっちよね。ウフフ、気が利かなくてごめんなさいね？」

そして手当の後片付けをしていた水明の腕を掴むと、無理矢理私の隣に座らせた。

「おい。なにをする」

仏頂面のまま睨みつける水明に、ナナシは茶目っ気たっぷりに笑って言った。

「まあまあ。アンタもいい加減に休みなさいよ」

「こら待て、ナナシ。どうして小僧を夏織の隣に――……むぐう!?」

「アンタねえ、たまには手伝いなさいよ。そんな怪我、かすり傷でしょうが」

「ホッホ、ならば儂も手伝うとするかのう」

「あら、ぬらりひょん！　嬉しいわ〜。でも流石に座っていて？」

大人三人が、賑やかに話しながら台所へ消えて行く。すると途端に居間が静かになって、ストーブの上に載った薬缶の音だけが室内へ響いた。

「……大丈夫か」

すると、ストーブの傍でお腹を見せて眠っているクロを眺めていた水明が、おずおずと声をかけてきた。私は湯呑みを近くのテーブルに置くと、小さく笑みを零して答える。

「へへ。大丈夫……なのかなあ。わかんない」

にゃあさんの顎を撫でながら、苦し紛れに笑う。

この涙の意味は自分でも理解しているのだ。単純に――羨ましかっただけで。

「お母さんってどんな感じなんだろう。ナナシみたいに優しいのかな」

にゃあさんの後頭部に顔を埋めて、ぽつりと零す。

岩手とお豊さん。泣きながら抱き合うふたりが眩しくて仕方がなくて、気がつけば私まで泣いてしまっていた。ふたりが仲直りできて嬉しいという感情以上に、ないものねだりをする子どもみたいな気持ちが溢れてきて、どうしようもなかったのだ。

すると、黙って私の話を聞いていた水明が呟くように言った。

「俺の母は……優しかったな」

「秋頃に幽世で再会したんだっけ？」

「ああ。ほんの数日だが会えた」

水明はその時のことを思い出しているのか、目を細めて遠くを見つめている。

確か、水明も幼少時に母親と死に別れたはずだ。

……ああ、どうしてこうも私たちは母親というものに縁がないのだろう。

「──きっと戻ってくるさ」

すると水明がこんなことを言った。驚いて彼の横顔を見つめると、水明は更に続けた。

「魂は回っているんだろう？　いつか……どこかで会える」

私は思わず笑みを零すと、水明の頬を指で突いた。

「君も幽世の考えに染まってきたねえ」

「やめろ」

途端に仏頂面になってしまった水明に苦笑して、庭に視線を戻す。雪が積もった庭はまだまだ冬の様相を呈していて、これっぽっちも春が来そうな感じはしない。

件の予言では、子を産めば春が訪れるということだったけれど──。

「春が遠いね。まだ、なにかあるのかな……」

なんとなく水明の肩に寄りかかる。すると、水明が身を固くしたのがわかった。

「……あ、ごめん。重い？」

「い、いや。別にいい……」

すると水明はなにかを誤魔化すように咳払いをすると、僅かに眉を顰めて言った。

「いつの間にか消えていた産女もどきのこともあるしな。油断はしない方がいいだろう」

そう、岩手とやり合っている間に、あの産女は姿を消してしまっていたのだ。

あの様子だと、なにを仕掛けてくるかわかったものではない。ぬらりひょんは、緊急に対策を練らねばならないと息巻いていたっけ……。

「それにあの仮面――」

水明は部屋の隅に視線を移した。そこには、岩手が着けていた般若の面が置かれている。こちらに戻ってきた後、水明は少し調べてみると言っていたが……。

「なにかわかった？」

「詳しいことはわからなかった。ただ、裏に符が貼られていた。祓い屋が式神を作る時に使う符とよく似ている。人間がなんらかの関与をしていることは間違いないようだな」

水明は眉を顰めると、私をじっと見つめた。

「どうにも嫌な予感がする。ひとりで出歩くな。なにかあれば俺を呼べ」

その言葉に、私は何度か瞬きすると――次の瞬間には盛大に噴き出した。

「あっははは！　立場がまるで逆になっちゃった。水明が来た夏頃は、私が君にひとりで出歩くなって言い含めてたのに！」

「……そろそろ一年だ。俺だって変わるさ」

「頼もしくなってくれて、嬉しい限り」

「茶化すな、馬鹿」

クスクスと笑って、にゃあさんの毛に顔を埋める。

「夏織、苦しいわ……」

「ごめん。ちょっとだけ……」

――ああ、顔が熱い。

今の私の顔を見られたら気持ちがバレてしまうかもしれない。それだけは避けたい。

するとその時、どさり、と鈍い音がした。

パッと顔を上げて外を見る。どうやら、庭木の上に積もっていた雪が落ちたらしい。

なんとなく予感がして、にゃあさんを解放してガラス戸へ近づく。そしてゆっくりと戸を開けると、庭木の枝先をじっと見つめた。

「どうした?」

「やだ、夏織。温かい空気が逃げるじゃないのよ」

怪訝そうなふたりの声を無視してひたすら目を凝らす。すると、料理の支度をしていたみんなも集まって来て、なんだなんだと騒ぎ始めた。

「……あっ!」

私はあるものを庭の中に見つけると、みんなに向かって言った。

「見て……!　あそこ!　蕾が膨らんでる!」

「まじか。どこだ夏織」

「あら、素敵だわ。ちょっと、アタシにも見せて!」

「ホッホッホ。主ら、年功序列というものを知っておるかのう……」

「おい、押すな。やめろ。落ちるだろう！」

こんな風に騒いでいると、ふと隣家の方向から赤ん坊の泣き声が聞こえた。

もしや寝ていたのを起こしてしまったかと、全員で顔を見合わす。

私たちはお互いに口を噤むと――。

それでも笑顔のまま、膨らみ始めたばかりの蕾を見つめた。

――ああ、心なしか風も暖かい気がする。

屋根からはぽたぽたと雫が滴っている。

この調子でいけば、徐々に雪は溶けて消えてしまうだろう。

長らく続いた幽世の冬――。

件の予言で一波乱あった冬が、ようやく終わろうとしている。

冬の後、巡り来るはなによりも優しい季節。

世界中であらゆるものが芽吹き、柔らかな日差しに照らされた一年で最も美しい季節だ。

けれど、冬の名残はやや波乱を含んでいて、私の心をどこか不安にさせる。

でも――。

「春になったら花見をしようぜ」

「あら、じゃあ張り切ってお弁当を作らなくちゃね。水明は夏織と場所取りお願いね？」

「幽世で場所取りなんてあるのか……？」

「金目と銀目に教えて貰いなさい。幽世の花見は楽しいわよ～？」

「……ムニャ。お花見!?　今、お花見って聞こえたんだけどー！」

「うるさいわ、黙りなさいよ。駄犬！」

みんながいればきっとなんとかなる、そんな確信めいた予感があったから。

「お弁当にはお稲荷さんがいい！　いろんな味の奴！」

私は麗らかな季節を想いながら、不安な心を吹き飛ばすように明るく言ったのだった。

あとがき

こんにちは、忍丸です。

わが家は幽世の貸本屋さん－黒猫の親友と宝石の涙－は如何でしたでしょうか。

個人的には、ようやく夏織の過去に触れられて、大変満足です。

三巻を書き上げてみて、やはり母親の存在というのは大きいなあと再確認できました。

自分が今まさに、四歳児を育てながら執筆しているものですから、作中のようなことがあったら、と思うと……胸が痛くなりますね。これからもわが子を大切に育てていきたいな、と思うのと同時に、ここまで大きく育ててくれた母への感謝の念が絶えません。

自分の母のことを思い返すと、いつも顔をクシャクシャにして、口をぱかんと開けて大笑いしているイメージがあります。そりゃもう太陽みたいに笑うものですから、母がいるだけで家の中が明るくなるような印象がありました。酢の物が美味しいところとか。意外と手先が器用なところとか。お酒が好きでたくさん飲めるところとか。母の好きなところは挙げるときりがないのですけども、いつも元気だなあという印象が強いです。

しかし、病気をしてからなんとなく小さくなってしまったな、と思ったりもしまして。

親がいつまでも元気だと限らないというのは、父親の時に嫌というほど噛みしめているはずなんですが、母親というものはいつまでも元気なはず、という変な思い込みが邪魔をしやがります。まったく子どもというものは、いつまでも母親に甘ったれなものです。

そして同時に、自分はできるだけ元気な母ちゃんでいようなんて、母譲りの酒好きを発揮しながら思うわけですが。……うん、お酒やめようかなあ（無理っぽい）。

断酒の決意がすでに揺らぎつつも、今回も謝辞を。

装画を担当くださった六七質様。三巻も引き続きありがとうございます！　ダッフルコート！　流星！　ひなびた温泉……！　おっきいにゃあさん！　イラストのデータを頂く度に、うっとり見蕩れておりました。本当に、本当にありがとうございます！　編集の佐藤様。三巻は本当に難産でしたね。おじさんたちをキャッキャウフフさせてもいいよ、と許可をくださりありがとうございます。無理だと思っていました。おじさんはいいものですね。本当によきものです。……その他、この本が出来上がるまでに関わってくださった皆々様。そして、愛する旦那様とわが子、故郷の母、そして読者の皆様にお礼を。

最後に！　今作のコミカライズがコミックＥＬＭＯにて開始しております～！

作画は目玉焼き先生です。異世界おもてなしご飯コンビが復活であります。皆様、ぜひともご覧になってみてくださいね。

梅の実が結ぶ頃に　忍丸

ことのは文庫

わが家《や》は幽世《かくりよ》の貸本屋《かしほんや》さん
―黒猫《くろねこ》の親友《しんゆう》と宝石《ほうせき》の涙《なみだ》―

2020年6月25日　初版発行
2021年6月10日　第2刷発行

著者　忍丸《しのぶまる》
発行人　武内静夫
編集　佐藤　理
印刷所　株式会社廣済堂
発行　株式会社マイクロマガジン社
URL：https://micromagazine.co.jp/
〒104-0041
東京都中央区新富1-3-7 ヨドコウビル
TEL.03-3206-1641 FAX.03-3551-1208（販売部）
TEL.03-3551-9563 FAX.03-3297-0180（編集部）

本書は、小説投稿サイト「エブリスタ」（https://estar.jp/）に掲載されていた作品を、加筆・修正の上、書籍化したものです。
定価はカバーに印刷されています。

ISBN978-4-86716-022-0　C0193
乱丁、落丁本はお取り替えいたします。